MA LISTE D'ENVIES

JENNIFER SUCEVIC

Ma liste d'envies

Copyright© 2023 par Jennifer Sucevic

Tous droits réservés. Aucune partie de cette publication ne peut être reproduite, distribuée ou transmise sous quelque forme ou par quelque moyen que ce soit, à l'exception de brèves citations dans le cadre de critiques littéraires.

Ce livre est une œuvre de fiction. Tous les noms, les personnages, les lieux et les incidents décrits sont le produit de l'imagination de l'auteur. Toute ressemblance avec des personnes existantes ou ayant existé, des choses, des lieux ou des événements réels, serait purement fortuite.

Couverture par Mary Ruth Baloy de MR Creations

Traduit de l'anglais par Angélique Olivia Moreau et Valentin Translation

Inscrire à ma newsletter

CHAPITRE 1

*J*uliette

— J'AI VRAIMENT PASSÉ un bon moment ce soir, dit Aaron.

Il me perce du regard avec une intensité qui me donne envie de battre précipitamment en retraite.

Je me force plutôt à sourire.

— Oui, moi aussi.

Ce n'est pas tout à fait un mensonge. J'ai passé un bon moment. Mais ce n'était guère plus que… *bon*. Comme lorsqu'on étudie ensemble à la bibliothèque ou que l'on boit un café à Roasted Bean avant les cours.

Il détourne les yeux et fourre les deux mains dans les poches de son pantalon clair repassé à la perfection.

— J'espère qu'on pourra le refaire.

Il marque un temps d'arrêt avant de reprendre la parole.

— Très bientôt.

Il m'adresse un long regard expressif qui me met presque mal à l'aise.

Mouais… Je ne suis pas certaine que ça arrive dans un futur proche.

Aaron est sympa.

Vraiment sympa.

Super-hyper-sympa.

Seulement, il n'y a aucune étincelle entre nous.

Je recherche cette petite étincelle mystérieuse que tu ressens au fond de ton ventre quand tu es près de la personne ou que tu l'aperçois parmi la foule. C'est le genre d'énergie irrépressible qui grésille dans l'atmosphère, qui la charge en particules jusqu'à ce que remplir tes poumons d'air semble impossible.

Malheureusement, Aaron et moi ne générons pas ce genre d'alchimie.

Il n'y a qu'une seule personne…

Non.

J'inspire profondément et claque la portière de la voiture pour cesser d'y penser.

Ce que je ressens pour ce garçon n'est pas de l'attirance.

C'est de l'irritation.

De la contrariété.

De l'exaspération.

Faites-moi confiance. Si j'avais le temps, je rédigerais une liste tout entière dans le même champ lexical.

Je me reconnecte soudain au monde qui m'entoure et me rends compte qu'Aaron attend patiemment une réponse.

Ah, oui ? Il veut qu'on remette le couvert.

Quand j'ouvre la bouche pour l'éconduire poliment, les mots restent coincés dans ma gorge. Je n'ai vraiment pas envie de lui faire croire des choses, mais en même temps, je ne souhaite pas le blesser. Ce dont j'ai besoin est de trouver l'équilibre parfait. Ce semestre, on a plusieurs cours de prépa médecine en commun. Si je suis malade et que je ne peux pas assister au cours, c'est Aaron qui me permet de rester à flot et qui s'assure que j'ai toutes les notes.

Elles sont généralement codées par couleur et organisées par ordre d'importance.

Si ce soir m'a enseigné une leçon, c'est que je devrais éviter de sortir avec des mecs que je croise au quotidien.

Comme le dirait Carina, ma coloc, « no zob in job ».

Elle a raison.

Il avance de quelques centimètres dans ma direction.

— Si tu es d'accord, j'aimerais qu'on fasse progresser cette relation. Tu me plais, Juliette.

Il m'adresse un bref regard avant que ses yeux d'un brun commun ne se braquent à nouveau sur moi avec un mélange de chaleur et d'intensité.

— Pardonne-moi cette audace, mais je crois qu'on formerait le couple idéal. On a les mêmes aspirations. On a tous les deux envie de poursuivre nos études de médecine et de devenir docteurs. Je n'ai jamais trouvé quelqu'un qui s'inscrit aussi bien dans mon plan quinquennal et décennal. C'est presque comme si on était faits l'un pour l'autre.

Mes yeux s'écarquillent alors qu'un borborygme m'échappe.

Cette audace ?

Son plan quinquennal et décennal ?

On est sortis ensemble précisément trois fois et les probabilités pour qu'il y ait une quatrième occasion sont quasiment nulles.

Ma langue vient humecter mes lèvres desséchées. Je dois lui dire que ceci – quoi qu'il pense que ce soit – ne se produira jamais.

— Aaron…

Il tend l'oreille et se rapproche.

— Oui ?

Ce mot contient tant d'espoirs et d'attentes !

Argh !

Pourquoi cela doit-il être aussi difficile ?

Le problème est que c'est *vraiment* un garçon bien. Et il a absolument raison : on a beaucoup de choses en commun. Voilà pourquoi je m'étais persuadée de lui accorder une deuxième chance.

Puis une troisième.

Dans cette fac, il y a beaucoup de connards qui veulent seulement coucher avec une meuf avant de passer à la suivante. Parfois au cours d'une même soirée. Ils n'ont pas de plan quinquennal ou décennal qui implique une fille en particulier. Ils n'ont même pas de plan qui implique la même fille pendant vingt-quatre heures.

Alors, quand tu tombes sur un mec qui a la mentalité opposée, tu dois prendre le temps de creuser en profondeur et de vraiment le connaître avant de le relâcher dans la nature pour que quelqu'un d'autre mette le grappin dessus.

— J'ai passé un bon moment, moi aussi, dis-je prudemment.
— Ravi de l'entendre.

Ses épaules étriquées se détendent et il exsude le soulagement.

Aaron a un corps nerveux. Ses membres sont longs et minces, un peu comme un coureur. Tout le contraire de certains des joueurs de foot ou de hockey qui se pavanent sur le campus en montrant leurs muscles comme s'ils étaient le cadeau de dieu à l'humanité.

Arg ! J'ai l'impression qu'il y en a partout.

Quand je croise son regard sincère, je fournis un dernier effort désespéré pour me convaincre qu'il est exactement le genre de garçons qui m'attire.

Au plus profond de moi, dans un endroit dont je refuse d'admettre l'existence, je sais que c'est un mensonge.

Carina me dirait aussi que les pires mensonges sont ceux qu'on se raconte à soi-même.

Il faut vraiment qu'elle reste hors de ma tête.

Aaron retire les mains des profondeurs de ses poches avant de les lever vers mon visage. Leur léger tremblement est immanquable. Je me force à demeurer parfaitement immobile et à ne pas esquiver son contact au dernier moment. Et si ça ne vous dit pas tout ce que vous avez besoin de savoir à propos de cette situation, je ne vois pas quoi rajouter.

Il ferme à demi les paupières.

— Je vais t'embrasser, Juliette, marmonne-t-il d'une voix épaisse. J'espère que ça ne te dérange pas.

C'est officiel, il vient de plomber l'ambiance.

D'accord, il n'y en avait déjà guère, mais quand même.

Contrairement aux siens, mes yeux restent grand ouverts alors qu'il se rapproche de moi au ralenti. Réprimant un mouvement de recul, je me prépare à l'impact.

J'ai peut-être tort.

Peut-être qu'Aaron va me surprendre et qu'il embrasse phénoménalement bien. Je me perdrais magiquement dans son étreinte alors que le temps et l'espace cesseraient d'exister.

C'est avec hésitation que ses lèvres se posent sur les miennes. Elles sont sèches et ont la consistance du papier. J'ai l'impression qu'une tante ou un oncle éloigné me fait la bise.

Tout en moi se désespère quand je constate que finalement, je vais être obligée de l'éconduire gentiment, parce que c'est hors de question que je le refasse.

Je donnerais même de l'argent pour ne jamais avoir à le refaire.

Je plaque les paumes contre la poitrine d'Aaron afin de le repousser quand quelqu'un s'éclaircit la gorge. Aaron fait un bond en arrière comme s'il venait de se coller le doigt dans une prise électrique.

Mon regard se tourne vers le mec grand et musclé qui s'est arrêté à côté de nous.

Ryder McAdams.

Mon ventre fait un étrange petit soubresaut que je réprime immédiatement.

Ses yeux bleu foncé m'épinglent pendant un moment qui paraît s'étirer, me coupant le souffle, avant de se poser sur Aaron. Ce n'est que lorsque je suis libérée de son regard pénétrant que l'air emprisonné dans mes poumons s'échappe et que je me rends compte que cinq autres joueurs de hockey gigantesques sont pressés dans le couloir, devant la porte de mon appartement.

Ford Hamilton, Wolf Westerville, Colby McNichols, Riggs Stranton et Hayes Van Doren - tous en dernière année - sont dans l'équipe de hockey des Western Wildcats. Où qu'ils aillent, les fans féminines les suivent. Je jette un regard autour de moi et réalise alors qu'ils sont seuls. C'est étrange de les croiser sans un troupeau dans leur sillage.

Les poules auraient-elles des dents ?

Colby m'adresse un sourire décontracté alors qu'il accroche mon regard.

— Hé, McKinnon. Je vois que quelqu'un a un rencard torride.

Comme Ryder, il est blond et d'une beauté extraordinaire.

Ses fossettes sont mortelles pour toutes les femmes des environs qui ont une étincelle de vie.

Moi y comprise.

La chaleur s'empare de mes joues jusqu'à ce que j'aie l'impression qu'elles ont pris feu. Je n'ai pas besoin que ce hockeyeur craquant aille tout répéter à mon frangin.

Je n'ai pas besoin qu'il me fasse subir un interrogatoire.

Vraiment pas, merci bien.

Peu importe que je sois son aînée de quinze mois. Maverick prend ses responsabilités de frère protecteur au sérieux. Papa le lui a fourré dans le crâne quand il a intégré Western une année après moi.

Avant que je puisse lui décocher une réponse, ils descendent le couloir vers l'appartement voisin tout en roulant des mécaniques et en plaisantant. C'est là que Ford habite avec Wolf et Madden, alors que Ryder et cinq autres coéquipiers ont une chambre à quelques pâtés de maisons du campus. À la fac, on l'appelle « la maison du hockey ». Ça fait trente ans que la résidence est occupée exclusivement par les hockeyeurs de Western. Ce sont les locataires qui sélectionnent les coéquipiers qui vivront l'année suivante.

C'est une tradition.

C'est la lose.

Heureusement, mon frère habite dans cette maison hors campus. C'est le seul junior qui a été invité à le faire et c'est entièrement dû à Ryder. Ils sont très proches depuis l'école primaire. Je ne me pense sérieusement pas capable de l'avoir eu dans le même bâtiment. Il fourre déjà suffisamment le nez dans mes affaires.

Je ressens des fourmillements soudains quand je me rends compte que Ryder n'a pas suivi ses amis dans le couloir. Son regard est toujours braqué sur Aaron qui semble à deux doigts de se faire pipi dessus.

Je peux le comprendre.

Ryder McAdams sait se montrer intimidant.

Particulièrement lorsqu'il vous fusille du regard.

Ce qu'il est actuellement en train de faire.

Pauvre Aaron ! Par comparaison, il a l'air d'un lycéen efflanqué et sous-développé.

La gêne s'installe.

Mon rencard s'éclaircit la gorge avant de marmonner :

— Je… Je devrais probablement y aller.

Il y a une pause alors qu'il s'incline à nouveau vers moi. Il n'a parcouru que quelques centimètres quand Ryder croise ses bras musclés devant son torse puissant. Aaron s'immobilise et son visage devient blafard.

— Hmm…

Son rire aigu exprime une certaine nervosité.

— Et si on se prenait plutôt dans les bras ?

Quand Ryder plisse les yeux, Aaron déglutit, les muscles de sa gorge se contractant dans le mouvement. Dans le silence du vestibule, le son est assourdissant.

Il tend enfin la main, referme sa paume moite autour de la mienne et la secoue énergiquement à trois reprises avant de la lâcher brusquement. Je n'ai même pas le temps de lui dire au revoir alors qu'il a déjà fait volte-face et se jette vers l'ascenseur comme si les chiens de l'enfer étaient sur ses talons.

Il appuie vigoureusement sur le bouton à plusieurs reprises en nous regardant prudemment par-dessus son épaule. Quand la sonnette retentit, annonçant l'arrivée de la cabine, il se précipite à l'intérieur avant que les portes soient entièrement ouvertes, disparaissant complètement.

Une fois que la cabine en métal se referme, j'adresse un regard noir à Ryder.

— Pourquoi as-tu fait ça ?

Il arque un sourcil épais. Ça suffit à me faire grincer des dents.

— Faire quoi ? Je n'ai pas dit un seul mot.

Touché. Cela étant…

Je lui en veux de m'avoir pourri mon rencard. Il n'avait absolument aucune raison de le faire.

— Tu as fait exprès de rester planté là et de le mettre mal à l'aise.

Pourquoi est-ce que je lui cherche la bagarre ?

Ce n'est pas comme si j'avais eu envie d'embrasser Aaron. Je devrais peut-être même remercier Ryder pour son interruption bienvenue.

Je réprime un ricanement, parce que ça n'arrivera jamais. Impossible !

— Et comment m'y suis-je pris ? En restant là à attendre patiemment que tu fasses les présentations ?

Il me regarde dans les yeux puis incline la tête et gratte ses quelques poils de barbe.

— C'est plutôt bizarre.

Je montre les dents avant de me détourner brusquement et de fouiller dans mon sac à la recherche de ma clé. Dès que mes doigts se referment sur le métal froid, je la retire et l'enfonce dans la serrure avec plus de force qu'il est nécessaire. La porte vibre sur ses gonds alors que je rentre dans l'appartement, me tourne pour regarder Ryder une dernière fois et la claque rapidement à grand bruit.

CHAPITRE 2

yder

— Eh bien... C'est la première fois que je vois une fille te claquer une porte au visage, dit Ford avec un rire décontracté tout en me donnant une bourrade sur l'épaule. Visiblement, il y a une première fois pour tout.

Je lui coule un regard, ignorant qu'il avait assisté à notre échange tendu. J'avais cru qu'il était parti avec Wolf et les autres.

Ceci dit, pourquoi suis-je surpris ?

C'est exactement l'effet que me fait Juliette. Elle me rend aveugle aux gens et aux choses qui m'entourent. Pour un joueur de hockey de première division qui est censé rester constamment à l'affût, ce n'est pas bon. Je force mes muscles à se détendre et affiche un vague sourire. Je n'ai vraiment pas envie que ce connard devine que je ressens un véritable intérêt pour la sœur de Maverick McKinnon.

Ce serait mauvais pour le business.

Mon business.

Ford et moi avons beau être amis depuis la première année, il n'a pas le moindre scrupule à appuyer sur un point douloureux si jamais il en trouve un. Pour être honnête, je ferais la même chose.

À quoi ça sert d'avoir des amis si on ne peut pas leur prendre la tête sans pitié ?

— J'en déduis que tu n'as pas passé beaucoup de temps avec Juliette.

Il hausse les épaules alors qu'on se met à descendre le couloir d'un même pas. Malgré la tentation de regarder par-dessus mon épaule vers l'appartement que la jolie brune partage avec son amie, je garde les yeux braqués devant moi.

Ça me demande un effort herculéen.

— Pas vraiment. Elle n'est pas du genre fêtarde, non ?
— Non.

Ça vaut mieux. Ça me tuerait certainement de la voir sortir, flirter ou rentrer à la maison en fin de soirée avec d'autres mecs. Je fais craquer mes jointures pour soulager ma tension grandissante. Rien que l'imaginer en train de coucher avec un autre suffit à me foutre en rogne.

— Je l'ai croisée plusieurs fois à la bibliothèque, poursuit Ford sur le ton de la conversation.

— Oui, elle y traîne souvent. Elle est en prépa de médecine. Je crois, ajouté-je d'une voix nonchalante après m'être éclairci la gorge.

Et super intelligente.

Bien trop intelligente pour des mecs comme moi.

— Hmm. Intelligente et canon. C'est une combinaison explosive.

Je tourne la tête si vite que je me donne presque un coup du lapin.

— Qu'est-ce que tu viens de dire ?

Il arque un sourcil avant de scruter mon expression.

— J'ai dit que cette fille est à la fois intelligente et canon. Ce n'est pas comme si je l'avais dit à Mav. Il m'aurait probablement cassé la figure.

Non, pas *probablement*.

Certainement !

Il casserait la figure de n'importe quel type qui reluquerait sa sœur.

Et pour être tout à fait honnête, je n'hésiterais pas à jouer des poings pour parer à toute récidive.

Heureusement, la plupart des joueurs de l'équipe ont reçu le mémo sans que Mav ait dû éclater trop de crânes. C'était vraiment amusant à voir.

— Je ne veux pas en entendre parler non plus, grommelé-je. C'est pratiquement une sœur pour moi.

Un sourire narquois s'attarde sur les lèvres de Ford alors qu'on s'arrête devant sa porte.

— C'est vrai ? Tu la considères seulement comme une sœur ?

Apparemment, ce genre de commentaire est suspicieux.

— Oui, c'est vrai.

Avec un froncement de sourcil, j'en rajoute une couche.

— Je la connais depuis qu'on est gamins. On est voisins et nos familles sont bons amis depuis des années.

Son expression se fait sournoise.

Je ressens la tentation de l'effacer d'un coup de poing.

— Alors tu n'aurais aucun problème si je l'invitais à sortir ?

Je me redresse comme si on venait de me rentrer dedans et le fusille du regard.

— Qu'est-ce que tu viens de dire ?

Un immense sourire s'empare de ses traits alors qu'il saisit la poignée argentée et ouvre la porte.

— Oui, c'est ce que je pensais.

Ce connard ne prend même pas la peine d'attendre une réponse et rentre dans l'appartement comme s'il n'avait pas le moindre souci au monde, me laissant seul dans le couloir, le regard braqué sur son dos.

Des voix enjouées proviennent de l'intérieur.

— Tu vas ramener ton cul ou quoi ? demande Riggs qui porte une bouteille de bière verte à ses lèvres et avale une longue gorgée.

Avec un grognement, je franchis le vestibule avant de claquer la porte. Presque tous les étudiants de dernière année sont comprimés dans l'appartement trois-pièces. Quelques-uns restent debout pour boire tandis que d'autres se sont installés sur le canapé et le fauteuil. Ils sont concentrés sur un match intense de la ligue nationale diffusé sur le grand écran de télé haute définition qui occupe la majeure partie du mur du fond.

— Sers-toi une bonne bière fraîche, ajoute Colby en faisant la même chose. Après cet entraînement, tu le mérites, mon pote.

Même s'il n'est entré que quelques minutes avant moi, il a déjà une fille sous chaque bras. Sa rapidité me rend quasi perplexe. Au fil des années, il a mérité son surnom d'assassin au visage d'ange. Je n'ai jamais vu un garçon se faire autant de nanas. C'est comme s'il les attirait avec un aimant. Encore plus incroyable, les filles quittent son lit aussi heureuses que lorsqu'elles y sont entrées. C'est comme s'il leur jetait un sort ou un truc du genre.

Ce doit être les fossettes.

J'ai vu beaucoup de mecs se faire bouffer le nez par des filles éconduites qui espéraient plus qu'un coup d'un soir.

Pas Colby.

C'est presque comme s'il arrive à les convaincre qu'une relation d'un soir était *leur* idée et qu'il leur a juste rendu service. J'ai vu le mec en action. Son talent pour se tirer de n'importe quelle situation par la tchatche est vraiment impressionnant. J'ai même sorti mon téléphone deux ou trois fois pour prendre des notes.

Il n'existe qu'une seule chose capable de me faire oublier la fille aux cheveux acajou de l'appartement voisin, et c'est le hockey.

Plus spécifiquement, notre nouvel entraîneur.

Ce connard qui – apparemment – m'a dans le collimateur.

Une bière me tente bien, mais je ne suis pas d'humeur.

C'est drôle.

Bon... pas exactement.

D'ailleurs, ce n'est pas amusant du tout.

Quand notre dernière année a commencé il y a deux mois, je pensais que tout se goupillerait comme pendant les trois autres saisons que j'ai passées au sein des Wildcats. Être nommé capitaine et rester un des meilleurs défenseurs qui soient était une évidence. Particulièrement puisque la saison dernière, j'étais capitaine adjoint.

Et Coach Kasminski ?

Il m'adorait. S'il l'avait pu, il m'aurait adopté. C'est lui qui m'avait recruté au lycée et m'avait promis une bourse d'étudiant athlète, tous frais payés.

Très vite, il m'a invité à passer dans son bureau pour me demander ce que je pensais des autres joueurs, de notre stratégie et de nos adversaires. Parfois, on se détendait avec une pizza et on regardait des replays de match pendant une heure ou deux.

Alors pourquoi ma dernière année aurait-elle dû être différente ?

J'aurais patiné durant toute la saison sans le moindre souci, en dominant toutes les situations. Et pour finir, on aurait remporté un autre championnat des Frozen Four. La dernière année aurait dû être la cerise sur le gâteau d'une carrière universitaire épique avant de passer pro.

Mais voilà…

Kasminski a démissionné une semaine avant notre retour sur le campus. Il avait accepté un poste d'entraîneur assistant pour une équipe professionnelle. Je n'avais même pas réalisé qu'il postulait à d'autres emplois. Il ne m'en avait jamais parlé.

Est-ce que je lui reproche de vouloir s'élever dans le monde ?

Certainement pas. On a tous nos rêves, après tout.

Et si on ne les poursuit pas, ils ne viendront pas nous chercher.

C'est juste que dans le processus, il m'a coupé l'herbe sous le pied sans le vouloir.

Western a rapidement engagé un autre entraîneur en chef pour remplir ce poste.

Reed Philips.

Il avait joué pour la ligue nationale pendant plus d'une décennie avant d'endosser une position d'entraîneur assistant puis entraîneur en chef d'une université de deuxième division. Maintenant, il est ici.

Il ne m'a fallu qu'un ou deux entraînements pour comprendre que ce type est un vrai gland. Pour une raison quelconque, il m'a immédiatement détesté. Si j'ose ne serait-ce que lui adresser un regard en coin, il me détruit devant toute l'équipe.

La pilule a été amère.

J'ai toujours été heureux à la patinoire.

Dans n'importe quelle patinoire. Elles se ressemblent toutes. L'air piquant, l'odeur de la glace et la sensation lisse sous mes patins après le passage de la surfaceuse.

Il n'y avait rien de mieux au monde que le hockey.

Et je ne pensais pas que quoi que ce soit puisse me le gâcher.

Malheureusement, j'avais tort.

Reed Philips me l'a pourri plus vite qu'il est capable de pousser un coup de sifflet et de nous dire de ramener nos culs sur la ligne bleue.

Et aucune quantité de bière ne pourrait y changer quoi que ce soit.

CHAPITRE 3

uliette

JE CLAQUE la porte de l'appartement avec plus de force que nécessaire et je traverse le petit vestibule pour entrer dans le salon moquetté. Installée sur le canapé, Carina lève les yeux du livre de poche qu'elle est en train de lire. Un seul regard dans ma direction lui fait remonter les sourcils au milieu du front.

— Donc, un super rencard… ?

— Le rencard s'est bien passé.

Dans un sens.

Bon, j'admets que c'est une petite exagération.

— D'accord.

Elle allonge la deuxième syllabe et le mot sonne plutôt comme *d'accooooord*.

Avec un gros soupir, je jette mes clés et mon sac sur la table avant de me laisser tomber sur le fauteuil positionné en face de l'endroit où elle est pelotonnée. C'est son coin de lecture favori. Que ce soit un manuel de cours ou une des romances qu'elle aime dévorer, c'est l'endroit où je la retrouve quasiment chaque fois.

— Je ne vais plus revoir Aaron.

Avec un geste de la main, je corrige cette déclaration.

— Je veux dire, bien sûr, je vais le voir en cours, mais on ne va plus ressortir ensemble.

— Je vais être complètement honnête : je m'étais doutée que ça se terminerait comme ça quand tu en as parlé.

Elle fronce les narines.

— C'est juste qu'il a l'air un peu…

Sa voix s'éteint alors qu'elle cherche un adjectif adéquat pour décrire l'étudiant en prépa de médecine.

— Chiant, dis-je à contrecœur pour combler son silence.

Ses lèvres tremblent comme si elle essaye de contenir un sourire.

— Tu te rappelleras que c'est toi qui l'as dit, ma vieille. Pas moi.

Avec un soupir résigné, je m'enfonce plus profondément dans le fauteuil et serre fort les paupières.

— Je sais.

— Il l'a mal pris, c'est ça ? Parce qu'honnêtement, je ne m'imagine pas la scène. Il a l'air vraiment gentil.

Cette question me fait rouvrir brusquement les paupières.

— Je n'ai pas eu l'occasion de lui dire. On a été interrompus.

— Oh.

Ses yeux s'illuminent alors qu'elle marque sa page et met le livre de côté avant de se frotter lentement les paumes.

— J'ai la sensation qu'on en arrive à la partie croustillante.

— Si tu veux qualifier Ryder McAdams de croustillant, alors oui, grommelé-je, mon irritation ravivée.

Elle réfléchit à mon commentaire avant de dire :

— Oui, je dirais qu'il est la meilleure partie. Ou plutôt la partie savoureuse.

Son regard se fait légèrement rêveur.

— Des cheveux blonds, des yeux bleus et des muscles en abondance.

— Tu as oublié son arrogance ?

— Qui n'aime pas d'un homme empli d'assurance ?

— Et les Mario-couche-toi-là coureurs de jupons ? Tu les apprécies aussi ?

Elle m'adresse un sourire détendu.

— Je n'ai pas encore entendu la moindre fille se plaindre sur le campus. D'ailleurs, à ce qu'on m'a raconté...

Je lève la main pour l'interrompre.

— Je ne suis pas intéressée par les mythes et les légendes urbaines qui entourent la vie sexuelle de Ryder McAdams.

— Fais-moi confiance, ils sont nombreux, mais nous avons dévié du sujet. Dis-moi ce qu'il a encore fait pour te mettre en colère.

Encore.

— La moitié de l'équipe de hockey a débarqué alors qu'Aaron et moi étions en train de... tu sais.

Je m'agite sur le fauteuil alors que mes joues s'embrasent.

Elle hausse les sourcils.

— Vous embrasser ?

— Oui, on va dire ça.

— Une dernière tentative désespérée pour voir s'il existait une certaine alchimie entre vous.

Je hoche sèchement la tête. Elle me connaît bien. Ce n'est pas pour rien qu'elle est ma meilleure amie.

— Allez, ne me laisse pas le bec dans l'eau à présent que je suis investie dans l'histoire.

— Exactement ce que tu pensais. Rien. Nada. Zéro.

Elle pince les lèvres et hoche la tête.

— Bon, tu as essayé, ma vieille. Il n'y a pas de honte à ça.

— C'est vrai, lui concédé-je. Cette étincelle insaisissable n'est tout simplement pas là.

Je refuse d'admettre l'existence de cette électricité combustible qui grésille dans l'atmosphère chaque fois que Ryder est dans les parages.

L'ironie est qu'il n'existe absolument pas la moindre alchimie avec la personne avec qui j'ai beaucoup de choses en commun, alors que c'est un véritable feu d'artifice avec le mec que je ne peux pas supporter. Celui qui s'immisce sous ma peau comme une irritation entêtée qui résiste aux stéroïdes.

— Je dirais plutôt que tu dois une fière chandelle à Ryder pour son interruption.

Je pousse un ricanement moqueur.

— Tu crois sincèrement que c'est le cas ?

Ses épaules tressautent alors que quelques ricanements lui échappent.

— Non. Je n'arrive même pas à me le représenter.

Moi non plus.

— Tous les mecs nous sont passés devant sauf Ryder. Il est resté planté là et a fusillé Aaron du regard.

— Ne me dis pas que ce pauvre garçon s'est fait pipi dessus...

— Pratiquement, marmonné-je.

— Oui, Ryder est... *énorme*. Sur plusieurs plans, selon la rumeur.

— Quoi qu'il en soit, dis-je en ignorant son dernier commentaire. Aaron s'est pratiquement enfui dans le couloir pour s'éloigner de nous. La prochaine fois que je le verrai, je devrai lui faire savoir qu'une relation entre nous n'est pas envisageable.

— Ça vaut probablement mieux, dit Carina, d'accord avec mon évaluation.

Alors que j'ouvre la bouche pour lui dire à quel point je redoute cette conversation, la musique monte d'un cran dans l'appartement voisin. Elle est tellement forte que le mur qu'on partage avec Ford, Wolf et Madden donne l'impression de vibrer.

— Apparemment, les garçons font une autre fête, dit Carina en jetant un regard au mur comme si elle pouvait voir à travers. On devrait peut-être les rejoindre pour voir du monde. J'aurais vraiment besoin d'un cocktail.

— Certainement pas.

J'étouffe l'idée dans l'œuf et je quitte le fauteuil d'un geste fluide.

— Puisque je suis rentrée tôt, je pourrais tout aussi bien ouvrir mes bouquins et m'avancer en biostatistique.

Carina secoue la tête.

— Tu te rends compte que tu vas faire un burn-out avant même d'être acceptée en médecine ?

Probablement, mais ai-je une autre option ?

Western est une université rigoureuse sur le plan académique et le programme de prépa médecine l'est encore plus. Le département a la réputation d'éliminer les étudiants qui n'y arrivent pas. Et ça a toujours été ma plus grande peur.

L'échec.

Je n'ai vraiment pas envie de décevoir mes parents.

Ou moi-même.

— Tu sais, c'est bien de se détendre et de s'amuser un peu de temps en temps. Depuis qu'on s'est rencontrées en première année, tu as le nez dans un livre. Et pas le genre qui t'apprend une nouvelle position sexuelle ou comment faire une meilleure pipe.

Un gargouillement amusé m'échappe.

— Il y a des livres pour ça ?

— Oh, oui.

Elle fait danser ses sourcils.

— J'en ai toute une étagère. Je vais t'en prêter un. C'est notre dernière année, bordel ! Ta dernière occasion de te lâcher et de t'amuser avant que le monde réel nous l'interdise. Il faut que tu profites de ta liberté avant qu'il soit trop tard. Fais-moi confiance, dans deux ou trois ans, tu regretteras d'avoir passé autant de temps à la bibliothèque au lieu de lâcher du lest.

J'essaye de l'apaiser avec un sourire. Sans quoi, elle continuera à insister.

— Tu as absolument raison. Je vais y réfléchir.

Je brandis un pouce vers ma chambre.

— Après avoir étudié ma biostatistique.

Carina lève ses yeux noisette bleu gris au ciel alors que je m'échappe avant qu'elle ne se fourre dans la tête de m'entraîner dans l'appart voisin. Après ce qui s'est passé dans le couloir avec Ryder, c'est la dernière personne avec laquelle j'ai envie de passer du temps. Je n'ai aucun désir de voir toutes les fans de hockey qui seront inévitablement accrochées à lui. J'y assiste déjà suffisamment quand on se croise sur le campus.

Si cette pensée me laisse un goût amer dans la bouche, je l'ignore avant de m'emparer d'un manuel de biostatistique pour m'y plonger. Braquer mon attention sur les cours apaise mes nerfs. C'est sécurisant. Comme si je m'enroulais dans une couverture chaude et confortable. Au bout de vingt minutes, je roule sur le côté et ouvre brusquement le tiroir de la table de chevet pour prendre un surligneur. Le rose. Alors que je porte l'extrémité à ma bouche afin d'en retirer le bouchon mordillé, je remarque un petit carré de papier plié calé sous la petite barre en plastique.

Sans savoir ce que c'est, je tire dessus et la déplie. Une fois le papier froissé ouvert sur la page de mon livre, mon regard le parcourt.

BUCKET LIST [1] **pour l'université**
1. Me faire peloter à la bibliothèque
2. Me baigner à poil
3. Karaoké !
4. Me saouler pendant une fête
5. Un rencard romantique
6. Un orgasme (avec une autre personne)
7. Danser en boîte
8. Coucher dans un endroit public
9. Sécher les cours
10. Tomber amoureuse

QUAND LE PASSÉ vous revient en force ! C'est la liste que j'avais écrite après le bac, quand j'étais à la maison alors que mes camarades de classe faisaient la fête. Y compris le garçon de l'appart voisin.

Je le sais parce que je regardais par la fenêtre de ma chambre et je l'ai vu se faire déposer par plusieurs filles dans une décapotable avant de rejoindre en titubant sa porte d'entrée. Alors j'ai continué à l'observer quand Lindy Mavis l'a escaladé comme un arbre et s'est mis à le peloter.

En cet instant, j'avais eu l'impression d'être la pire loser de l'univers parce que j'avais bossé comme une malade pour terminer major de promo. J'avais juré que l'université serait différente et j'avais rédigé une liste des expériences que je vivrai au cours des quatre années suivantes.

Mon regard parcourt la feuille pour la deuxième fois.

J'avais presque oublié cette liste. D'ailleurs, je croyais que je l'avais jetée après la première année, quand j'avais déménagé du dortoir.

Les trois dernières sont passées en un éclair et soudain, j'aurai mon diplôme au printemps. Un étrange mécontentement s'empare de moi. Comprenez-moi bien, je suis satisfaite de ma vie, mais j'avais pensé que je ferais davantage qu'étudier à la bibliothèque. J'avais pensé qu'il y aurait eu des fêtes, des activités et des garçons…

Vous savez, des trucs d'université.

Des choses amusantes.

Ce n'est pas comme si je n'ai pas pu sortir ou apprendre à connaître plus de gens, mais je me suis concentrée sur mes cours pour m'efforcer d'intégrer les écoles de médecine de mon choix. Je vais décrocher mon diplôme avec un score presque parfait. Des distinctions à la pelle. Toutes les organisations étudiantes qui font bien sur un CV – à part celles branchées relations sociales ? Je les ai rejointes et les ai présidées.

Après tout, il faut se donner l'occasion de réussir, n'est-ce pas ?

Mais quand même… j'ai du mal à croire que rien n'a été coché sur cette liste.

À part étudier, qu'ai-je fait d'autres de mon temps ?

J'ai assisté à quelques fêtes, mais je n'ai jamais bu plus d'un verre de bière. Et même ça a été un combat. Ce n'est pas comme si ça avait bon goût.

Mon regard est attiré par le numéro 6 et je pousse un lourd soupir.

J'ai tenté de le cocher à plusieurs reprises.

Avec deux ou trois garçons différents.

La plupart n'ont pas eu l'air de chercher à savoir si je prenais mon pied ou pas. D'ailleurs, l'un d'eux a même essayé de me dire quand j'ai mentionné mon absence de... *pic...* que les filles ne jouissent pas aussi souvent que les garçons et que c'était comme ça.

Oui, c'est ça. Continue de te raconter des histoires.

Particulièrement alors que je n'ai aucun problème à atteindre l'extase toute seule.

Un petit plaisir égocentrique.

Je préférerais ne pas y penser, mais Carina et moi vivons ensemble depuis trois ans et je l'ai entendue se taper un mec à plusieurs reprises. Les murs des appartements que nous avons partagés étaient malheureusement tous très fins. À en croire les gémissements qui m'ont tenue éveillée plus d'une fois, elle est capable de prendre son pied sans problème.

Ou alors c'est une super actrice.

Faites-moi confiance, je n'ai absolument pas envie de surprendre un moment privé, mais elle se montre parfois très sonore. Le lendemain matin, j'ai eu du mal à les regarder dans les yeux, l'un comme l'autre, sans avoir l'impression d'avoir les joues en feu.

C'est très embarrassant !

Sans mentir.

Je fronce les sourcils en reconcentrant mon attention sur la liste. Je trouve un peu pathétique d'être étudiante en licence et d'avoir vécu hors du cocon familial depuis trois ans, et d'avoir à peine fait l'expérience de tout ce que la vie peut offrir.

Cela dit, hors de question que je fasse toutes ces choses maintenant.

Je veux dire, quand même...

Me baigner à poil ?

Un karaoké ?

Baiser dans un endroit public ?

Hors de question.

J'ai des choses bien plus importantes sur lesquelles me concentrer... Mon avenir, par exemple.

Avec précaution, je replie le vieux bout de papier et le repose sur ma table de chevet avant de me replonger dans mes études.

CHAPITRE 4

yder

— Qu'est-ce que tu fous, McAdams ? Apprends à monter une défense ou barre-toi de ma patinoire !

Ma mâchoire se contracte et je serre si fort les dents que j'ai l'impression que mes molaires partent en poussière.

Sa patinoire ?

Absolument pas. Ça a toujours été *ma* patinoire.

C'est lui l'intrus.

Pas moi.

C'est moi qui suis à ma place ici.

Je suis vraiment tenté de lui balancer quelque chose, mais je garde la bouche fermée.

J'espère qu'il plaisante.

Bien sûr que j'ai ma place. J'aimerais d'ailleurs avoir l'occasion de jouer durant notre prochain match. Au train où vont les choses, c'est mal barré.

Vous vous imaginez ?

Rester sur la touche tandis que tous les autres sont sur la glace ?

Cette pensée suffit à me nouer douloureusement le ventre, ce qui ne fait que me mettre davantage sur les nerfs et remettre en question tous mes mouvements. C'est un cercle vicieux qui ne prend jamais fin.

Si j'avais su que Coach K allait nous laisser en plan, j'aurais évité ces conneries et serais allé jouer directement pour Chicago, puisqu'ils m'avaient sélectionné après ma deuxième année. En l'absence de contrat signé, j'étais toujours éligible pour jouer pour Western pendant les deux années suivantes. À la fin de ma saison junior, j'avais eu une conversation avec Brody McKinnon et mes parents. On avait discuté des avantages et des inconvénients d'un passage au niveau supérieur. Finalement, on avait convenu qu'une année supplémentaire au top niveau universitaire me ferait du bien. Ça m'aurait donné le temps d'affiner mes compétences et de gagner en muscles, afin d'entrer en force chez les pros.

Chaque fois qu'on monte en grade – que ce soit du local au régional, du régional à la fac ou aux juniors, de la fac à la ligue nationale –, c'est une transition suivie d'une période d'adaptation. Tu dois bosser plus dur parce que tes adversaires sont largement supérieurs.

Le jeu est plus rapide.

Certains joueurs adorent relever le défi, tandis que d'autres se font bouffer et on n'entend plus jamais parler d'eux. Ils finissent par coacher dans des lycées au milieu de nulle part. Je n'ai pas l'intention de me retrouver propulsé dans cette catégorie. Toute ma vie, j'ai bossé dur afin d'intégrer la ligue nationale.

Mais ce connard débarque au dernier moment et casse mon trip et mes projets ?

Non, hors de question.

Je reporte mon attention sur Garret Akeman qui patine vers moi avec le palet. Derrière sa grille, ses lèvres affichent un sourire lent. S'il y a bien un mec qui se délecte de ma déchéance, c'est lui.

Connard.

On a intégré l'équipe ensemble en première année et nous avons été en compétition ouverte au cours des trois dernières années. Et puisque Coach K m'avait préféré à lui, ce n'était pas une compétition.

Pas vraiment.

Mais bien entendu, le nouvel entraîneur pense qu'Akeman est infaillible.

— Apparemment, ta position est une vraie passoire, McAdams. Qui aurait cru que tu culminerais avant la fin de la fac ? Je n'aimerais pas être toi.

Je ne prends pas la peine de répondre. Je préfère lui emboutir l'épaule et continuer de patiner.

Après ça, le reste de l'entraînement est parti en vrille. Quoi que je fasse, Philips se plaint.

J'ai besoin de bosser mon positionnement. Je cède à mon adversaire trop d'espace pour évoluer.

Je n'utilise pas ma crosse dans les zones de passe.

Je ne prends pas au corps quand j'en ai l'occasion.

Il faut que je travaille mes prises de décision.

Quand je quitte la glace, mes muscles me font mal et j'ai envie de donner des coups de poing dans quelque chose.

De préférence, le visage suffisant d'Akeman.

Je jure que chaque fois que l'entraîneur m'a crié dessus, Garret était toujours là, avec un grand sourire en travers de la tronche. Je ne sais pas si je survivrai à une saison entière de ce genre de conneries.

Sérieusement pas.

Cette pensée suffit à me faire vriller mentalement.

Chaque fois que je pose le pied sur la glace pour l'entraînement, je me dis que cette fois, je vais retourner la situation.

Ça n'est pas encore arrivé et je commence même à me demander si c'est possible.

Je pénètre dans le vestiaire comme un bourrin et jette ma crosse dans l'armoire près de la porte avant d'aller rapidement me laisser tomber sur le banc, comme si le poids du monde me pesait sur les épaules. La sueur dégouline sur ma nuque alors que je défais mon casque et le retire brusquement.

Ford fait la même chose avant de secouer ses cheveux.

— Ce mec en a vraiment après toi.

Je lui adresse un regard noir.

— Tu crois ? Qu'est-ce qui t'a mis la puce à l'oreille ? Le fait qu'il me fait une coloscopie chaque fois que je suis sur la glace ?

Il s'étrangle de rire.

— Jolie image.

Avec un haussement d'épaules, je retire mon maillot d'entraînement et arrache les sangles de mes épaulières. Tout ce qui s'est passé pendant cet entraînement de deux heures me tourbillonne vicieusement dans le cerveau alors que je commence à retirer mes patins. Toutes les erreurs. Toutes les fois où il a crié mon nom. Ça repasse en boucle sans s'arrêter.

Tout autour de moi, des rires, des bavardages et des voix tonitruantes remplissent l'espace. Les conversations mentionnent des fêtes partout sur le campus. Quelques mecs disent qu'ils vont aller à Slap Shotz, un bar de sports local où l'équipe de hockey aime se rassembler. À Western, cet endroit est une sorte d'institution.

Après le traitement que je viens de subir, toutes ces options ne m'intéressent pas.

Je suis trop en colère.

Contre moi.

Mais principalement contre Philips qui a débarqué et n'a pas seulement plombé ma saison, mais également ma confiance en moi.

— Apparemment, tout le monde vient chez nous après, dit Ford qui interrompt le flot de mes pensées.

Génial. C'était précisément ce dont j'avais besoin. Tirer la tronche en privé n'est plus une option à moins de vouloir rester enfermé dans ma chambre pendant le reste de la soirée.

Je me passe une main sur le visage et envisage cette possibilité.

— Mec, tu as besoin de te calmer et de te détendre. Une petite chatte fera l'affaire, continue Ford alors que je garde le silence.

Quand ai-je baisé pour la dernière fois ?

Deux semaines ?

Je me creuse les méninges pour trouver la réponse.

Bordel ! Se peut-il que ça fasse plus longtemps ?

Depuis que Philips me pourrit mon plaisir sur la glace, mon pouvoir de séduction auprès des femmes a également chuté de façon considérable. À ce que j'en sais, ça fait des mois. Je n'ai juste pas été intéressé.

Ford a peut-être raison.

J'ai peut-être besoin de me plonger dans une fille sympa.

Certes, ça ne réglera pas mes problèmes à la patinoire, mais ça m'aidera peut-être à les oublier pendant quelques heures.

À ce point-là, j'accepterai tout ce qu'on me proposera.

CHAPITRE 5

*J*uliette

— Si vous n'avez pas d'autre question sur ce cours, vous pouvez y aller. On se revoit la semaine prochaine.

Dès que les mots *vous pouvez y aller* sortent des lèvres du Dr Bell, tout le monde bouge. Des livres et des ordinateurs sont fourrés dans des sacs puis les étudiants quittent la classe comme des rats qui s'échappent d'un bâtiment en feu.

C'est plutôt comique.

Et j'apprécierais peut-être l'humour si je n'étais pas une des personnes qui tente de quitter la pièce à la hâte. Contrairement à bon nombre de mes camarades, ce n'est pas parce que j'apprécie le professeur et ses cours. Au contraire, la biostatistique est l'un de mes cours préférés.

Je suis presque certaine que ça fait de moi une nerd.

Ce n'est quand même pas ma faute si je trouve les concepts et les informations fascinantes ?

J'aime utiliser des techniques et des outils variés pour recueillir des données avant de les résumer, les analyser et les interpréter. Ce genre d'informations que tu peux apprendre et utiliser afin de venir en aide à la population a le potentiel d'améliorer leur qualité de vie. Je parle de soigner des maladies et d'aider les gens à vivre plus longtemps et en meilleure santé.

Qu'est-ce qui pourrait être plus excitant ?

Mon excuse pour m'éclipser rapidement tient plus au fait qu'Aaron suit ce cours. Je sais parfaitement que j'ai besoin d'invoquer tout mon courage et lui dire qu'il n'est qu'un ami. Mais est-ce forcé d'être aujourd'hui ?

Cette conversation pourrait avoir lieu demain.

Ou bien la semaine prochaine.

Si j'ai de la chance, d'ici là, Aaron ne sera plus intéressé et je n'aurai pas à gérer la situation. On pourra redevenir des potes de révision et oublier notre tentative ratée pour entamer une relation romantique.

Alors que je franchis le seuil, un soupir de soulagement m'échappe et mes muscles se détendent. Apparemment, j'ai...

— Hé, Juliette, attends !

Comme une lâche, je baisse la tête et accélère le pas, fendant la foule de ceux qui remplissent à présent le couloir bondé.

— Juliette !

Le temps que j'enregistre la proximité de sa voix, des doigts s'enroulent autour de mon biceps afin de m'arrêter.

J'affiche un large sourire de façade tout en me forçant à croiser son regard.

— Salut, Aaron. Comment vas-tu ?

— Bien. Je t'ai appelée.

Il se gratte le côté de la tête.

— Tu ne m'as certainement pas entendu.

Je grimace alors que le mensonge me vient un peu trop rapidement.

— Oh, désolée. Je pensais aller au laboratoire pour notre prochain cours de chimie inorganique.

Il hoche la tête d'un geste compréhensif puis on se dirige vers la sortie du bâtiment pour émerger sous le soleil lumineux.

— Oui, je vois pourquoi c'est important.

Une brise glacée glisse sur mes joues et le poids de ce que je dois faire me pèse sur l'estomac. C'est comme un pansement qui a besoin d'être retiré d'un coup sec afin de causer le moins de douleur possible.

Avant que je puisse ouvrir la bouche pour me forcer à parler, il s'éclaircit la gorge.

— J'avais envie de répéter que j'ai passé une vraie bonne soirée l'autre soir.

Je hoche la tête.

— Oui, moi aussi. C'était bien.

Il affiche un sourire soulagé et ses épaules minces perdent un peu de leur rigidité.

— Super. Je me disais bien qu'on était sur la même longueur d'onde.

Fais-le tout de suite.

Dis-lui.

Qu'on en finisse.

— Aaron, me forcé-je à poursuivre. Même si…

— Puisqu'on est tous les deux d'accord, m'interrompit-il. Je pense qu'on pourrait officialiser les choses.

Ma voix meurt rapidement alors que je l'observe avec des yeux écarquillés.

— Oh…

Euh…

Je ne peux rien lui dire d'autre.

Une étincelle d'électricité dévale le long de mon dos et de mes bras. Je lève les mains afin de repousser l'étrange sensation avant de regarder le chemin bondé. Immédiatement, je croise le regard bleu de Ryder. Malgré la distance qui nous sépare, la puissance de son intensité me transperce. Son regard qui se prolonge me donne l'impression que ma peau est devenue trop petite pour mon corps. Je suis à deux doigts de prendre feu.

— Juliette ?

Je me retourne vers Aaron en clignant des paupières. Même si mon attention n'est plus braquée sur Ryder, je reste consciente de son regard passionné qui brûle ma peau et me consume de l'intérieur. C'est comme une caresse physique impossible à ignorer. Ce n'est que lorsqu'il disparaît à travers la mer d'étudiants, s'éloignant de la patinoire du campus, que je suis capable de reprendre ma respiration.

— Alors, qu'en dis-tu ? On est le prochain couple phare de Western ?

Ses paroles mettent deux ou trois secondes à pénétrer le brouillard mental qui est descendu sur mon esprit.

Je me mordille la lèvre inférieure avant de me forcer à parler.

— Je suis vraiment désolée, Aaron. Je crois que ce serait mieux si on restait amis.

Il fronce brusquement les sourcils et je me prépare à une dispute.

— Vraiment ?

— Oui. Je t'apprécie beaucoup, mais pas… de façon romantique, ajouté-je rapidement. J'espère que tu comprends.

— Oh…

Il baisse les yeux vers ses mocassins.

— Je… Euh… Je crois qu'on n'est pas sur la même longueur d'onde après tout.

— Non, je ne pense pas qu'on le soit. Je suis vraiment désolée pour toute cette confusion.

— Eh bien, c'est vraiment une déception, marmonne-t-il en envoyant voler un caillou avec la pointe de sa chaussure. C'est juste qu'on a tellement de choses en commun. Qu'on se mette ensemble me semblait être une évidence.

— Tu as raison, on a beaucoup de choses en commun. Mais il n'y a simplement pas… tu sais… d'étincelle.

Pas comme lorsque Ryder et moi nous retrouvons ensemble.

Dès que cette pensée insidieuse me vient à l'esprit, je la repousse avant qu'elle ne puisse prendre racine et faire des dommages permanents.

Il incline la tête et humecte ses lèvres desséchées.

— Il n'y a pas de preuve scientifique pour appuyer ton allégation que l'attirance chimique existe. Les couples fonctionnent parce qu'ils ont des fondations solides faites d'intérêts, de morale et de valeurs partagés.

— L'attirance ne peut se mesurer qualitativement, mais elle existe.

Sans quoi, comment expliquer ma réaction physique envers Ryder McAdams ? C'est l'exemple typique d'une attirance chimique. Nous n'avons absolument rien en commun. On ne s'apprécie même pas, et pourtant…

Des feux d'artifice éclatent quand on est ensemble.

Son expression se fait perplexe.

— Mais si ce n'est pas démontrable, comment peux-tu en être aussi certaine ?

— Parce que je l'ai ressentie et j'ai vu des relations qui possédaient cette alchimie et ont résisté à l'épreuve du temps. J'y crois et c'est ce dont j'ai envie.

Simplement pas avec Ryder.

Plus avec quelqu'un comme Aaron avec qui je partage des intérêts.

— Certes.

Son expression se fait songeuse alors que l'on continue d'avancer.

— Je ne peux pas dire que la tournure des événements ne me déçoit pas. Tu passes à côté de quelque chose de bien.

Je me force à sourire.

— Tu as raison, et c'est moi qui vais devoir vivre avec cette décision.

N'ayant rien à ajouter à ce sujet, Aaron tend le pouce par-dessus son épaule.

— Je devrais probablement aller à la bibliothèque. Il faut que j'étudie. Tu veux te joindre à moi ?

— Peut-être la prochaine fois. J'ai rendez-vous avec mon conseiller dans dix minutes puis je file au labo.

Il hoche la tête et m'adresse un geste de la main avant de disparaître.

Mes muscles se détendent alors qu'on se quitte…

En bons amis.

Le reste de la journée est un véritable tourbillon. Quand je franchis enfin la porte de notre appartement à dix-neuf heures ce soir-là, je traîne des pieds et j'ai le cerveau qui fume. J'ai hâte de retrouver mon lit et de dormir.

— Hé ho ! m'écrié-je quand je ne repère pas immédiatement Carina recroquevillée sur le canapé, plongée dans un livre.

Plusieurs lumières sont allumées et quand il y a de la lumière, je sais qu'elle est là.

Je glisse la tête à l'intérieur de sa chambre. C'est une explosion de vêtements, de livres, de coussins colorés et de maquillage. Des posters de danse et des photos d'amis et de membres de sa famille recouvrent pratiquement tous les murs. La chambre de Carina est un reflet direct de sa personnalité : elle déborde d'une énergie vibrante.

Nos regards se croisent dans le miroir de plain-pied puis elle fait volte-face.

— Je suis vraiment contente que tu sois là !

— Ah oui ?

Son accueil excessivement enthousiaste déclenche un signal d'alarme.

Je la regarde en plissant les paupières. Le caleçon et le sweat confortables qu'elle porte généralement quand on se terre pour la soirée ont été remplacés par un pull décolleté couleur crème, une jupe courte en velours côtelé brun, et des bottes en daim d'une belle couleur noisette. Elle a lâché ses longs cheveux blonds sur ses épaules et son maquillage est parfait avec un œil charbonneux.

— Tu as fait tout ça pour moi ? dis-je avec un geste de la main. Tu n'aurais pas dû.

— On sort, réplique-t-elle en ignorant ce commentaire.

Elle me regarde de la tête aux pieds avant de revenir à mon visage.

— Et tu dois enfiler quelque chose d'un peu plus approprié à une fête.

La pensée de me mobiliser juste pour participer à une fête hors campus me fatigue encore plus que je le suis déjà.

— Certainement pas. J'allais passer une heure à lire avant de me coucher tôt.

Je tends un doigt dans sa direction.

— Mais va t'amuser ce soir. Tu me raconteras tout demain matin.

Quand je tente de sortir de sa chambre, elle fait un bond en avant avec une vitesse extraordinaire, comme un serpent qui a l'intention de mordre. Ses doigts se referment autour de mon poignet et elle m'attire plus profondément dans son repaire.

— Certainement pas ! Tu vas m'accompagner.

Quand j'ouvre la bouche, elle poursuit à la hâte :

— Avant que tu puisses protester, sache que ce soir, je joue l'atout de la meilleure amie.

J'écarquille les yeux.

— Sérieusement ?

— Oui.

Elle appuie sur le i à la fin du mot.

— Je le fais pour ton propre bien. Tu bosses trop et tu as besoin de te lâcher un peu et de t'amuser.

Elle incline la tête et scrute mon visage.

— Tu te rappelles comment on s'amuse, n'est-ce pas ?

Je prends un moment pour me creuser la mémoire.

— Euh, je crois.

Elle affiche un large sourire.

— Super !

Je désigne ma tenue.

— Je peux porter ça ?

Ses yeux écarquillés sont éloquents, mais pour que je comprenne bien, elle me décoche :

— Absolument pas.

Je croise les bras.

— Je n'ai rien de plus approprié pour une fête.

Elle pince les lèvres.

— C'est vraiment triste ! Je suis contente qu'on soit d'accord que ta garde-robe manque du style nécessaire qu'on recherche pour ce soir. Pour ton information, j'ai pris la liberté de fouiller ton placard et tes tiroirs. Joli vibro, d'ailleurs. Super mignon. J'aime bien le look rose et noir. Et il est si petit que tu peux le fourrer directement dans ton sac.

Je grimace en me sentant rougir.

— Tu es horrible de mettre ça sur le tapis.

— Quoi donc ? Je te complimente sur ton choix de vibro. Qu'y a-t-il de mal là-dedans ?

— Arrête de dire vibro, marmonné-je.

Carina et moi avons beau être proches, ce n'est pas un sujet dont j'ai envie de discuter avec elle. Ou avec qui que ce soit d'autre, d'ailleurs.

— Tu préfères vibromasseur ? Ou peut-être « outil de plaisir personnel » ? Ou alors « auxiliaire à l'amour de soi » ?

— Je préférerais qu'on fasse semblant de ne jamais avoir eu cette conversation.

Je fronce les sourcils.

— Et pourquoi voudrais-je le mettre dans mon sac à main ?

Elle hausse les épaules.

— Je ne sais pas. Quand tu as une petite envie et que tu as besoin de l'utiliser en extérieur ?

— Où ? Dans les toilettes publiques ?

— Tu dis ça comme si ça ne se faisait pas.

— Oh, mon Dieu, Carina ! Ce n'est pas vrai ! Personne ne se masturbe dans les toilettes de la fac.

Elle arque un sourcil.

— Tu en es certaine ?

Je pince les lèvres.

— Je crois que cette conversation est terminée.

Elle jette les mains en l'air et lève les yeux au ciel.

— C'est toi qui as commencé.

Avant que je puisse contrer, elle désigne son lit d'un geste digne d'une animatrice de la Roue de la Fortune.

— Quoi qu'il en soit, j'ai sorti ceci de ma garde-robe.

Mon attention se tourne alors vers une jupe courte rouge et un pull-over en cachemire doux noir que sa mère lui avait offert à Noël, l'année dernière.

— Les bottes noires que tu as achetées en solde iraient super bien avec ça, non ?

Attendez un peu… C'est génial !

Carina a beau étudier la danse, elle a un œil fantastique pour la mode.

Certes, je pourrais protester, mais je sais déjà comment la soirée va se terminer : je vais assister à cette fête avec ma coloc.

Elle a raison. Ça fait un moment qu'on ne s'est pas habillées pour sortir ensemble, ce qui arrive quand elle joue l'atout de la meilleure amie. Elle ne le fait pas souvent et généralement, je la suis. Bon, d'accord… Ce n'est peut-être pas entièrement vrai. Normalement, je lutte un peu avant de céder gracieusement. Ce soir, je ne vais même pas faire l'effort.

— D'accord, très bien.

— Quoi ?

Elle cligne des paupières comme si je l'avais complètement déboussolée.

— Tu m'as bien entendue. Je vais y aller et je vais même porter la tenue que tu as choisie.

— Ouah, marmonne-t-elle. Je ne m'attendais pas à ce que tu cèdes aussi facilement.

Elle plisse les yeux.

— Attends une minute, tu essayes de me manipuler en douce ? Tu tentes de me donner un sentiment trompeur de contentement afin que je baisse ma garde ?

Mes lèvres tremblent.

— Non. J'ai repensé à ce que tu as dit l'autre jour et tu as raison.

— Bien sûr que j'ai raison. À quel sujet ?

— Tu as dit que c'était notre dernière année et que je devrais en profiter. Dieu sait que la fac de médecine sera encore plus exigeante que ça. Puis il y aura mon internat. Alors…

Il faut que je m'arrête de temps en temps, que j'inspire profondément et que je prenne du bon temps.

Et ça commence ce soir.

Son visage s'illumine d'un large sourire puis elle fait des bonds en tapant dans ses mains.

— Super ! Je suis super contente. On va vraiment s'amuser !

— Moi aussi.

C'est presque une surprise de me rendre compte que je le pense vraiment.

Quoi qu'on fasse, Carina et moi passons toujours du bon temps, même si ça signifie traîner à l'appartement. Nous sommes opposées dans tous les sens du terme, mais elle a fini par devenir une amie incroyable. On s'est rencontrées pendant la première année en cours d'anglais et depuis, on est devenues meilleures amies. La deuxième année, on a décidé de vivre ensemble dans les dortoirs et l'année suivante, on a loué un appartement hors campus.

Elle va me manquer l'année prochaine.

Quoi qu'on fasse, ce sera séparément.

Trente minutes plus tard, je me suis glissée dans la tenue de Carina. Et quand je dis glissée, je pèse mes mots. Sa silhouette de danseuse est plus grande et élancée que la mienne. Et elle n'a pas de bonnets D non plus. Je crains presque de déformer son pull. Cela dit, elle n'avait même pas coupé l'étiquette, alors je ne sais pas si elle s'en souciera. J'ai ce que ma mère appelle une silhouette en X. On ne sait pas de qui je la tiens, puisqu'elle est élancée comme Carina.

La jupe est magnifique, mais j'espère que je ne vais rien laisser tomber, parce que je ne pourrai pas me pencher sans montrer ma culotte.

Ou plus précisément, mon string.

Elle n'a pas seulement fouillé dans mon tiroir à sous-vêtements où elle a trouvé mon jouet, elle en a aussi sorti un string minuscule et un soutien-gorge assorti. Je change de position et résiste à l'envie de retirer ce fil dentaire d'entre mes fesses.

Les sourcils froncés, je croise son regard dans le miroir.

— Ce string n'est pas confortable.

Elle envoie balader mes inquiétudes.

— Ne t'inquiète pas, tu vas t'y habituer.

— Oui, c'est bien ça, le problème. Je n'ai pas envie de m'y habituer. Ce n'est pas sans raison qu'il était fourré au fond de mon tiroir.

— Je sais. Il a vraiment fallu que je fouille, mais ne t'inquiète pas, je l'ai quand même trouvé.

Quand je la fusille du regard, elle ajoute en souriant :

— Ça t'aidera à te sentir sexy.

Comment est-ce possible ?

— Pourquoi un fil dentaire coincé dans ma raie du cul me ferait-il me sentir sexy ?

Elle lève les yeux au ciel et souffle avant de retourner vers le bureau qui lui sert de commode pour prendre du mascara et du rouge à lèvres. On met encore vingt minutes pour faire ma coiffure et mon maquillage.

Généralement, je les coiffe en un chignon lâche ou une queue de cheval parce que c'est rapide et facile. Comme elle, j'ai des boucles qui flottent sur mes épaules et elle m'a fait des yeux charbonneux pour aller avec.

Je ne me suis même pas reconnue quand elle m'a fait me tourner en disant :

— Et voilà !

J'ai l'air... sexy.

— Tu as vraiment des doigts de fée, dis-je en me tournant d'un côté puis de l'autre afin de mieux me contempler. C'est une étrange sensation de regarder son propre reflet et d'avoir l'impression qu'on voit une inconnue.

— Pas besoin d'être une sorcière. Tu es magnifique, avec des pommettes géniales et de très longs cils ! J'ai juste ajouté quelques boucles et un peu de mascara pour faire ressortir tes yeux. Le pull et la jupe moulent tes courbes comme pas possible !

Elle m'adresse un sourire satisfait.

— Ça fait une différence extraordinaire, n'est-ce pas ?

— Mais j'aime les jeans et les tee-shirts ! Ou mieux encore, les sweats et les caleçons confortables.

Elle pousse un long soupir.

— Oui, je sais. J'ai fait de mon mieux pour te faire perdre cette habitude avant la fin de notre dernière année.

Mes lèvres prennent un pli amusé.

— Ça n'a pas fonctionné.

— Non, apparemment pas.

Elle ajoute quelques dernières touches et voilà, on est prêtes à partir. En dépit du froid, on ne met pas de veste quand on prend nos sacs avant de partir. Je n'ai pas fait un pas hors de l'appartement que je manque d'emboutir un de nos voisins.

— Salut, Jules, dit Ford en me jetant un regard. Vous passez la soirée dehors ?

Carina claque la porte derrière elle et se retourne. Son sourire s'évapore quand elle voit son ex-demi-frère qui se tient de l'autre côté du seuil.

— Oh.

Sa voix se fait monotone alors que ses yeux s'assombrissent.

— C'est toi.

Le sourire qu'il m'adresse redouble d'ardeur quand il l'aperçoit. Je m'attends presque à ce qu'il se frotte les mains avec une joie à peine contenue.

— Tu sais toujours t'y prendre pour qu'un garçon se sente spécial. Ça doit être ta personnalité pétillante qui fait que tous les mecs sur le campus viennent frapper à ta porte. Ou est-ce parce qu'ils apprécient ta manière de les repousser ?

Il fait semblant de réfléchir en se tapotant le menton.

— Je n'ai jamais compris.

— Il faut que je te donne quelque chose.

Elle fait semblant de fouiller dans son sac.

— Tiens.

Le visage fermé, elle lève la main en brandissant le majeur.

— J'ai juste envie que tu te sentes indésirable, pas autre chose.

Il envahit son espace personnel et lui murmure à l'oreille quelques mots que je ne parviens pas à distinguer. Elle écarquille les yeux et le repousse rapidement pour le faire reculer.

— Tu es vraiment un pervers, gronde-t-elle.

Il répond par un ricanement.

Wolf attire mon regard avant de désigner l'ascenseur d'un geste du menton.

— Et si on accordait à ces deux jeunes gens un peu d'intimité pour qu'ils puissent discuter de leurs problèmes.

Je regarde Carina et Ford. Elle a l'air à deux doigts de lui arracher les yeux.

— Ça vaudrait probablement mieux. Qui sait pendant encore combien de temps ils vont s'envoyer des piques ?

— Je suis bien d'accord, ajoute Madden en levant les yeux au ciel.

Autrefois, Carina et Ford étaient frère et sœur par alliance. Je ne me souviens pas si c'était la mère de Carina et le père de Ford ou bien le contraire. Leur mariage n'a duré que quelques années avant qu'ils ne se séparent. Même s'ils ne sont plus parents, ils se bouffent constamment le nez. C'est comme ça depuis que je les connais.

Il aurait probablement mieux valu qu'ils vivent le plus loin possible l'un de l'autre, mais le père de Ford connaît le gérant de l'immeuble. Il a eu une super ristourne sur le loyer, et voilà !

Voisines de Ford !

Wolf et Madden sont des types bien.

Pour des joueurs de hockey.

Je ne connais pas très bien Wolf. Il est plus solitaire que le reste de l'équipe. En plus, il est intimidant, avec sa tête rasée et ses tatouages. Il me dépasse d'une bonne tête et la largeur de ses épaules est impressionnante. Il a toujours été sympa, mais…

Il y a chez lui une intensité que je trouve troublante. La façon dont il me regarde me donne l'impression d'être mise à nu. Pas sexuellement, plus d'une façon qui dit *je connais tous tes secrets*.

Madden semble être aussi quelqu'un de bien. Il a des cheveux sombres coupés court et des yeux couleur café. Il a le sourire facile et est très musclé. Je crois qu'il passe beaucoup de temps à s'entraîner. Même s'il n'est pas un de ces athlètes qui se tape une fille différente tous les week-ends, je ne lui ai jamais connu de relation sérieuse non plus. Pourtant, il pourrait. Il y a suffisamment de filles qui se battent pour obtenir son attention. Maverick avait mentionné qu'au lycée, il avait eu une relation sérieuse, mais qu'ils avaient rompu en première année.

Une fois qu'on arrive devant l'ascenseur, j'enfonce énergiquement le bouton et prie pour qu'il arrive rapidement. J'entends encore Carina et Ford qui s'échangent des piques acerbes dans le couloir.

— Il faut que ces deux-là couchent ensemble et passent à autre chose, marmonne Wolf.

— Quoi ?

Je tourne brusquement la tête vers lui en haussant les sourcils. Je ne l'ai pas entendu correctement, pas possible !

Il hausse un sourcil sombre comme pour me défier de le contredire.

— Il faut qu'ils couchent ensemble pour qu'ils arrêtent de se taper sur le système. Leurs disputes constantes étaient amusantes au début. Maintenant, c'est juste irritant.

Carina et Ford ?

Hors de question. Il interprète mal la situation.

Je secoue la tête en signe de désaccord.

— Ce n'est pas ça du tout.

Wolf répond par un sourire narquois.

— Sérieusement ? Avec eux, toutes leurs disputes et les piques qu'ils s'envoient sont des préliminaires. Ça suffit. Qu'ils en viennent à la pièce de résistance pour qu'on puisse tous poursuivre le cours de nos vies !

J'ouvre la bouche en adressant un regard à Madden pour lui demander son avis sur la question.

Il hausse brusquement les épaules avant de hocher la tête.

— Je suis d'accord avec Westerville sur ce point, petite McKinnon.

Je suis tellement choquée que je ne prends même pas ombrage de l'appellation *petite McKinnon*.

C'est avec un regard nouveau que je braque à nouveau mon attention sur Carina et Ford. Il la colle de trop près, envahissant son espace personnel, et elle a le visage tout rouge. Je n'avais encore jamais réalisé l'étendue de l'énergie sexuelle qui fait vibrer l'air entre eux.

Quelle surprise !

Wolf et Madden ont peut-être raison.

Coucher ensemble est peut-être *exactement* ce qui doit arriver.

Alors la paix renaîtra dans le royaume.

CHAPITRE 6

Ryder

Le temps que je me change et quitte en toute hâte le centre athlétique, je suis de meilleure humeur.

En partie.

Ford a peut-être raison et j'ai juste besoin de me détendre pour la soirée, boire quelques verres et trouver une fille pour oublier la situation. Tout en moi se détend alors que je porte la bouteille à mes lèvres et avale une longue gorgée.

Au même instant, mon regard court sur la pièce bondée avant d'être attiré par Larsa Middleton. Au moment où nos regards se croisent, elle m'adresse un signe de la main. Dès que je lui rends son salut en levant le menton, elle se sépare du groupe de filles avec lesquelles elle se trouve avant de tracer vers moi.

Larsa n'est pas une fille qui aime jouer à des jeux, chose que j'apprécie.

Ses grands yeux verts restent braqués sur les miens alors qu'elle traverse la mer d'étudiants qui sont entassés au rez-de-chaussée de la maison.

— Salut, Ryder, ronronne-t-elle.

— Salut, toi. Comment ça va ?

Je prends un autre verre.

La blonde plaque les paumes sur ma poitrine avant de les faire remonter lentement.

— Beaucoup mieux depuis que je t'ai trouvé.

Je connais Larsa depuis la première année. De temps en temps, on suit le même cours. À ce que j'ai vu, c'est une fille futée qui a un faible pour les joueurs de hockey. Préférablement ceux qui passent beaucoup de temps sur la glace.

Ce que je préfère chez Larsa ?

Elle comprend que quelques heures passées entre les draps ne sont rien de plus. Il n'y a rien de pire que de baiser avec quelqu'un et au moment où tu te retires, elle veut savoir quand vous allez vous revoir. T'extraire de ces situations s'avère souvent difficile. Parfois, on se fait lancer des objets au visage. D'autres fois, il y a des larmes.

Alors... oui.

Dieu merci pour les filles telles que Larsa, qui comprennent.

Je ne l'avais peut-être pas encore intégré, mais elle est exactement ce dont j'ai besoin. Un peu d'attention et d'amour de la part de la fan numéro un des Wildcats. Au lit, cette fille est un lapin Energizer. Elle va siphonner toute l'énergie de ma queue jusqu'à ce qu'elle n'ait plus rien à donner.

Elle se plaque contre moi assez près pour que je sente ses mamelons durcis à travers mon tee-shirt.

— Au fait, tu as vu la petite sœur de McKinnon ?

Je détourne mon attention de cette fille au sourire chafouin et aux yeux qui contiennent toutes sortes de promesses dévoyées et je regarde le joueur de première année qui a pour seul boulot à cette fête de surveiller la porte.

— Quoi ?

— La petite sœur de Mav, répète-t-il. Elle est là et putain ! Elle est super torride.

— Mav n'a pas de petite sœur.

Je marque un bref temps d'arrêt.

— Tu parles de Juliette ?

Prononcer son prénom suffit à me faire remettre les pieds sur Terre avec un bruit douloureux. Toutes ces bonnes vibrations qui m'avaient envahi se dissipent comme si elles n'avaient été que le fruit de mon imagination.

Les yeux du mec se dirigent immédiatement vers Larsa et y restent braqués. Quand il ne répond pas à la question, je claque des doigts devant son visage afin de récupérer son attention.

— Euh, oui, marmonne-t-il, toujours envoûté par la blonde qui passe les mains sur moi. Juliette. Elle est super chaude.

Je dois l'avoir mal entendu. Visiblement, il est beurré. Ces premières années devraient avoir le droit de boire deux ou trois verres ou shots seulement avant de se faire interdire de boisson. Ils ne savent pas comment faire la fête de façon responsable.

— Hé, regarde-moi.

Quand il reprend ses esprits, je clarifie.

— Tu dis que Juliette McKinnon est ici ?

Je désigne le plancher en bois sous mes pieds.

— À cette fête ?

— Oui. Elle vient d'entrer avec Ford, Wolf, Madden et la sœur de Ford.

Les sourcils froncés, je me frotte les poils du menton tout en scrutant les environs à la recherche de la brune.

Quand ai-je vu Juliette à une fête pour la dernière fois ?

Je ne parle même pas d'une fête après le hockey, mais une fête normale hors campus.

Peut-être deux fois pendant les deux premières années ?

Elle est trop occupée à décrocher de bonnes notes pour avoir une vraie vie sociale.

Si elle est là, je devine que Carina lui a rebattu les oreilles et l'y a forcée. Il est absolument impossible qu'elle soit venue de son propre chef. Une fête de hockeyeurs animée où il se passe toutes sortes de choses n'est pas exactement l'univers de Juliette.

Percevant un bouleversement dans la force, Larsa replie ses faux ongles contre ma poitrine.

Quand mon regard revient vers elle à contrecœur, elle m'adresse une moue. Elle porte du rouge à lèvres roses.

— Je suis prête à partir d'ici. Pas toi ?

Bien sûr !

La promesse sensuelle dans ses yeux me révèle exactement ce qui est prévu pour la soirée et je suis entièrement disposé. Avec un brin de chance, un peu de temps avec la beauté blonde m'aidera à me remettre les pendules à l'heure et je pourrai patiner demain avec une nouvelle perspective. Ce dont j'ai besoin est que Larsa m'aide à apaiser toutes les émotions bouillonnantes à l'intérieur de moi. Je n'ai pas été capable de le faire tout seul.

Ignorant le première année, je lui dis :

— Oui, bébé. Allons-y.

Elle sourit en se mettant sur la pointe des pieds pour déposer un baiser sur mes lèvres. Elle attrape ma lèvre inférieure avant de tirer dessus avec des dents acérées et la relâcher avec un léger pop.

Cette petite manœuvre sexy solidifie ma décision de l'emmener à l'étage.

Je coule un regard au première année qui n'a pas bougé d'un muscle. Bouche bée, il braque sur Larsa un regard flou. Si je baissais les yeux, je verrais probablement une érection.

Je ne peux pas le lui reprocher.

Avec un sourire, je lui donne une bourrade sur l'épaule.

— Tu vois ce que tu pourras avoir si tu joues tes cartes correctement ?

Sa pomme d'Adam monte et descend alors qu'il déglutit et hoche la tête. Son expression exprime l'envie à l'état pur.

Alors que j'enroule un bras autour des épaules minces de Larsa, j'aperçois une tête brune du coin de l'œil. Avec tout ce monde, ça ne devrait pas être suffisant pour m'interpeller et me faire tourner la tête, mais c'est exactement ce qui se produit. Une étincelle me fait palpiter le ventre alors que mes yeux se braquent sur la fille qui vient d'attirer mon attention.

Il n'en faut pas davantage pour que je fronce les sourcils en ralentissant l'allure. Larsa me regarde d'un air surpris quand je m'arrête brusquement.

Attendez un peu…

Ça ne peut pas être Juliette.

Absolument.

Pas.

Possible.

Je plisse les paupières pour mieux observer la fille en question.

Allons…

Ça lui ressemble vraiment beaucoup. Et le premier année avait raison. Cette fille est totalement torride. Visiblement d'accord, ma verge se redresse. D'ailleurs, elle fait bien plus que ça. Plus je la regarde, plus elle durcit.

Larsa me frôle le paquet avec les doigts.

— Hmm, c'est impressionnant. Trouvons-nous un endroit discret pour en faire bon usage.

Oui. C'est exactement ce que je devrais faire.

Sauf que…

Mes pieds refusent de bouger.

Je suis incapable du moindre mouvement.

Particulièrement lorsque cette fille se tourne un peu et que je suis capable de mieux voir son visage.

Le premier regard est comme un coup de poing dans le ventre.

Juliette adresse un sourire au mec à côté d'elle.

Je tourne les yeux vers ce connard.

Wolf.

Qu'est-ce qui se passe, putain ?

— Ryder ?

Les doigts de Larsa se referment sur les miens et elle les serre doucement.

Quand quelques personnes se déplacent, m'offrant une ligne de mire directe, je vois le pull noir qui moule ses courbes comme s'il avait été taillé spécialement pour elle. Mon regard s'abaisse vers la petite jupe rouge qui couvre à peine ses fesses et sur les hautes bottes noires qui mettent ses jambes en valeur.

Si j'étais dur avant, maintenant, je suis en acier.

Mon regard se lève vers son visage pour la seconde fois pour s'assurer que c'est vraiment elle.

Merde !

C'est vraiment elle !

Je n'ai jamais vu Juliette dans une telle tenue.

Jamais.

Et je suis bien placé pour le savoir, puisque ma famille a emménagé à côté des McKinnon quand j'étais au jardin d'enfants. J'aspire ma lèvre inférieure entre mes dents et la mordille. Comment puis-je monter à l'étage passer un bon moment alors que Juliette est en bas habillée comme ça ? Toutes les queues de la maison vont tenter leur coup avec elle.

Je regarde Wolf en plissant les yeux. C'est quelqu'un que je considère comme un bon ami. Si je pensais ne serait-ce qu'une seconde qu'il voulait poser les mains sur elle, je le déboîterais.

Sans la moindre culpabilité.

Bordel !

Je n'ai absolument pas envie de le faire.

Je me passe une main sur le visage.

— Ryder, bébé. J'ai envie. Le dernier mot sonne plutôt comme un *enviiiiiiie.*

Je me force à détourner le regard de Juliette pour observer la beauté entre mes bras.

Merde.

C'est là que je me rends compte que la séance de sexe extraordinaire que j'avais anticipée n'est plus d'actualité. Dans une dernière tentative désespérée pour sauver mes projets, je cherche Mav du regard. Impossible qu'il accepte que sa sœur participe à une fête de hockeyeurs habillée comme ça. Juliette a beau avoir un an de plus, il est protecteur.

Malheureusement, je ne le vois pas.

Je comprends mieux.

— Je, euh, je suis désolé. Je dois faire quelque chose, alors peut-être plus tard…

En moins de deux secondes, les yeux à demi fermés et pleins de promesses de Larsa s'élargissent et se remplissent d'incrédulité.

— Tu es sérieux ?

Vu la contrariété dans sa voix, on ne pourra pas remettre les choses à plus tard.

Du moins pas moi.

— Oui, je le suis. Désolé.

— Tu ne sais pas ce que tu perds, lâche-t-elle en se détachant de moi.

Je le sais parfaitement. J'avais vraiment eu envie de toutes les petites astuces qu'elle avait dans son sac. Cette fille est capable d'un vrai numéro de cirque avec des performances qui sont faites pour choquer et émerveiller.

Et… bon… te faire jouir.

Je hausse les épaules.

Dès qu'elle comprend que ma décision est prise, elle tourne les talons et décampe. Une fois la blonde canon oubliée, je me recentre sur Juliette. Je fronce les sourcils quand je découvre que Wolf a disparu.

À sa place se tient nul autre que Garret Akeman.

Ce putain de Garret Akeman.

Et ceci, mes amis, est l'unique encouragement dont j'ai besoin pour me bouger le cul.

CHAPITRE 7

Juliette

— Tu veux un shot ? demande le hockeyeur baraqué.

— Non, je ne tiens pas l'alcool. Je vais probablement rester à la bière.

Il se rapproche et son sourire devient ultra-Colgate.

— Une raison de plus d'en boire un ou deux. Histoire de te détendre.

Non, je ne pense pas.

Je connais parfaitement la réputation de tombeur de Garret Akeman sur le campus. Je ne cherche pas à rejoindre sa longue liste de conquêtes. D'ailleurs, par principe, je ne m'approche pas des joueurs de hockey. J'essaye généralement d'éviter la plupart des athlètes à Western. Je n'ai pas besoin que des rumeurs reviennent aux oreilles de Mav.

Du coin de l'œil, j'aperçois une silhouette musclée qui joue des coudes à travers la foule. Je tourne la tête dans cette direction et reconnais Ryder. La plupart des gens sont assez malins pour s'écarter de sa route. Il évoque une locomotive qui file le long des rails. Il plisse les yeux et presse les lèvres en une fine ligne tandis qu'un muscle dans sa mâchoire serrée se contracte follement.

J'ai l'impression de voir de la fumée qui lui sort des oreilles.

Hein ?

C'est quoi, son problème ?

Avant que je puisse ouvrir la bouche pour lui demander ce qui ne va pas, il enroule un bras autour de mes épaules et me plaque contre lui. Un couinement de surprise m'échappe alors que je me retrouve pressée contre sa musculature puissante. Mon cœur tourneboule dans ma poitrine et ma bouche se fait cotonneuse.

L'odeur de son eau de Cologne suffit presque à me faire faiblir les genoux.

Quand me suis-je retrouvée aussi près de Ryder pour la dernière fois ?

Je me creuse les méninges pendant une seconde ou deux, mais sans résultat.

Probablement jamais.

Je suis tentée de tourner le visage et d'inspirer son odeur à plein nez. Me débarrasser de ces pensées troublantes me demande un certain effort. J'observe Ryder du coin de l'œil, mais vois qu'il fusille Garret du regard.

Celui-ci arque un sourcil.

— Tu veux quelque chose, McAdams ?

Le bras de Ryder se resserre et il me plaque davantage contre lui.

— Tu sais que c'est la sœur de McKinnon ?

L'autre mec ne détourne pas les yeux de son coéquipier alors qu'il porte une bouteille de bière à ses lèvres avant de dire :

— Je sais parfaitement qui c'est.

Son ton aguicheur a disparu et j'ai l'impression que ces deux-là ne s'apprécient pas beaucoup.

— Alors pourquoi ne nous ferais-tu pas une faveur à tous les deux et tu arrêterais de lui faire du gringue ? grogne Ryder.

— Pour qui te prends-tu ? Son protecteur ?

Il me regarde dans les yeux avant de les abaisser, me dévisageant de haut en bas avant de remonter.

— Elle a l'air assez mûre pour prendre ses propres décisions, tu ne crois pas ?

Même si les gens qui nous entourent sont tous en train de rire et de boire, la tension entre les deux est montée d'un cran, devenant épaisse et oppressante. Il ne faudrait pas grand-chose pour que ça explose.

— Je suis un ami et elle n'a pas besoin de traîner avec toi. Ou avec n'importe quel autre membre de l'équipe, ajoute Ryder avec une expression féroce. C'est compris, Akeman ?

Au lieu de lui répondre, Garret l'ignore et braque son attention sur moi. Sa voix se radoucit et se refait séductrice.

— Et si on partait trouver un coin tranquille où on pourrait apprendre à mieux se connaître ?

Un sourire lent envahit son visage avenant.

— Ça te plairait, ma belle ?

Je hausse les sourcils.

Ma belle ?

Euh, non merci.

Ce qui est apparent après notre interaction d'une minute est que Garret Akeman sait comment activer et désactiver son charme. Il ne suit pas non plus le bro code. Aucun des amis ou des coéquipiers de Mav ne m'a jamais fait du rentre-dedans. Le fait qu'il a osé en révèle beaucoup sur le type d'homme qu'il est.

Alors que j'ouvre la bouche pour lui dire que je ne suis pas intéressée, Ryder me coupe l'herbe sous le pied.

— Non. Ça ne lui plairait pas. Maintenant, casse-toi.

L'autre mec se redresse de toute sa taille, mais Ryder le domine toujours de son mètre quatre-vingt-dix.

La voix de Garret se fait glaciale et il retrousse sa lèvre supérieure.

— Je t'ai posé une putain de question ?

Oh, merde.

Je suis coincée au milieu de leurs compétitions de masculinité, et c'est le dernier endroit où j'ai envie d'être.

Avant que la situation ne dégénère en baston – ce qui arrive parfois dans une fête de hockeyeurs –, je me glisse de sous le bras musclé de Ryder et fais un pas en arrière avant de refermer mes doigts sur son poignet.

— Je peux te parler en privé ?

J'arrête de respirer quand les yeux bleus profond de Ryder se braquent sur les miens et m'immobilisent. Ils contiennent un tourbillon d'émotions, mais je ne sais pas si c'est de la colère dirigée à l'encontre de Garret ou autre chose. Ce regard suffit à faire courir des frissons le long de ma peau. J'ai une conscience aiguë du bout de ses doigts qui se plaquent autour de mon poignet, faisant palpiter mon cœur.

Cette attirance indésirable me fait plus l'effet d'une malédiction. C'est une des raisons pour lesquelles je me suis toujours efforcée de garder mes distances. Heureusement, Western est une grande université. J'ai eu beaucoup moins de mal à l'éviter à l'université qu'au lycée.

Quand il ne répond pas, je baisse la voix.

— S'il te plaît ?

Il secoue sèchement la tête et le poing qui me contracte le cœur se desserre légèrement. Du moins pour me donner l'occasion de respirer.

Je coule un regard à Garret et m'efforce de sourire.

— Je reviens dans une minute.

— Je t'attends ici, répond-il tout naturellement.

Ryder affiche un regard noir alors que je l'entraîne à travers le salon jusque dans la cuisine. Je cherche du regard un coin tranquille qui nous offrira un peu d'intimité, mais il y a des gens partout.

J'avise le couloir du fond et je l'entraîne dans cette direction. Mes doigts toujours refermés autour de son poignet, je franchis la porte et sors rapidement dans l'air glacial de la nuit. Il fait bien plus froid que lorsqu'on est arrivées plus tôt ce soir.

Ce n'est que lorsque la porte se claque que je laisse tomber sa main et fais volte-face vers lui.

— À quoi tu joues ? demandé-je.

Son regard ténébreux se braque sur le mien et une nouvelle fois, l'excitation explose dans mon ventre.

Bon, d'accord, c'est peut-être un peu plus bas. J'étouffe rapidement les flammes pour ne pas les laisser se propager de façon incontrôlable.

Il arque un sourcil.

— Je crois qu'une question plus appropriée serait : à quoi toi *tu* joues ?

Je me redresse de toute ma taille – vingt centimètres de moins que lui – en posant les mains sur mes hanches.

— Pardon ? Qu'est-ce que ça veut dire ?

Quand il fait un pas vers moi, je dois lever le menton pour soutenir son regard.

— Tu sais exactement ce que ça veut dire.

— Je discutais avec un ami.

J'utilise le terme sans grande conviction, puisque nous ne le sommes pas, mais je ne suis pas près de l'admettre devant Ryder. Ça ne le regarde pas.

Je ne le regarde pas.

— Tu sais ce qu'il cherchait, non ?

Il fait un autre pas vers moi, engloutissant un peu de l'espace entre nous alors que sa voix descend de plusieurs octaves.

— Je vais te donner un indice : ce n'était pas pour parler de tes cours ou de tes projets après l'université. Il veut juste baiser.

La chaleur me monte brusquement aux joues alors que son regard m'immobilise. Même si c'était tentant de rompre le contact visuel, je ne me permets pas de baisser les yeux.

Devant mon silence, il gronde :

— Que s'est-il passé ? Tu t'es changée en coureuse pendant que j'avais le dos tourné ?

J'écarquille les yeux alors que tout l'air s'échappe de mes poumons.

— Non !

— Alors, fais-nous une faveur à tous les deux et ne t'approche pas de Garret. Il ne t'apportera que des problèmes.

Il y a une seconde de silence alors qu'il se hérisse, l'air irrité.

— Qu'est-ce que tu fais ici, d'ailleurs ? Tu ne participes jamais à des fêtes.

— Si.

Mensonge !

— Simplement pas les mêmes que toi.

À en juger par l'expression douteuse qui s'empare de son visage, il est clair qu'il ne me croit pas.

— Tu devrais rentrer et remettre le nez dans un livre, là où il devrait être. Une fête comme ça, c'est bien trop pour toi.

La fureur explose au plus profond de ma poitrine. Contrairement à Ryder, je n'ai jamais été encline à la colère ou aux sautes d'humeur. Je ne donne pas de coups de poing et je ne cherche pas les gens. En toute honnêteté, il en faut beaucoup pour me mettre en rogne.

Mais à l'instant présent ?

La rage court dans mes veines comme de la lave en fusion.

Comment ose-t-il dire une chose pareille ?

Cette fois, c'est moi qui parcours la courte distance qui nous sépare avant d'enfoncer un doigt dans son pectoral dur comme de la pierre.

— Je ferais ce que je voudrais et tu ne vas pas m'arrêter ! J'ai l'âge de prendre mes propres décisions et d'assumer mes propres erreurs. Tu n'es pas mon frère et tu n'es vraiment pas mon gardien. Alors, ne te mêle pas de mes affaires !

Il pince les lèvres si fort qu'elles deviennent blafardes. L'émotion pétille dans ses prunelles.

Quand Ryder ne répond pas, je lui renfonce mon index dans la poitrine pour la mesure avant de tourner les talons et de retourner vers la porte arrière. Alors que je l'ouvre brusquement pour franchir le seuil, sa voix profonde me fait piler net.

— Ton frère ne veut pas que tu fricotes avec ses coéquipiers.

Je me hérisse puis m'échappe à l'intérieur de la maison, claquant la porte avec une telle force qu'elle tremble sur ses gonds. Je jette un œil à travers le vitrail sale et tourne le verrou.

À présent que je suis à l'intérieur, la musique et les voix vibrent à l'intérieur de ma tête. Je fends la foule des étudiants à la recherche de

Carina. En passant devant le bar de fortune, je m'empare d'un gobelet en plastique rouge rempli de bière.

Que Ryder ait eu l'audace de me dire ça me fait toujours bouillonner de rage. Comme si j'allais fricoter avec un des coéquipiers de mon frère ! Ce n'est pas une position dans laquelle je souhaite placer Maverick et je n'ai vraiment pas besoin qu'un Mario-couche-toi-là comme Ryder McAdams me le dise.

Je porte le gobelet à mes lèvres et en aspire le contenu en une seule gorgée avide avant de l'abattre sur le bar et de passer l'arrière de ma main sur ma bouche.

Que Ryder McAdams aille se faire foutre !

CHAPITRE 8

*R*yder

Hmm... Cette conversation ne s'est pas déroulée comme prévu.

Pendant un long moment, je regarde le dernier endroit où j'ai vu Juliette avant qu'elle ne se glisse à l'intérieur de la maison et claque la porte. Je suis presque certain qu'elle a fermé le verrou. Un mélange puissant de colère et de désir tourbillonne en moi.

Je me suis toujours efforcé de ravaler mes sentiments pour elle, les enterrant si profondément que j'ai presque oublié qu'ils existaient. Ce n'est plus possible. J'ai l'impression qu'elle est partout où je vais. Que ce soit à son appartement, sur le campus ou lors d'une fête.

Je passe une main frustrée dans mes cheveux et bascule la tête en arrière pour regarder les étoiles qui parsèment le ciel nocturne.

Plus rien dans ma vie n'est facile.

Si j'avais été intelligent, j'aurais permis à Larsa de m'entraîner jusqu'en haut des marches, vers ma chambre. En ce moment, j'aurais pu être en train de la pénétrer jusqu'à la garde. Au lieu de cela, je me pèle dans le froid, probablement enfermé hors de ma propre maison.

C'est une belle humiliation, non ?

Et Juliette se trouve à l'intérieur, à faire Dieu sait quoi.

En réalité, je n'ai fait qu'aggraver la situation.

Pendant quelques secondes, je songe à retourner à l'intérieur pour retrouver Larsa. Si quelqu'un est capable d'effacer de mon esprit les vingt dernières minutes, c'est elle. Les choses qu'elle sait faire avec sa bouche sont quasiment criminelles.

Et elles sont probablement illégales dans une demi-douzaine d'États.

Mais au lieu de la beauté blonde, c'est l'image de Juliette qui s'impose à mon esprit. Le pull-over noir sexy avait moulé toutes ses courbes alors que la courte jupe rouge frôlait à peine ses cuisses. Les hautes bottes noires l'avaient un peu grandie, faisant paraître ses jambes encore plus longues. Ses cheveux sombres qui tombaient sur ses épaules en petites vagues – des vagues dans lesquelles j'aurais envie d'enfoncer mes doigts avant de lui basculer la tête en arrière jusqu'à ce qu'elle soit forcée de croiser mon regard pendant que je prends sa bouche – suffisent à me faire bouillonner les sangs. J'ai dû invoquer toute ma volonté pour me retenir de poser les mains sur elle.

Alors non... Impossible de coucher avec une autre fille alors que Juliette est dans notre maison, super sexy comme elle l'est.

Je ne prends même pas la peine de vérifier l'entrée de derrière. Au lieu de cela, je fais le tour de la maison à grands pas. Dès que j'arrive sur le gazon devant la maison, je trouve une demi-douzaine de personnes qui y traînent et finissent leurs verres.

Putain !

Je leur adresse un regard noir avant de prendre leurs gobelets et de verser la bière sur la pelouse.

— Hé, j'avais pas fini ! grommelle un mec bourré.

— Pourquoi t'as fait ça ? proteste une fille d'une voix pâteuse.

Un seul regard noir suffit à moucher leurs protestations.

Un des joueurs de première année est censé surveiller la porte. Personne ne quitte la maison avec des récipients ouverts.

Ces connards essayent donc de nous faire arrêter ?

Comme si on en avait besoin !

Alors que je gravis d'un pas lourd les portes du perron, une voix féminine m'interpelle. Ça n'aurait pas suffi à me faire me retourner si je n'avais pas reconnu à qui elle appartient.

— Ryder !

Je me retourne et reconnais Brooke, ma cousine, le visage illuminé d'un large sourire. Son copain, Crosby Rhodes, est fermement campé à son côté. Il est footballeur à Western.

Dès que j'arrive près d'elle, Brooke jette les bras autour de mon cou et me serre contre elle. En l'étreignant, je croise les yeux de Crosby par-dessus son épaule. Il n'y a pas si longtemps, je lui ai filé un coup de poing et lui ai fendu la lèvre parce qu'il lui avait brisé le cœur.

Et qu'avait fait ce con ?

Il n'avait pas bougé alors qu'une foule de spectateurs nous avaient entourés au milieu du campus. Il a accepté tous les coups dont je lui ai martelé le visage. J'aurais dû réaliser à ce moment-là à quel point il l'aimait.

Il me salue d'un geste du menton que je lui rends.

Brooke se libère et s'écarte suffisamment pour scruter mon visage.

— Ça fait un moment que je ne t'ai pas vu. Tout va bien ?

Je hausse les épaules. Je ne vais certainement pas lui parler de mon entraîneur et de mon impression que ma dernière année d'étudiant-athlète part en live.

Brooke incline la tête et m'observe avec plus d'attention à travers l'obscurité. Sa voix s'adoucit.

— Tu es certain que tout va bien ? Tu tires une tête bizarre.

— C'est comme si quelqu'un avait tes noisettes dans un étau, ajoute Crosby comme si cette pensée lui provoquait un plaisir véritable.

Connard.

Crosby et moi sommes plus amicaux qu'on l'était autrefois, mais il demeure une rivalité naturelle entre nous puisqu'il est footballeur et moi hockeyeur. C'est à celui qui aura le plus de fans, remportera le plus de championnats, décrochera le plus de fonds, a les meilleures infrastructures, etc., etc., etc.

En ce qui me concerne, les footballeurs ne sont que des divas qui apprécient un peu trop leurs bains de glace, leurs smoothies post-entraînements et leurs masseuses thérapeutiques.

Qu'ils enfilent une paire de patins et on verra qui se fait le plus malmener.

Je lui décoche un regard noir avant de braquer à nouveau mon attention sur Brooke. On a toujours été proches. C'est pratiquement comme une sœur et je ferais tout pour elle. Cela inclut de casser la figure de Crosby s'il est assez con pour lui briser le cœur une deuxième fois.

Cela dit, vu comment il la regarde, je doute que cela se reproduise.

Et les photos qu'ils postent en ligne ?

Elles suffisent à me donner la nausée. Ils se font des masques au charbon ensemble... Qui aurait cru que ce type se transforme en un tel simp ?[1]

Et tout porte à croire qu'il en apprécie la moindre seconde.

— Ça va, lui dis-je plus fermement.

— Alors qu'est-ce que tu fais dehors ?

Je cligne des paupières et brandis les gobelets que j'ai retirés aux idiots dans le jardin.

— Le nécessaire pour qu'on ne se fasse pas choper par la police.

Elle hoche la tête.

— Bien vu. Tu veux retourner à l'intérieur ?

— Oui.

Je ramasse plusieurs autres bouteilles et cannettes puis tous les trois, on gravit les marches du perron pour rentrer. La personne qui était censée garder la porte d'entrée s'est volatilisée. Une fois à l'intérieur, je pose les conteneurs sur une petite table dans l'entrée. En vingt minutes, l'endroit s'est rempli encore davantage. C'est ce qui arrive quand on ne maîtrise pas la foule. Je vais bouffer de la première année la prochaine fois qu'on se retrouvera sur la glace.

J'observe la marée humaine d'étudiants. On a fait de la place dans le salon et les gens montrent leurs meilleurs pas de danse.

Ce n'est pas joli à voir.

— Hé, ce n'est pas Juliette ? demande Brooke qui lève la voix pour se faire entendre au-dessus du rythme sourd qui résonne contre les murs.

Mon regard acéré court sur la foule avec plus d'attention jusqu'à ce qu'il se pose sur sa chevelure sombre. J'essaye de maîtriser ma voix pour ne pas trop en révéler. Mon entremetteuse de cousine a toujours soupçonné que mes sentiments pour Juliette sont plus profonds que j'ai bien voulu l'admettre. Si je suis à peine capable de le reconnaître en privé, impossible pour moi de l'avouer à qui que ce soit d'autre.

Pas même à Brooke.

— Oui.

— Je vais lui dire bonjour.

Elle ne fait pas plus de deux pas que Crosby tend le bras et la ramène pour l'embrasser longuement.

Le temps qu'il la libère, elle a les joues rouges et nous regarde successivement.

— Soyez gentils pendant mon absence.

Quand je fais craquer les jointures de mes doigts, elle plisse les yeux.

— Très drôle.

— Qui est en train de plaisanter ? demandé-je en arquant un sourcil.

Crosby redresse l'échine avant de dire du coin de la bouche :

— Essaye un peu, McAdams. Cette fois, je vais te rendre la pareille.

Je ne peux pas m'empêcher de sourire en lui donnant une bourrade.

Forte.

— Ne me tente pas, Rhodes. J'adorerais te filer une bonne leçon pour la deuxième fois.

Il s'étrangle de rire.

Mon regard se pose sur Juliette alors que ma cousine lui tapote l'épaule. Quand elle se retourne, son visage s'illumine puis les deux filles se prennent dans les bras pour s'étreindre fort. Leur affection sincère est apparente. Quand elle était petite, Brooke a passé beaucoup de temps chez nous et elles sont devenues bonnes copines. Je traînais avec Maverick pendant qu'elles disparaissaient dans la chambre de Juliette. Durant l'été, elles restaient près de la piscine derrière la maison.

C'était toujours une douce torture dont je n'étais jamais rassasié.

Crosby croise les bras sur sa poitrine large.

— Alors… On va rester ici à les regarder danser ?

Je hausse les épaules et lui adresse un petit regard en coin.

— Tu as une meilleure idée ?

Perso, je n'ai pas la moindre intention de partir. J'arrive à peine à retirer les yeux de Juliette. Les ondulations de son corps en rythme me font bander.

Encore une fois.

Quand Clint Peters, le première année de tout à l'heure, passe près de moi, j'appelle son nom pour attirer son attention. Il a l'air complètement beurré. Il m'adresse un regard flou et je lève deux doigts. Avec un hochement de tête rapide, il titube vers la cuisine. Deux minutes plus tard, il revient avec deux bouteilles de bière glacées.

J'en prends une et Crosby fait la même chose.

Puis on fait la seule chose qui s'offre à nous et on prend nos marques pour la soirée.

CHAPITRE 9

Juliette

La.

Meilleure.
Nuit.
De.
Ma.
Vie.

C'est incroyable à quel point je m'amuse ! J'ai l'impression que ça fait plusieurs heures qu'on danse. Au début, c'était Carina et quelques filles qui étaient au même étage que nous dans nos dortoirs de première année, puis Brooke a débarqué. Ça fait des lustres que je ne l'ai pas vue.

Le flot constant de boissons n'a rien gâché non plus. Je me doute que ça fait peut-être partie de la raison pour laquelle je me sens pousser des ailes. Qui aurait su que l'alcool pouvait te faire te sentir aussi bien ?

Chaque fois que Ryder, aux abords de la piste de danse, me fusille du regard, je lève mon gobelet en plastique vers lui avant d'avaler une grande gorgée. C'est devenu une sorte de jeu. Il ne se rend pas compte de ce qu'il se passe parce qu'il affiche un air morose permanent depuis qu'il m'a aperçue ce soir.

Qu'il aille se faire voir, pour ce que ça me fait !

J'ai beau lui tourner le dos, la chaleur de son regard brûle un trou à travers ma peau. Je ne pense pas avoir déjà été plus consciente d'un autre être humain que Ryder McAdams.

Je déteste ça presque autant que ça me plaît.

Ce qui est… déroutant.

Tout ce que je sais est que mon cerveau ne ressasse plus tout ce qui reste à faire pour la fac et je ne songe plus à ce que pourrait être ma vie dans un an.

Mon esprit est centré sur l'instant présent.

Sur le bon moment que je passe avec Carina, Brooke et les autres filles.

C'est étrangement libérateur.

Quand ai-je autant souri ou ri pour la dernière fois ?

Je me creuse les méninges sans pouvoir m'en souvenir.

Les bras levés vers le plafond, je bascule la tête en arrière et ferme les paupières, permettant à la musique de m'envahir avant de palpiter à travers mon corps. Les chansons s'enchaînent jusqu'à ce que j'en perde le fil.

Quand je rouvre les yeux, je suis surprise de voir Crosby plaqué contre l'échine de Brooke, ses grandes mains sont enroulées autour de sa taille et il enfonce le visage au creux de son cou.

Une certaine mélancolie prend racine au creux de mon ventre alors que je les contemple. Brooke et moi sommes amies depuis des années et je l'adore. Elle est très douce et c'est une personne vraiment gentille. Si quelqu'un mérite tout le bonheur du monde, c'est Brooke.

Je ne peux pas m'empêcher de souhaiter que quelqu'un m'aime comme Crosby l'aime. Il suffit de le regarder pour voir à quel point il est amoureux d'elle.

Quand on y pense, n'est-ce pas ce dont on a tous envie ?

De trouver quelqu'un qui nous aime pour la personne que nous sommes ?

Quelqu'un qui restera à nos côtés, quoi qu'il arrive ?

Alors que cette pensée tourbillonne dans ma tête, je porte le gobelet à mes lèvres et découvre qu'il est vide.

Hmm…

Il est apparemment temps de me ravitailler pour conserver ces bonnes vibrations.

J'attire l'attention de Brooke et désigne la cuisine en secouant le gobelet rouge en plastique. Honnêtement, j'ai perdu le compte du nombre de verres que j'ai avalés ce soir. Tout ce que je sais est que je n'ai jamais autant bu de toute ma vie.

Avec un hochement de tête, elle se love davantage contre Crosby alors que je fends la mer d'étudiants qui décompressent ce vendredi soir. Je cherche ma coloc du regard, mais elle a disparu. Moins de trente minutes auparavant, on dansait ensemble.

J'ai aussi croisé Maverick plus tôt. Il m'a jeté un seul regard et a froncé les sourcils. Honnêtement, ça m'a rappelé Ryder, ce qui a complètement plombé l'ambiance. Alors, je lui ai adressé un petit salut et me suis éloignée. Je ne l'ai pas revu depuis, ce qui vaut probablement mieux.

Alors que je traverse la foule, j'aperçois Ryder du coin de l'œil. Il serait impossible de ne pas le voir. Il est plus grand et plus musclé que la plupart des étudiants de notre fac. Il ressemble plus à un homme qu'à un étudiant de vingt-deux ans.

Pour la première fois depuis qu'il a décidé de surveiller mes moindres gestes, il est en pleine conversation avec un coéquipier, ce qui me permet de me glisser dans la cuisine plus facilement. La dernière chose que je veux et dont j'ai besoin et de l'avoir sur le cul.

Le mec chargé du fût me dévisage des pieds à la tête avant de me regarder à nouveau dans les yeux. Son visage poupin m'indique que c'est un première année.

— Qu'est-ce que je te sers, sexy ? demande-t-il.

Le coin de mes lèvres tressaute et j'ai la tentation de lever les yeux au ciel.

Sexy ?

Allons…

Il a l'air assez jeune pour avoir besoin d'un baby-sitter.

— Juste une bière. Merci.

Il hausse un sourcil suggestif.

— Tu es certaine de ne pas vouloir autre chose ?

— Oui. Certaine.

Avant qu'il ne puisse ajouter une parole de plus, Ryder lui colle une claque sur la tête. Le gars grimace et se frotte le cuir chevelu avant de se tourner pour fusiller du regard Ryder qui se matérialise, sorti de nulle part.

— Qu'est-ce que…

La voix du gamin s'estompe quand il voit un coéquipier plus âgé qui lui adresse un regard noir.

— Oh. Salut, McAdams.

— Tu flirtes avec cette fille ?

Le garçon me décoche un regard mal à l'aise.

— Euh, non ? dit-il en s'éclaircissant la gorge. J'étais juste amical.

— Arrête.

— Désolé, mon vieux. Je n'avais pas réalisé que cette petite chérie t'appartenait, dit-il plus bas.

Pardon ?

— Je suis désolée, mais tu viens de dire que je lui « *appartiens* » ? dis-je en faisant des guillemets avec mes doigts.

Avant que le jeune joueur puisse répondre, je continue :

— Je suis une femme adulte qui n'*appartient* à personne. Et encore moins à lui, dis-je en brandissant un pouce vers Ryder.

Quand ils se tournent tous les deux pour me regarder – le première année d'un air surpris, Ryder avec colère –, je chipe le gobelet de la main du mec et m'en vais. Avec un peu de chance, Ryder va arrêter de me coller aux basques. Normalement, on s'évite. Je ne comprends pas ce qui a changé pour qu'il fourre soudain le nez dans mes affaires.

S'il essaye de tuer l'ambiance, il fait du bon boulot.

Au moment précis où je porte le gobelet à mes lèvres, une voix profonde à la proximité irritante me demande :

— Tu n'as pas déjà assez bu ?

Je m'immobilise brusquement avant de me retourner pour lui faire face. La pièce se met alors à tourner. J'ai l'impression d'être dans un manège. Ryder tend la main pour me rattraper avant que je m'écroule contre les gens qui se pressent à la périphérie. À travers le cachemire de mon pull, je sens la chaleur de ses grandes paumes qui brûlent ma peau. Je ne serais pas surprise si les empreintes de ses paumes restaient tatouées en permanence sur mes biceps. C'est alors que nos regards fusionnent. L'air reste coincé dans mes poumons tandis que ses yeux bleus profonds restent braqués sur les miens.

— Tu as suffisamment bu, Juliette, dit-il doucement. Je crois qu'il est temps que tu rentres.

Un mélange puissant de douleur et de colère grandit en moi. Toute la soirée, il s'est donné pour mission de me faire partir d'ici, et je suis fatiguée. Le fait qu'il trouve ma présence indésirable ne devrait pourtant pas posséder le pouvoir de me blesser.

Afin de couper court aux larmes qui brûlent mes yeux, je me libère de sa poigne avant de porter le gobelet à mes lèvres et de le vider entièrement.

— Va-t'en, Ryder. Je n'ai pas besoin que tu me surveilles.

Je repousse ses bras avant de faire volte-face et de franchir la mer d'étudiants. Encore un autre commentaire merdique de sa part et je vais probablement faire une crise. Je refuse que cela se produise.

Il a assez blessé mon ego pour la soirée.

CHAPITRE 10

Ryder

Va-t'en ?

Elle peut toujours rêver.

Cette soirée a viré au désastre le plus total.

Tout ce que je lui dis ne fait que la contrarier davantage.

Depuis que nous sommes devenus voisins, je n'ai jamais vu ce côté-là de Juliette : quand elle se lâche et s'autorise à vivre dans le moment. Elle a toujours eu une vision précise en ce qui concerne ses objectifs académiques. Elle a probablement suivi tous les cours de préparation que notre lycée proposait. Je mentirais en disant que son intelligence n'est pas super sexy.

Presque autant que la voir danser avec ses amies.

Si quelqu'un mérite de s'amuser, c'est bien elle.

Ce que je n'ai pas apprécié ce sont les connards qui se tenaient autour à la reluquer.

J'ai eu la tentation de montrer les dents et de grogner.

D'ailleurs, c'est exactement ce que j'ai fait.

Malgré ma tête ailleurs, je n'ai guère mis de temps à remarquer un certain nombre de connards qui traînaient dans les parages et les regardaient, Brooke et elle, pendant qu'elles dansaient. Crosby devait avoir réalisé la même chose parce qu'il a jeté sa bouteille de bière avant de s'approcher de sa copine à grands pas pour la serrer contre lui et la revendiquer.

Je suis tenté de faire la même chose avec Juliette, sauf qu'à présent, je sais exactement comment ça se serait fini…

C'est-à-dire par un coup de pied dans les bourses.

J'ai beaucoup de défauts, mais la stupidité n'en fait pas partie.

Généralement.

Je pousse un long soupir. Ce qui est devenu apparent est que je suis loin de pouvoir la convaincre de partir. Ce qui veut dire que je vais lui coller au train pour le reste de la soirée.

Si elle veut rentrer avec un autre mec, elle devra me passer sur le corps.

Je continue de la regarder à distance alors qu'elle retourne vers le groupe de gens qui se trémoussent en rythme dans le salon. Brooke danse avec Crosby exactement là où Juliette l'a laissée. Je cherche Carina dans les parages, mais je ne vois sa tête blonde nulle part. À la grande contrariété de Ford, il y a généralement une demi-douzaine de mecs qui se battent pour obtenir son attention. Il se trouve peut-être super discret, mais je suis presque certain qu'il flashe sur elle.

Mon attention se braque à nouveau sur Juliette alors que l'irritation quitte son visage et qu'elle sourit à Brooke. Ce n'est que lorsque mon regard lèche son corps que je me rappelle qu'elle prenait autrefois des cours de danse. On m'a traîné à ses récitals à plusieurs reprises.

Je ne sais pas pourquoi elle a arrêté.

J'ai toujours aimé la danse.

C'est un vrai plaisir de la regarder à présent, alors qu'elle oublie notre conversation et s'abandonne à la musique. Incapable de me retenir, je ne détourne pas les yeux d'elle. Je suis fasciné par la grâce avec laquelle elle roule des hanches. Ses bras se lèvent au-dessus de sa tête et elle cambre le dos. Ça met d'autant plus ses seins en valeur.

Merde.

Ma verge palpite avec une sensibilité douloureuse. Je jette un regard rapide autour de moi et je me rajuste en espérant rester discret.

Quand je sors mon téléphone de ma poche pour la deuxième fois afin de regarder l'heure, il est une heure du matin. J'avais cru qu'une fois que Brooke et Crosby seraient partis, elle déciderait que ça suffit, mais non : elle continue !

Je lui donne encore quinze minutes pour remuer du popotin.

Après, c'est terminé.

Même si je dois l'entraîner hors d'ici à son corps défendant, il est temps de partir.

J'ai été plus que patient.

Une fois que son temps s'est écoulé, je me dirige droit vers elle. Les gens s'écartent de ma route alors que je me déplace à travers la foule des corps. Je suis comme Moïse qui fend la mer Rouge. Elle a toujours les bras levés au-dessus de la tête. Même dans la pénombre, je vois ses cils épais s'abattre contre sa peau alors qu'un sourire danse aux coins de sa bouche.

Sans qu'elle ait conscience de ma présence, je suis capable de la contempler à mon gré. Je l'observe peut-être de loin, mais j'ai rarement l'occasion d'être à distance aussi personnelle. J'ai envie de graver toutes ses courbes dans ma mémoire, parce que je sais parfaitement qu'il n'y aura pas de seconde fois.

Mon regard tombe sur l'arc généreux de ses lèvres roses luisantes et je me mordille la lèvre inférieure alors qu'un frisson d'excitation me traverse tout entier, venant se nicher directement dans ma verge. J'ai passé ma vie tout entière à réprimer mon désir pour cette fille et visiblement, il est bien décidé à se libérer ce soir.

Quelques instants plus tard, elle ouvre doucement les paupières et nos regards se croisent. Durant ce moment d'intense connexion, la musique et les gens comprimés sur les côtés de la pièce se fondent dans le décor jusqu'à ce qu'il ne reste plus que nous.

Jusqu'à ce que je n'aie plus conscience d'autre chose.

Au lieu de céder au désir profond qui palpite dans mon corps, je dis d'un ton que je ne voulais pas aussi bourru :

— Il est temps de partir.

Elle cligne des paupières avant de regarder autour d'elle en fronçant les sourcils comme si elle émergeait d'un rêve à contrecœur.

— Je ne sais pas où est Carina.

Au lieu de chercher sa coloc, mon attention reste braquée sur elle.

— Ça fait environ une heure que je ne l'ai pas vue.

— Je suis venue ici en voiture avec Wolf, Ford et Madden.

— Je vais te ramener. Tu ne peux pas te promener seule à une heure pareille.

Quand elle fronce les sourcils comme si elle essayait de trouver une autre solution à l'impasse dans laquelle elle se retrouve, je lui saisis le poignet pour l'entraîner à travers la foule.

— Tu avais pris une veste ? Il y en a une grande pile sur un fauteuil du salon.

— Non.

Je lui décoche un regard noir.

— Il fait froid dehors. Tu aurais dû en prendre une.

Un soupçon d'irritation passe sur son visage.

— Je ne suis pas une enfant. Arrête de me traiter comme si j'en étais une.

Non, elle n'en est assurément pas une.

— Tu peux porter une des miennes, grommelai-je.

Une fois qu'on parvient dans le vestibule, je m'arrête et brandis un index.

— Ne bouge pas d'un cil. Je reviens tout de suite.

Elle lève les yeux au ciel.

Puisque c'est probablement la seule réponse que j'obtiendrai d'elle, je gravis l'escalier à la hâte puis descends le couloir du premier étage. Avec un geste rapide du poignet, j'ouvre à la volée la porte de ma chambre et m'empare d'une veste mi-saison que j'ai sortie il y a deux semaines quand le temps s'est refroidi. Le vêtement bleu marine à la main, je reviens sur mes pas. À ce que j'en sais, Juliette a pu sortir dès que j'ai disparu en haut des escaliers. Elle est entêtée et ne souhaite clairement pas que je lui dise quoi faire.

Tout en moi s'immobilise quand je l'aperçois dans l'entrée. Dès que mes pieds atteignent la dernière marche, je glisse le vêtement épais autour de ses épaules avant de manœuvrer prudemment ses bras dans les manches. La veste est grotesquement grande pour elle. Ses doigts n'atteignent même pas les manchettes. Si je n'avais pas encore réalisé à quel point elle est plus petite que moi, je le fais à présent.

Je ne peux pas dénier l'impression de profonde satisfaction qui me remplit quand je la vois porter un de mes vêtements. Je veux que tous les connards qui l'ont reluquée comprennent qu'elle est à moi.

Même si ce n'est pas nécessairement vrai.

J'écarte ces pensées dérangeantes.

— Prête ?

Elle hoche la tête avant de réprimer un bâillement.

Enroulant le bras autour de ses épaules, je la guide à travers la porte d'entrée et en bas des marches du porche sur le trottoir en ciment qui offre un passage à travers la pelouse. Ma voiture est garée à deux maisons de là. J'ouvre les verrous d'un clic avant de saisir la poignée et de l'ouvrir. Juliette se glisse à l'intérieur avant de s'enfoncer dans la veste.

— Il fait froid, murmure-t-elle en claquant des dents.

— Oui.

C'est une des raisons pour lesquelles elle ne rentre pas à pied ce soir.

Je fais rapidement le tour de la voiture avant de m'installer à côté d'elle et d'enclencher le moteur. Quand elle ne fait pas le moindre geste pour boucler sa ceinture, je me penche vers elle et l'étire en travers de son torse. Ses yeux ensommeillés se braquent sur les miens. Je suis assez proche pour l'entendre retenir sa respiration. Nos visages n'étant séparés que de quelques centimètres, il ne faudrait pas grand-chose pour franchir cette distance et plaquer ma bouche sur la sienne.

Pendant une seconde ou deux, c'est exactement ce que je songe à faire.

Quelle sensation auraient ses lèvres pulpeuses sous les miennes ?

Une guerre intérieure fait rage dans mon cerveau. Au plus profond de moi, je sais que c'est une mauvaise idée. Ça fait des années que je désire cette fille en secret. Probablement une décennie, si je suis honnête avec moi-même. C'est la raison pour laquelle j'ai toujours autant insisté pour garder mes distances et ne pas passer de temps en sa compagnie.

Malgré l'envie que j'en avais.

Il y a quelques mois, je m'étais félicité d'avoir tenu aussi longtemps sans m'écrouler sous le désir écrasant que je ressens pour elle. À présent, il ne nous reste guère plus d'un semestre avant de décrocher notre diplôme et de nous séparer.

Au lieu de franchir la distance entre nous comme tous mes instincts me le crient, je me force à battre en retraite. Puis je me détourne et me concentre sur le pare-brise avant de rejoindre la rue sombre longée d'arbres. Mes pensées continuent de tourbillonner alors qu'on se dirige vers son appartement.

Je n'arrive pas à croire que j'étais à deux doigts de l'embrasser.

C'est exactement ce qui se produit lorsque je n'élève pas de barrière entre nous. Je ne me fais pas assez confiance pour rester seul avec cette fille pendant cinq minutes.

Même si je me dis de regarder droit devant moi, je ne peux pas retenir des regards discrets dans sa direction, me délectant de la voir à mon côté. Particulièrement maintenant que ses paupières se sont refermées.

Je ne mets guère de temps avant de pénétrer dans le parking de son immeuble et de m'arrêter devant l'entrée. Je coupe le moteur et pivote sur le siège en cuir noir, heureux de la regarder dormir. Elle a la tête légèrement inclinée et sa bouche est entrouverte.

C'est drôle.

Ou peut-être pas.

La plupart du temps, quand Juliette me regarde, c'est avec un pli négatif aux lèvres. La tension émane toujours d'elle en vagues suffocantes. À l'heure actuelle, les traits de son visage se sont estompés comme si elle n'avait pas le moindre tracas.

Cette douceur la fait paraître plus jeune.

Elle est d'une beauté poignante.

Ma main remonte vers la courbe de sa joue avant de s'arrêter. Je suis terriblement tenté de faire courir mes doigts sur sa peau nue, mais j'ai peur de la réveiller. Pire encore, ça libérera le monstre attiré par elle qui réside au plus profond de moi. J'ai fourni des efforts considérables au fil des années pour le combattre et faire semblant qu'il n'existe pas.

Un seul contact et…

Tout serait détruit par une explosion de flammes et de fumée.

Ma main tremble quand je la force à se poser sur son épaule pour la secouer doucement.

— Juliette.

Ma voix est plus rauque que j'en avais eu l'intention. Presque comme si elle avait été raclée par du papier de verre.

Elle met un moment avant d'ouvrir lentement les paupières et me regarder dans les yeux. Elle sourit légèrement et ses traits sont empreints d'une douceur que je n'aurais jamais imaginée voir braquée dans ma direction.

— On est à ton appartement.

Elle cligne des paupières fatiguées et détourne le regard pour observer l'immeuble qui se dresse devant nous.

— Oh. Merci, marmonne-t-elle, l'air encore à demi endormie.

Mon attention est attirée par quelques types qui se bousculent pour franchir la porte d'entrée. À en juger par leur rire sonore et leurs voix pâteuses, c'est évident qu'ils ont bu.

Je ne vais certainement pas la laisser rentrer toute seule.

Elle tâtonne à la recherche de la poignée de la porte et je sors du véhicule avant de faire le tour pour lui ouvrir la portière passager. Quand elle titube, je la prends dans mes bras avant de la plaquer à nouveau contre ma poitrine.

Elle écarquille les yeux en poussant un petit cri.

— Qu'est-ce que tu fais ?

— Je m'assure que tu ne te casses pas le cou, dis-je avec un grognement.

Sentir son poids et sa chaleur est si bon !

Avec sa combativité de ce soir, je m'attends à des protestations. Au lieu de ça, elle se blottit contre moi.

— Je suis fatiguée, murmure-t-elle avec un bâillement.

— Ce n'est pas étonnant, avec tout ce que tu as dansé.

— Je ne me souviens pas de la dernière fois où je me suis autant amusée. Je devrais remercier Carina la prochaine fois que je la verrai.

Cette satanée Carina ! Je savais que c'était elle la responsable.

Juliette en sécurité dans mes bras, je remonte rapidement l'allée. Une fois qu'on arrive devant la porte en verre, je la déplace légèrement pour pouvoir tendre la main et composer le code. Je suis venu assez souvent pour l'avoir mémorisé.

J'ouvre la porte et me glisse dans le vestibule avant d'appuyer sur le bouton du troisième étage.

Alors que je pensais qu'elle s'était rendormie, elle marmonne :

— Maintenant, je peux cocher quelque chose sur ma liste.

Quand l'ascenseur arrive, j'y monte. Une seconde ou deux plus tard, les portes métalliques se referment et je presse son corps chaud contre le mien, regrettant la présence de la veste entre nous. J'ai envie de sentir la douceur de ses courbes.

— Quelle liste ?

La cabine arrive au troisième étage et les portes s'ouvrent avec un vrombissement. Je me dirige vers son appartement, passant devant quelques personnes qui traînent dans le couloir alors que de la musique forte provient de l'intérieur. Refusant de me laisser embrigader dans une conversation, j'évite le contact visuel.

Une fois qu'on arrive devant sa porte, je dis :

— Où est ta clé ?

Elle glisse la main sous la veste à la recherche du petit porte-monnaie accroché à sa ceinture. Elle en sort une clé qu'elle laisse tomber dans ma paume.

Alors que j'ouvre la porte et la soulève pour la porter à l'intérieur, je l'encourage :

— Dis-m'en plus sur cette liste.

Je suis allé chez elle une ou deux fois avec Ford et Mav, alors je sais exactement quelle chambre est celle de Juliette. Je n'ai pas fait plus d'un pas à l'intérieur que l'odeur de son parfum s'enroule sournoisement autour de moi, taquinant mes sens. Je file vers le lit deux places et la dépose avec précaution au milieu du matelas avant de me redresser de toute ma taille.

Je devrais probablement sortir d'ici avant qu'il n'arrive autre chose.

— J'ai fait une liste de toutes les choses que je voulais faire avant de quitter la fac.

Elle retire ma veste d'un coup d'épaule.

— Et me saouler pendant une fête était dessus. Mais je ne me souviens plus du numéro, achève-t-elle en pinçant le coin des lèvres.

Juliette a une bucket list ?

Elle pique ma curiosité.

Qu'y a-t-il d'autre sur la liste ?

Je scrute la pièce.

Mon regard revient vers elle quand elle saisit l'ourlet de son pull.

— Carina m'a fait porter ça.

— Tu es bien. Mieux que bien, d'ailleurs.

Plutôt super fantastique.

J'ai salivé sur elle pendant toute la soirée. Comme un loup affamé qui a un lapin dodu dans le collimateur.

Elle me décoche un regard perplexe.

— C'est probablement la chose la plus gentille que tu m'aies dite.

Merde…

— Tu as toujours été un vrai connard, ajoute-t-elle.

Je ressens une pincée de culpabilité. Je sais exactement comment je l'ai traitée. C'était un geste délibéré de ma part pour la tenir fermement à distance. Seulement, je ne pensais pas qu'elle l'avait remarqué.

Ou qu'elle s'en préoccupait.

Se glissant au bord du lit, elle se penche en avant pour descendre la fermeture éclair de ses hautes bottes noires qui lui montent quasiment aux genoux Le son de la fermeture éclair qu'on descend suffit pour que ma bouche devienne sèche. Ça ne devrait probablement pas être aussi sexy, mais ma queue s'en fiche. Elle se contracte déjà, intéressée.

Je m'éclaircis la gorge. Ce serait le moment idéal pour m'éclipser. J'ai veillé à ce qu'elle soit bien rentrée. Je n'ai pas d'autre raison de rester.

— Alors, où est cette liste dont tu parles ?

Sans me regarder, elle désigne la table de chevet. Il y a une lampe blanche avec un abat-jour blanc pelucheux, un livre de poche, un stylo et du baume pour les lèvres. Tout ce qui est posé sur la petite table est propre et organisé.

Comme Juliette.

C'est vraiment tentant de tout désordonner !

De l'ébouriffer.

Je réprime immédiatement l'idée.

On ne le fera absolument jamais.

Alors que cette pensée tournoie dans mon esprit, je remarque un carré de papier plié. Je m'en empare et l'ouvre. Du coin de l'œil, je la vois laisser tomber les bottes près du placard. C'est quand je m'apprête à tourner la tête que le premier élément de la liste attire mon attention.

Bucket List pour l'université

1 Me faire peloter à la bibliothèque

Se faire peloter à la bibliothèque ?

C'est vraiment un truc de fille.

2. Me baigner à poil

Je hausse les sourcils.

Je ne m'imagine même pas le scénario…

Peu importe. J'imagine réellement Juliette qui se baigne toute nue.

Je me laisse tomber sur le matelas et poursuis ma lecture.

3. Karaoké !

C'est très acceptable.

4. Me saouler pendant une fête

Oui, elle pourra cocher ça demain matin.

5. Un rencard romantique

D'accord, ça, c'est un peu surprenant. Personne n'a jamais invité Juliette pour un rencard romantique ? Si c'était ma copine, on en aurait tout le temps.

Ces pensées quittent mon cerveau alors que l'élément suivant saute à mes yeux et attire mon attention.

6 Un orgasme (avec une autre personne)

Mes doigts se resserrent sur le papier, en froissant les rebords.

Un orgasme ?

Cette fille a vingt-deux ans et n'a jamais connu d'orgasme avec une autre personne ?

C'est… *surprenant*. J'ai beau refuser de l'admettre, il y a une partie de moi qui se réjouit en secret que personne ne lui ait fait connaître le plaisir.

Attendez un peu…

Elle va commencer à cocher ces éléments ?

C'était le but de ce soir ?

Elle bosse sur cette liste ?

L'idée qu'un autre garçon puisse poser ses mains sur elle, la toucher, coucher avec elle… *non*.

Je ne peux pas le laisser arriver.

Si Juliette veut connaître son premier orgasme, c'est moi qui le lui donnerai.

Cette réalisation me fait l'effet d'un coup de poing dans le ventre qui vide tout l'air de mes poumons. Une fois que cette idée a pris résidence dans mon cerveau, je ne parviens absolument pas à la déloger.

Je tourne la tête vers elle, réalisant alors qu'elle a retiré son pull et sa jupe. Elle ne porte que son soutien-gorge et…

Putain de merde.

Un string.

Elle porte une vague imitation de string. Ce n'est rien de plus qu'une fine bande qui ne couvre rien de son derrière. Ses fesses rondes sont de sortie, implorant qu'on les regarde.

Qu'est-ce que ça ferait d'enfoncer les dents dans ce derrière qui ressemble à une pêche juteuse ?

Cette fois, ma queue ne fait pas que tressauter d'intérêt, elle se raidit comme un chien de chasse qui repère une nouvelle proie. Je bande si fort que je n'aurais aucun mal à faire un trou dans le mur.

J'ai beau savoir que je devrais détourner le regard, c'est impossible.

Vous plaisantez ?

Bien sûr que je ne peux pas.

À ce point-là, je respire à peine.

Mon regard descend le long de son corps avant de s'arrêter sur ses seins. Ils sont parfaits ! Je l'avais déjà vue en bikini, mais jamais dans quelque chose d'aussi révélateur. La dentelle de son soutien-gorge est presque transparente.

Oubliez ça, je vois clairement la teinte rose de ses mamelons qui pointent à travers le tissu.

Ce n'est que lorsque je fais un pas dans sa direction que je me rends compte que je me suis redressé. C'est alors que je me force à m'arrêter.

Qu'est-ce que m'apprêtais à faire, exactement ?

La toucher ?

Mon souffle se fait irrégulier alors qu'elle passe le bras derrière son dos et dégrafe son soutif. Les bretelles en soie descendent au ralenti sur ses bras puis les bonnets s'écartent de ses seins. Depuis cet angle, je suis à peine capable de discerner la courbe d'un de ses seins à la pointe rose.

Un grognement profond fait vibrer ma poitrine tandis que je referme le poing jusqu'à ce que mes jointures blanchissent.

Elle remplirait largement une main, même pour quelqu'un comme moi qui a de grandes paluches. Je n'arrive pas à m'imaginer ce que cela ferait de saisir ses seins et de sentir sa chair douce et chaude sous mes paumes.

Dès que son soutien-gorge atterrit sur le tapis, elle lève les bras au-dessus de sa tête, cambre le dos et s'étire. Il n'y a rien de séducteur ou de sournois dans ce mouvement. Elle n'essaye pas d'être sexy.

Pourtant, elle l'est !

Indifférente à mon examen attentif, elle titube jusqu'à sa commode dont elle ouvre brusquement un tiroir. Elle en fouille le contenu, à la recherche d'un débardeur rose vif qu'elle passe sur sa tête et fait descendre pour qu'il couvre ses seins. Je suis vraiment tenté de lui arracher ce bout de tissu fin pour qu'elle ne porte rien d'autre que le string.

Merde.

Au lieu de cela, je me passe brusquement la main dans les cheveux.

Quand ai-je été aussi excité pour la dernière fois ?

Ai-je déjà été aussi excité ?

J'en doute.

Je clinge des paupières quand elle prend une brosse sur la commode et la passe brusquement sur ses cheveux. Le son déchirant me fait grimacer. Sans intention consciente de ma part, je la lui retire et la redirige vers la chaise du bureau.

— Assieds-toi, je vais le faire pour toi. Comme tu y vas, il ne va plus rien te rester sur le caillou, dis-je rauquement, à peine capable de reconnaître le son de ma propre voix.

Ce serait vraiment dommage, parce que Juliette a des cheveux magnifiques. Ils sont longs et épais.

Les ai-je déjà imaginés enroulés autour de ma main ?

Coupable.

Quand je la pousse vers sa chaise, elle se tourne pour m'adresser un regard surpris.

— Oh. J'avais oublié que tu étais là.

Je secoue la tête. Une réponse typique de Juliette. N'importe quelle autre fille tomberait à genoux et ouvrirait grand la bouche.

Mais pas elle.

— On me le dit souvent.

Avec un reniflement moqueur, elle croise mon regard dans le miroir avant de s'installer à la commode qui fait également office de bureau.

— Nous savons tous les deux que c'est un mensonge.

J'arque un sourcil et je fais doucement courir la brosse du sommet de sa tête jusqu'à l'extrémité de ses longues mèches soyeuses.

Après quelques coups de brosse, elle ferme les paupières alors qu'un léger soupir s'échappe de ses lèvres écartées.

— C'est vraiment agréable.

Je ne comprends pas comment c'est possible, mais mon excitation monte d'un cran. Je ne fais rien de plus que lui brosser les cheveux. Cela n'a aucun sens... toutefois, rien chez Juliette n'a jamais eu de sens. J'ai fini par l'accepter depuis un bon moment.

Au bout de quelques minutes de silence, elle bascule la tête en arrière, pour mieux rechercher mes gestes.

— Ça me rappelle quand Maman me brossait les cheveux lorsque j'étais petite. Ça m'a manqué, ajoute-t-elle d'une voix mélancolique.

— Je m'en souviens.

Ses yeux couleur café se font surpris.

— Vraiment ?

— Oui. Parfois, elle le faisait dans la cuisine avant de te tresser les cheveux.

Son sourire me fait l'effet d'un coup de poing dans le ventre. Je ferais n'importe quoi pour qu'elle me regarde de la sorte en permanence.

Le silence s'installe à nouveau sur nous alors que des pensées déroutantes tourbillonnent dans ma tête.

Quand elle réprime un bâillement, je passe une dernière fois la brosse à travers ses mèches épaisses avant de la poser sur la commode à contrecœur.

Elle cligne des paupières et reprend conscience de ce qui l'entoure.

— Je suis fatiguée.

— Il est très tard. Tu devrais aller te coucher.

Sa chevelure flotte autour de ses épaules alors qu'elle regagne le lit en ligne droite avant d'ouvrir les couvertures pour se glisser dessous.

Elle va avoir une sacrée gueule de bois demain matin.

Je m'éclaircis la gorge.

— Tu as des antidouleurs dans les parages ?

— Sur le comptoir dans la salle de bains, dit-elle avec un autre bâillement.

— Très bien. Je reviens tout de suite.

Je me tourne et disparais dans la petite pièce au bout du couloir. Je prends deux cachets et me dirige vers la cuisine pour prendre une bouteille d'eau. Une fois que je reviens dans la chambre, je lui donne les médicaments et elle avale la moitié de l'eau fraîche.

Après s'être réinstallée sous les couvertures, elle me regarde dans les yeux et plisse le front.

— Tu es étrangement gentil.

C'est comme s'il y avait un fil invisible tendu entre nous qui continue de m'attirer plus près d'elle contre mon gré. En quelques secondes, je me retrouve au bord du matelas, baissant les yeux vers le ravissant spectacle qu'elle présente.

Ce serait vraiment tentant de me glisser entre les draps avec elle, non ?

Au lieu d'admettre qu'elle a raison, je prends le livre posé sur la table de chevet et le retourne pour voir ce qu'elle est en train de lire. À ma grande surprise, il y a un homme torse nu sur la couverture. Je m'attendais à tout sauf à ça.

Je l'observe avec plus d'attention.

Combien d'abdos possède ce type ?

Cette image est forcément photoshoppée.

Certes, j'ai des abdos, moi aussi, mais pas huit. Et je passe plusieurs heures par jour à maintenir une condition physique irréprochable !

Je lui coule un regard.

— Je ne pensais pas que tu aimais les romances.

Un sourire lui monte aux lèvres.

— C'est à Carina. Elle m'a dit que ça pourrait m'apprendre plein de choses.

Mon intérêt piqué, je parcours quelques pages.

— Ah oui ? Comme quoi ?

Elle positionne ses mains autour de sa bouche et baisse la voix au niveau d'un murmure sonore comme si elle craignait qu'on l'entende.

— Des trucs sexy.

J'arque un sourcil.

— Et tu as appris des choses ?

Ses joues rosissent et elle détourne les yeux.

— Oui.

Avant que je puisse creuser davantage et lui faire cracher des détails, ses paupières se ferment. Quelques secondes plus tard, elle ronfle doucement.

Je regarde alors le livre de poche que je tiens toujours à la main puis je le retourne afin de lire le résumé à l'arrière. C'est une romance d'étudiants qui met en scène un hockeyeur et la fille qui tombe amoureuse de lui.

C'est intéressant.

Je retire mon téléphone de ma poche arrière et prends en photo la liste et le livre. Puis je m'installe dans le fauteuil papasan [1]fourré dans le coin de sa chambre et je m'étire les jambes.

Comment pourrais-je laisser Juliette seule alors que sa coloc fait toujours la fête ?

Et si elle vomit ou un truc du genre ?

Je crois que je vais attendre. Quand Carina rentrera, je retournerai chez moi.

Et tant que j'y suis, je vais en profiter pour jeter un œil à tous ces trucs sexy qu'elle lit.

CHAPITRE 11

Juliette

C'est le soleil éclatant qui filtre à travers la fenêtre et pénètre la peau délicate de mes paupières qui me tire à contrecœur d'un profond sommeil. Refusant de céder aussi vite, je roule sur moi-même et grogne quand la palpitation dans ma tête accélère, battant un rythme insistant qui refuse de se faire museler.

Oh, mon Dieu !

Gardant les yeux fermés, je lève le bras, porte mes doigts jusqu'à mon front et le frotte doucement. J'ai l'impression que dans ma tête, des petites créatures donnent des coups de marteau énergiques. Je n'ai jamais été susceptible aux migraines, mais si c'était le cas, c'est exactement le ressenti que je m'imagine.

Je ne comprends pas…

Qu'est-ce qui s'est passé hier soir ?

Un autre grognement torturé m'échappe alors que le souvenir d'avoir avalé un gobelet de bière pendant la fête s'impose à mon esprit.

Puis un autre.

Et probablement plusieurs autres après.

Argh ! Ma coloc a peut-être insisté pour que je vienne, elle ne m'a pas forcée à boire comme un trou.

Combien en ai-je bu exactement ?

Trois ?

Quatre ?

Merde... *cinq* ?

Comment font les gens pour faire la fête comme ça tous les soirs ?

Je suis certaine d'une chose : je ne boirai plus jamais.

Plus jamais.

Une fois m'a suffi.

De l'aspirine et de l'eau.

C'est précisément ce dont j'ai besoin.

Malheureusement, ça implique d'ouvrir les yeux et de quitter le confort de mon lit. Pendant une minute ou deux, je songe à rester là, mais la pression croissante dans ma vessie m'informe que ça ne restera pas une option pendant bien longtemps.

Je souffle lentement et accepte le fait de devoir me mettre à la verticale pendant un petit moment avant de pouvoir retomber sur mon lit.

Probablement pour le reste de la journée.

Je mets au moins trente secondes avant d'être capable de me forcer à ouvrir les paupières. J'ai l'impression qu'elles sont collées ensemble.

Je me suis vraiment bien amusée hier soir...

Je crois.

D'autres souvenirs remontent à la surface.

L'amusement n'était vraiment pas assez extraordinaire pour m'imposer ce nouveau type d'enfer.

Je parcours la chambre du regard et prends une autre inspiration profonde. Mon ventre me donne l'impression d'être dans des montagnes russes.

Et s'il y a quelque chose que je déteste, ce sont les montagnes russes.

Quand j'avais douze ans, mes parents m'ont convaincue d'essayer.

J'ai été si malade que j'ai vomi dans la poubelle dès que je suis descendue de l'attraction en titubant. À ce jour, Mav prend un malin plaisir à en parler. Bien entendu, Ryder était là pour assister à mon humiliation. Je crois qu'il est toujours présent quand je suis au plus bas.

C'est exactement ce que mon ventre qui tangue me rappelle. J'espère vraiment que je ne vais pas vomir. Ce serait la cerise sur le gâteau d'une journée de merde.

Me hisser en position assise demande des efforts et je glisse prudemment mes jambes sur le côté du matelas. Alors que je m'apprête à faire un sprint jusque dans la salle de bains, j'aperçois une immense silhouette étalée sur le fauteuil calé dans le coin et je m'immobilise.

Qu'est-ce que...

Je lève mes mains pour me frotter les yeux.

Mon Dieu... Suis-je en train d'halluciner ?

J'ai bu à ce point ?

Parce qu'il est impossible que Ryder McAdams soit endormi dans ma chambre.

Qu'est-ce qu'il fiche ici ?

Je fronce les sourcils en continuant de le regarder, espérant que cette vision disparaisse.

Attendez une minute... Est-ce qu'il m'a ramenée de la fête hier soir ?

J'essaye de trouver cette réponse dans mon cerveau. Pour une raison quelconque, je me rappelle distinctement que Ryder a enfoncé mes bras dans les manches d'une veste trop grande et m'a aidée à regagner sa voiture.

D'autres souvenirs se précipitent dans mon esprit. Je me rappelle m'être blottie contre sa poitrine d'acier. Est-ce qu'il m'a portée à l'intérieur de l'immeuble, jusqu'à l'appartement ?

Une autre vague de mortification s'abat sur moi parce que oui...

Je suis presque certaine qu'il l'a fait. Cette réalisation est encore plus mortifiante que la fois où il m'a regardée vomir après ce tour de manège horrible.

Je n'avais rien pu y faire.

Malheureusement, je suis la seule responsable de ma situation présente.

Ryder est la *dernière* personne devant laquelle je souhaiterais m'afficher dans cet état.

Je me passe une main sur le visage et m'approche de lui. Sa poitrine continue de monter et de redescendre régulièrement. Le tissu délicat de son tee-shirt est tendu sur ses pectoraux d'acier et les manches courtes sont serrées autour de ses biceps épais. Même détendu, ses muscles sont saillants.

Quelle taille de tee-shirt porte-t-il ?

Un petit-moyen ?

Ma bouche se fait pâteuse et je sais très bien que ça n'a rien à voir avec ma migraine ou la nausée persistante qui règne dans mon ventre. C'est entièrement dû à ce garçon torride endormi dans ma chambre.

Cette pensée me fait grimacer.

Alors que mon regard parcourt le moindre centimètre de sa personne, je me rends compte que j'ai passé les huit dernières années à me convaincre que je ne ressens absolument rien pour ce type, alors que rien ne pourrait être plus éloigné de la vérité.

Incapable de m'empêcher de l'inspecter attentivement sans qu'il s'en rende compte, je m'approche discrètement. Hormis lorsque j'observe les photographies qui paraissent en ligne dans les journaux de la fac ou de la région, je n'ai jamais eu l'occasion de le contempler aussi ouvertement.

Dans son sommeil, il paraît plus jeune. Les petites ridules qui encadrent son regard ont disparu comme par magie. Dernièrement, ces plis semblent s'être creusés, comme si le poids du monde pèse sur ses larges épaules.

Plusieurs fois par le passé, j'ai été tentée de tendre la main pour les lisser sous mes doigts.

L'ai-je fait ?

Bien sûr que non.

Vous plaisantez ?

Il penserait probablement que j'ai perdu la tête. On n'a absolument pas ce genre de relation.

Ce n'est que lorsque mon attention se recentre sur sa poitrine impressionnante que je remarque le livre qui y est ouvert.

Bon sang !

Mes yeux s'écarquillent tellement qu'ils sont près de tomber de ma tête pour rouler sur le tapis.

Il a lu le roman que Carina m'a donné hier soir ?

J'ai vaguement conscience de lui avoir parlé des scènes sexy dans ce livre en particulier.

Un gargouillement torturé s'échappe de ma gorge.

Quand il revient à lui et s'agite sur le fauteuil, je plaque une main sur ma bouche pour me retenir d'émettre le moindre bruit. Je devrais battre en retraite dans la sécurité relative de l'autre côté de la pièce. La dernière chose que je veux est qu'il ouvre les yeux et me découvre au-dessus de lui comme une des nombreuses groupies qui le pourchassent sur le campus.

Sauf que…

C'est bien trop tard pour y songer.

Ses cils ridiculement longs papillonnent puis il ouvre les yeux pour me regarder.

Mes muscles se tendent, rendant le moindre mouvement impossible. Si j'espérais employer en dernier recours une sorte de bouclier d'invisibilité, c'est un échec complet.

Au moment où son regard croise le mien, je ressens un courant électrique jusque dans mes orteils. Pendant une seconde ou deux, il y a de la confusion dans ses yeux bleus ensommeillés et les coins de ses lèvres s'étirent en un sourire paresseux. Son expression me frappe comme un uppercut dans le ventre et manque de me couper le souffle.

Aucun homme ne devrait être aussi beau si tôt le matin.

Particulièrement alors que je dois ressembler à une loque.

Quand il me regarde de son air sexy comme s'il était content de me voir, ça me fait scie les genoux. Je dois invoquer toute la volonté qu'il me reste afin de rester debout et ne pas fondre en une flaque à ses pieds.

— Salut.

Il s'étire, levant les bras au-dessus de sa tête avant d'émettre un grognement sorti du plus profond de sa gorge. Son tee-shirt en coton remonte lentement sur son ventre, révélant des abdominaux parfaitement ciselés.

L'appréciation fait tressauter mes parties féminines.

Bon, d'accord… C'est bien plus qu'un simple tressaillement. Une véritable représentation de Riverdance est en cours sous ma ceinture. À partir de maintenant, je ne serai plus capable de me sentir supérieure aux filles du campus qui se pâment sur cet homme.

Et ne vous y trompez pas, c'est bel et bien un homme. Alors que j'ai fait de mon mieux pour faire semblant que Ryder McAdams n'existe pas, il a le physique d'un parfait spécimen masculin. Pourquoi contempler la couverture d'une romance quand on a la réalité en face de soi ?

— Hmm, salut.

Je me déplace d'un pied sur l'autre, engluée dans l'embarras. La liste des raisons fait au moins un kilomètre de long et jamais, au grand jamais, je serai capable de les admettre.

Son regard ensommeillé quitte mon visage pour venir se poser sur mes seins. J'en perçois la chaleur comme une caresse physique. C'est suffisant pour que mes mamelons se contractent en petites boules dures sous son attention silencieuse. Un regard rapide vers le bas me permet de me rendre compte qu'ils pointent à travers le tissu fin du débardeur. Mon visage s'embrase et je croise les bras devant ma poitrine dans une tentative pour les dissimuler.

Je m'éclaircis la gorge, espérant détourner son attention de mes seins.

— Qu'est-ce que tu fais ici ?

Il cligne des paupières et lève hâtivement les yeux vers mon visage. Son expression se ferme alors qu'il se passe une main sur le visage. C'est exactement le genre de réaction à laquelle j'ai appris à m'attendre de la part de Ryder. Je ressens un pincement de tristesse en voyant la muraille qui s'est érigée entre nous.

Je n'ai jamais compris ce qu'il me reproche et j'ai passé des années à me dire que je m'en fiche. S'il en avait envie, il pouvait être meilleur pote avec Mav tout en remarquant à peine ma présence.

C'est un autre mensonge dont j'ai passé des années à essayer de me convaincre.

— Je t'ai ramenée à ton appartement hier soir. Carina n'était pas à la maison et je ne voulais pas te laisser seule puisque tu avais bu.

Il hausse ses épaules impressionnantes.

— Alors je me suis endormi ici.

Quand il se redresse, le livre posé sur sa poitrine dégringole à terre. Je me penche immédiatement pour le ramasser. Il fait la même chose. Nos mouvements s'interrompent quand nos mains se frôlent et que nos regards se croisent à travers les quelques centimètres qui nous séparent. L'air reste prisonnier de mes poumons pour la deuxième fois en quelques minutes. La chaleur fait grésiller l'atmosphère entre nous avant que son attention descende sur ma poitrine. Ses yeux s'assombrissent et je me rends compte qu'avec mon haut béant sur le devant, à tous les coups il peut voir mes seins nus.

Je récupère le livre sur le tapis et trébuche en arrière sur quelques pas.

Le silence s'abat sur nous alors que Ryder continue de me fixer du regard. Le désir grandit dans ses yeux, les assombrissant. Le noir de ses pupilles fait battre en retraite le bleu océan. Personne ne m'a jamais regardée de la sorte.

C'est aussi exaltant qu'effrayant.

Je brandis le livre et laisse échapper :

— Tu lisais ça ?

L'intensité de son regard me met les nerfs à vif. Ma peau est chaude. Trop étroite. Comme si je pouvais exploser à la moindre seconde.

— Oui.

Sa voix est bien plus profonde qu'elle ne l'était quelques minutes auparavant.

— J'en ai lu à peu près la moitié.

Avant que je ne puisse trouver mes mots, il ajoute :

— Hier soir, tu avais mentionné que c'était plutôt sexy.

J'écarquille les yeux.

— Quoi ?

Son regard torride accroche le mien, m'empêchant de respirer.

— Tu m'as dit que tu avais appris des choses et j'avais envie de voir ce que c'était.

La chaleur fait brûler mes joues.

— Je… *Vraiment* ?

Que quelqu'un m'achève avant que la situation empire !

Il hoche la tête.

— J'ai pensé que je pouvais jeter un œil et lire un chapitre ou deux. Sans que je m'en rende compte, deux heures s'étaient écoulées. Je dois m'être endormi après, ajoute-t-il après un temps d'arrêt.

— Alors… Tu as appris des choses intéressantes ?

La question m'a échappée avant que je puisse la ravaler.

Il affiche un lent sourire si prédateur que mon cœur s'emballe.

Au lieu de me répondre, il me renvoie cette question lourde de sens.

— Et toi ?

Je me mordille la lèvre inférieure.

— Ça m'a donné quelques idées, en effet.

— On est d'accord sur ce point.

L'idée qu'il puisse essayer différentes scènes du livre sur une autre fille me serre le ventre. Dès que cette idée me vient à l'esprit, je l'écarte. Un silence lourd pèse sur nous alors qu'il se redresse et s'approche d'un pas de prédateur.

Des picotements nerveux parcourent ma peau et je laisse échapper :

— Tu n'as pas un entraînement ce matin ?

Son expression chancelle et ses yeux perdent de leur intensité alors qu'il sort le téléphone de sa poche et jette un œil au cadran. Il plisse les sourcils.

— Oui. Dans une demi-heure.

Entre nous, la tension compacte monte d'un cran jusqu'à ce devenir inflammable. C'est comme si on titubait aux abords d'une explosion en devenir.

Quand son regard revient se poser sur moi, le moment s'estompe.

Qui sait, il n'a peut-être même jamais existé ?

— Je devrais probablement y aller, marmonne-t-il.

Alors qu'il se dirige vers la porte de la chambre, je ne peux pas m'empêcher de demander :

— Tu veux emprunter le livre pour pouvoir lire le reste ?

C'est une plaisanterie, bien sûr.

Impossible que Ryder lise une romance !

Il jette un regard par-dessus son épaule.

— Non, je vais acheter l'ebook et le terminer.

Ne m'étant pas attendu à cette réponse, j'en reste bouche bée.

— Oh, et assure-toi de cocher « me saouler à une fête d'étudiants » sur ta liste. Tu étais vraiment allumée hier soir.

Un son étranglé m'échappe alors que je répète le mot.

— *La liste !*

Il ouvre brusquement la porte de la chambre et pile avant de se retourner vers moi et de désigner la table de chevet. L'humour pétille dans ses yeux quand un sourire s'attarde aux coins de ses lèvres.

— Oui, tu me l'as montrée. Tu ne t'en souviens pas ?

Oh, l'humiliation !

C'est officiel. Je ne boirai plus jamais.

— Tu ne peux pas…

Ma voix meurt alors que je serre les poings. Mes doigts se referment sur le livre de poche. Je déglutis difficilement et me force à continuer.

—… oublier ça ?

La même chaleur qui emplissait son regard plus tôt se ravive. Mais il y a quelque chose d'autre aussi.

Quelque chose de plus sombre.

— Non.

Ce mot vide mes poumons d'air, m'empêchant de respirer.

Sur ce, il quitte la pièce d'un pas énergique.

Ce n'est que lorsqu'il disparaît et que j'entends le faible claquement de la porte dans une partie distante de l'appartement que mes genoux faiblissent et que je manque de m'écrouler à terre.

CHAPITRE 12

*R*yder

Je balaie la glace avec ma crosse alors que Garret Akeman se lance vers moi avec le palet. Il y a une mêlée et même s'il est défenseur pour l'équipe adverse, il monte au filet. Patinant à reculons, je fais descendre mon centre de gravité et observe ses hanches afin de déterminer sa direction.

C'est comme dans la chanson de Shakira : *hips don't lie.*

Jouer au hockey m'est toujours venu naturellement. Je n'ai jamais eu besoin de trop réfléchir. Je savais instinctivement ce qui allait arriver. J'étais capable d'anticiper les déplacements des autres joueurs. Le jeu se déroulait dans ma tête plusieurs secondes avant qu'il ne le fasse sur la glace. Comme une sorte de sixième sens.

Ce n'est plus le cas.

Ma capacité à lire la situation a été désactivée.

Contrairement au foot ou au baseball, le hockey est rapide. C'est de l'action constante. Tu n'as qu'une seconde ou deux pour prendre une décision et t'engager. Dès que le doute commence à s'immiscer, c'est comme une boule de neige qui dévale une pente, prenant de la vitesse. Un battement de cœur ou deux donnent l'impression qu'une éternité prend fin en un clin d'œil. Il n'y a pas de seconde chance et tu dois poursuivre le cours de ta vie avec les conséquences de ta décision.

Je n'ai jamais compris à quel point cette vérité était paralysante.

Jusqu'à maintenant.

Même durant l'entraînement, je suis une boule de nerfs.

Mon regard remonte vers le visage de Garret.

Quel connard !

Pendant ce moment de distraction, il pivote. J'ai beau partir à sa poursuite, j'ai un temps de retard et il parvient à me dépasser à toute vitesse. En dernier recours, je tends ma crosse et tente de l'attraper, mais il parvient à sortir de ma portée.

Merde.

Merde.

Merde.

Il file vers le filet et tire. Wolf se jette vers la gauche avant de tomber à genoux. Juste quand je crois qu'il l'a attrapé dans son gant, le palet vient frapper le filet à toute vitesse.

— Tu auras plus de chance la prochaine fois, Westerville, rit Garret qui contourne les buts par l'arrière avant de patiner dans ma direction.

Il a un sourire narquois aux lèvres.

Il se délecte de cette situation !

De ma déchéance !

Dans mes gants, mes doigts se referment, tentés de lui coller une droite au visage alors qu'il continue de s'approcher comme un requin paresseux. Je sais déjà qu'il va me décocher un commentaire effronté. Il n'arrête pas, ces derniers temps.

— La sœur de McKinnon avait l'air bonne à croquer l'autre soir à la fête. Tu crois qu'elle est assez intelligente pour savoir quoi faire avec sa jolie petite bouche ?

Sa voix est railleuse comme s'il comprenait que Juliette est un point sensible.

Au lieu de l'ignorer comme tous mes instincts me crient de le faire, je lui lance :

— Ne t'avise pas de t'approcher d'elle.

Il se rapproche sans parvenir à réprimer un ricanement satisfait.

— Sinon quoi ? dit-il en levant le menton plus haut. Qu'est-ce que tu vas me faire ?

Lui casser la figure jusqu'à ce qu'il ne soit plus qu'une tache de sang sur la glace.

Je serre les dents si fort que j'ai l'impression qu'elles vont craquer et se briser.

Il sourit de plus belle et il m'adresse un murmure qui n'est destiné qu'à moi.

— Tu ne t'es jamais demandé si sa chatte est douce ? J'ai l'intention de le découvrir.

Il n'en faut pas plus pour que mon cerveau s'enclenche et que je lui saute dessus. On culbute sur la glace, les membres entremêlés, alors que j'abats mon poing ganté sur son casque. Il ne met guère de temps avant de se défendre. Hayes et Bridger sont les premiers à arriver sur les lieux. Une pluie de glace nous tombe dessus alors qu'ils freinent brusquement puis se penchent pour nous arracher l'un à l'autre.

Ce n'est que lorsqu'on m'écarte, à corps défendant et la bouche écumeuse, que le son strident du sifflet pénètre le grondement de l'océan qui remplit mes oreilles, m'aveuglant à tout ce qui n'est pas Garret.

— Qu'est-ce que tu fais, putain ? rugit Bridger en continuant de me faire reculer de quelques pas.

Je tends le cou pour regarder derrière son épaule. Mes yeux restent braqués sur Garret.

— Rien.

Sale connard.

Akeman affiche le même sourire que tout à l'heure. Plus large encore.

— McAdams ! hurle l'entraîneur. Tire-toi de ma glace immédiatement. C'est fini !

— Bon travail, couillon, marmonne Hayes. Je suis sûr qu'on va faire des tours de piste jusqu'à la fin de l'entraînement.

Quelques joueurs aident Garret à se redresser. Je suis vraiment tenté de le projeter à nouveau sur la glace comme il le mérite. Hayes et Bridger savent apparemment lire dans les pensées, car ils s'agrippent plus fort à moi.

— Tout de suite, McAdams ! s'écrie l'entraîneur d'une voix ferme qui résonne dans l'immense enceinte du centre sportif.

Garret m'adresse un geste de la main.

— Apparemment, tu dois dire au revoir, McAdams. Tu ferais mieux de te bouger le cul.

Je me jette en avant avec un grognement. Hayes et Bridger me retiennent toujours. Sans quoi…

Je ne sais pas ce que j'aurais fait.

Non, ce n'est pas vrai.

Je sais *exactement* ce que j'aurais fait.

Et ça aurait été un véritable plaisir.

— Ta gueule, Akeman, lâche Hayes.

— Arrête de te comporter comme un con, ajoute Colby McNichols.

Rares sont mes coéquipiers qui apprécient Garret. Pour une raison quelconque, il a la fausse impression d'être bien meilleur joueur qu'il ne l'est vraiment.

Son expression se fait morose quand je tourne le dos et me dirige vers le banc.

— On se reverra plus tard, me crie Garret.

Comptes-y.

Malgré mon envie d'éviter notre entraîneur, je tourne les yeux vers lui à contrecœur. Je lis dans son regard un mélange de colère, d'irritation et de déception.

Même si je n'aime pas Reed Philips et qu'il me le rend bien, c'est la déception qui m'emmerde le plus. Comme s'il s'attendait à mieux de ma part et que je l'avais déçu. Mon regard se pose vers les autres entraîneurs qui secouent la tête et s'échangent des murmures alors que je sors sur le tapis en caoutchouc et m'éloigne à grands pas.

— Si quelque chose comme ça se reproduit, il n'y aura plus de place pour toi dans mon équipe, dit Philips d'un ton bourru.

Je marque un temps d'arrêt alors que mes épaules se raidissent.

Il y a peu de temps, c'était *mon* équipe.

La mienne.

— Compris ?

— Oui, j'ai compris.

J'entre en trombe dans les vestiaires avant de fourrer ma crosse dans le portant et de me laisser tomber sur le banc. Ce n'est que lorsque je suis seul dans le silence de la pièce vide que je respire fort et que mon cœur bat la chamade. Ses battements contre ma cage thoracique me donnent l'impression qu'il va exploser hors de ma poitrine.

Je défais la sangle et arrache mon casque d'un geste fluide. Je suis tenté de le balancer en travers de la pièce, mais je retiens d'un cheveu ma colère. J'inspire profondément et garde l'air emprisonné dans mes poumons. Ce n'est que lorsque j'ai l'impression d'être au bord de l'explosion que je le relâche doucement. Je répète l'exercice une poignée de fois jusqu'à ce que mes muscles se détendent et que le filtre rouge de ma vision se dissipe enfin.

Des gouttes de sueur coulent le long de mon dos et s'accrochent à mon front.

Je n'aurais pas dû réagir à ce qu'a fait Akeman. On joue ensemble depuis quatre ans. Dès le début, on s'est tapés mutuellement sur les nerfs. Il a toujours dit des conneries. À force, je devrais y être habitué. En des circonstances normales, je l'aurais laissé parler sans rater une seconde de l'action. J'aurais ignoré ses railleries et serais resté concentré sur la mêlée.

Mais aujourd'hui, je n'en ai pas été capable.

Pas alors qu'il avait parlé de Juliette.

Pas alors que ces derniers temps, elle est au premier plan de mon esprit.

Peuplant mes pensées et mes rêves.

La veille, je me suis réveillé avec une érection persistante. Je n'arrête pas de penser à ses gestes quand elle s'est déshabillée la nuit où je l'ai ramenée, à la courbe de son sein nu. Sans parler de la façon dont elle remplissait ce string ! Malgré ma colère, mon corps réagit encore à cette image mentale. Je suis comme un des chiens de Pavlov qui salivent en entendant une clochette.

Je ne suis plus capable de tenir Juliette enfermée dans un coin de mon esprit comme je l'ai toujours fait. Et encore moins après avoir entrevu la liste qu'elle a écrite !

Ça me fait bander rien que d'y penser.

Et ce livre…

Qui aurait su qu'une romance contenait des choses aussi pimentées ?

Certainement pas moi.

Avais-je appris des trucs ?

Absolument.

Savoir que ce qu'elle a lu l'a excitée me rend dur comme de l'acier. Étrangement, c'est comme de me glisser derrière le rideau pour voir le genre de choses dont les filles ont envie.

Ce qu'elles trouvent sexy.

Si j'ai déjà terminé le bouquin et acheté le tome suivant ?

Coupable.

Je secoue presque la tête alors que ces pensées tourbillonnent dans mon cerveau.

Qu'est-ce que je fais, putain ?

Juliette n'est pas une distraction que je peux me permettre d'avoir en ce moment. Pas alors que ma saison part en vrille et que l'entraîneur cherche une excuse pour m'éjecter de l'équipe.

Mais…

Je ne permettrai jamais à un autre de la toucher.

Je me passe une main sur le visage.

Alors qu'est-ce que je dois faire ?

CHAPITRE 13

Juliette

C'est officiel : la chimie inorganique veut ma mort.

Généralement, j'étudie avec Aaron, mais il s'est fait légèrement distant depuis que je lui ai dit que nous ne deviendrons jamais le couple parfait. Cela ne fait que confirmer que je ne devrais pas sortir avec des mecs de ma classe.

Je pousse un profond soupir, prête à me replonger dans mon manuel chiant à mourir quand quelqu'un tire la chaise qui me fait face et s'y laisse tomber. Je relève brusquement la tête et écarquille les yeux en voyant Ryder. J'ai fait de mon mieux pour l'éviter depuis que je me suis réveillée dans ma chambre samedi matin.

Des bribes de notre conversation filent dans ma tête jusqu'à ce que je sois tentée de ramper sous la table afin d'éviter l'intensité de son regard.

Devant son silence, je carre les épaules et hausse les sourcils.

— Tu voulais quelque chose ?

— Je vais le faire.

Quand il n'avance pas d'autres détails, je lui demande prudemment :

— Quoi, donc ? Aurais-je raté la première partie de la conversation ? Que vas-tu faire, *exactement* ?

Il se rapproche et pose les mains contre la table. Elles attirent mon regard. Les manches de son sweat ont été retroussées et la pilosité crépue de ses avant-bras est clairement exposée.

Ça ne devrait pas être aussi sexy.

Pourtant... ça l'est.

Horrifiée par la direction que vient de prendre mon cerveau, je repousse cette pensée et me contrains à croiser son regard. Une étincelle de chaleur emplit ses yeux, comme s'il sait exactement à quoi je pense.

Argh.

Pourquoi m'affecte-t-il de la sorte ?

En sa présence, tout à l'intérieur de moi est aux aguets.

Il se rapproche de la table.

— Je vais t'aider avec ta liste.

Hein ?

— Je... ne comprends pas.

Est-il possible que Ryder se soit pris trop de palets dans la tête ?

C'est triste...

Ses yeux bleus se font plus sombres, plus animés. Ils émettent de la chaleur et avec la distance qui nous séparent, ils manquent de me brûler vive.

— Bien sûr que si.

En réalité, non, et ça fait partie du problème.

Devant mon silence, il sort son téléphone et pianote sur l'écran. Tout à l'intérieur de moi se délite quand son regard cesse de m'immobiliser. Avec un froncement de sourcils, je tends le cou pour essayer d'apercevoir ce qui retient son attention.

— Écoute, j'ai beaucoup de travail.

Je désigne l'escalier qui mène au rez-de-chaussée.

— Alors, si tu veux bien t'éclipser, j'apprécierais, vraiment.

— Numéro 1 – Me faire peloter à la bibliothèque. Numéro deux –

Me baigner à poil. Numéro trois — Karaoké ! Numéro quatre — Me saouler pendant une fête.

Il lève les yeux.

— Je devine que tu l'as barré après vendredi soir ?

J'en reste bouche bée alors que je laisse échapper un cri strident choqué. Les étudiants assis dans les parages tournent brusquement la tête pour nous regarder. Quelques-uns nous adressent des regards mauvais avant de nous dire *chut* !

Je plaque la main sur ma bouche tandis que mes yeux s'effarent.

Ryder hausse les sourcils vers une table de garçons qui détournent rapidement le regard.

Ce n'est que lorsque j'ai réprimé mon envie de pousser des cris que je baisse la main et me penche en avant.

— *Comment as-tu trouvé ça ?*

Il tourne son téléphone vers moi et me montre l'écran.

— J'ai pris une photo.

Je pousse un soupir choqué.

— Je n'arrive pas à croire que tu aies fait ça !

— Pourquoi pas ?

Il hausse les épaules en plissant le front.

— C'est toi qui me l'as montrée.

— J'avais bu.

Ma voix gagne en intensité au fil des syllabes que je lui crache.

Il affiche un sourire narquois et acquiesce.

— Oh, assurément ! Après t'avoir ramenée chez toi, je t'ai portée jusqu'à ton appartement. Je craignais que tu te brises le cou si je te laissais marcher toute seule.

Il aurait peut-être mieux valu qu'il le fasse.

L'humiliation était quasiment insupportable.

J'ai la tentation de bondir en travers de la table pour l'étrangler. Ou du moins, lui arracher son téléphone et effacer la photo.

Il jette un regard à l'écran alors que son doigt glisse sur la surface lisse.

— Tu n'as pas répondu à la question.

— Quelle question ?

— Tu as barré le numéro quatre ?

Je croise les bras devant ma poitrine avec un geste protecteur puis le fusille du regard, espérant qu'il change de sujet.

Mais non ! Il incline la tête et soutient mon regard avec impatience.

— Alors, tu l'as fait ?

— Oui, dis-je en grinçant des dents. Je n'arrive pas à croire qu'on est en train d'avoir cette discussion.

Est-ce que c'était bon de cocher enfin quelque chose sur cette liste ?

Aussi bête que ça puisse paraître... oui.

Il jette un regard à son téléphone.

— Il en reste neuf. Tu vois ? Tu n'es pas contente que je t'aide ?

— Pas vraiment.

— Oh, allons ! Ce sera amusant.

Je me force à pousser un rire rauque.

— J'en doute.

Je lève la main afin de me frotter le front puis je lance la question :

— Pourquoi ?

Il hausse un sourcil comme s'il ne comprend pas ce que je lui demande.

— Pourquoi as-tu envie de m'aider ?

CHAPITRE 14

Ryder

Pourquoi ai-je envie de l'aider ?

Excellente question.

Je sais pertinemment que lui dire la vérité ferait l'effet d'un pétard mouillé.

Que son premier orgasme m'appartient.

Je l'ai déjà revendiqué.

Au lieu de ça, je lui renvoie sa question et essaye de la jouer cool.

— Pourquoi pas ?

Elle plisse les yeux.

— Ce n'est pas une réponse.

J'aurais dû me rendre compte qu'elle ne serait pas d'accord avec mon plan. La plupart des filles sur ce campus seraient enchantées à l'idée de passer un peu de temps en solitaire avec moi. Même si c'est pour cocher des éléments sur une liste.

Juliette, d'un autre côté, n'est pas ce genre de fille.

Elle n'a jamais été ce genre de fille.

— Parce qu'on est amis.

Dans un sens.

— Non. Nos familles sont amies. Tu es ami avec Mav.

Son index nous désigne successivement.

— Nous deux, on n'a jamais été amis.

Lentement, je fais courir ma langue entre mes dents.

— Tu ne t'es jamais dit qu'il était temps de remédier à cette situation ?

Avant qu'elle ne puisse me répondre par un non sonore, j'ajoute :

— Qui plus est, tu vas avoir besoin d'aide pour accomplir ta bucket list. C'est là que j'entre en scène.

Je réduis la distance entre nous jusqu'à ce que le rebord épais de la table s'enfonce dans ma poitrine. Je baisse alors la voix de plusieurs octaves. La seule pensée qu'elle puisse désirer un autre me fout en rogne.

— Tu as quelqu'un d'autre en tête pour le boulot ?

Elle aspire sa lèvre inférieure entre ses dents sans baisser les yeux. Elle mordille sa chair pulpeuse pendant un long moment qui s'éternise et fait battre mon cœur plus fort, puis elle secoue la tête.

Mes muscles se détendent devant ce spectacle.

Contre ma volonté, mon attention est captivée par ma bouche et ma queue pousse contre mon caleçon. Depuis vendredi soir, j'ai passé un temps considérable à fantasmer à ce que ça ferait de coller ses lèvres contre les miennes. De glisser ma langue à l'intérieur de sa bouche pour qu'elle se soumette à ma domination.

J'ai passé tant d'années à repousser Juliette dans un coin de mon cerveau ! À présent que cette porte a été ouverte, il est impossible de la refermer à nouveau. Pour le meilleur ou pour le pire, ces monstres ont été libérés.

— C'est juste que...

La voix de Juliette s'évanouit alors qu'elle détourne le regard.

La couleur qui lui monte aux joues ne fait que m'encourager. Les filles avec lesquelles je passe du bon temps sont généralement douées et savent comment manipuler une situation. Chaque mouvement de leurs cheveux, chaque regard faussement timide en direction d'un mec sont un geste répété et calculé de leur part. Quand on y pense, ce n'est qu'un jeu. Et elles ne rougissent jamais quand elles pensent au sexe ou en discutent.

Ça ne fait que démontrer qu'elle est vraiment différente et spéciale.

— Quoi ?

Ce serait si tentant d'écarter la table pour poser les mains sur elle !

Au lieu de cela, je souffle et force mes muscles à se détendre. Si je ne me montre pas diplomate, je vais l'effrayer, et ce n'est pas idéal.

— Il y a quelque chose sur la liste qui est…

— Allez, crache le morceau.

J'ai des picotements nerveux au creux du ventre.

— *Sexuel*.

Ce simple mot suffit à me donner une érection d'acier. Elle est si dure que c'est douloureux.

Je hausse un sourcil et essaye de paraître décontracté alors que j'ai vraiment envie de la plaquer sous moi.

— Et ?

Son regard vient accrocher le mien alors qu'elle se trémousse fébrilement sur la chaise. J'ai l'impression qu'elle va prendre feu à n'importe quelle seconde.

Et je vais probablement m'embraser avec elle.

— On ne peut pas, murmure-t-elle.

— Pourquoi pas ?

Elle détourne le regard.

— Parce que je ne t'attire pas.

Elle a perdu la tête ?

Comment n'a-t-elle pas vu à travers le masque quasi transparent que j'ai maintenu en place pendant toutes ces années ?

Au lieu de répondre à ce commentaire, je me redresse d'un bond.

Elle écarquille les yeux alors que je fais le tour de la table, franchissant la distance qui nous sépare. Elle pousse un petit cri aigu quand je saisis sa main délicate pour la faire se redresser. Pas le temps de poser des questions alors que je l'entraîne à travers le labyrinthe des étagères jusqu'à ce qu'on s'enfonce profondément dans le coin du fond, loin des regards curieux. Elle doit accélérer le pas pour rester à ma hauteur.

Au moment précis où elle ouvre la bouche, je pile net. Son corps plus petit s'écrase contre le mien puis je referme les doigts sur ses épaules et la force à reculer jusqu'à ce que son dos se plaque contre une étagère pleine de revues poussiéreuses.

Nos visages ne sont plus qu'à quelques centimètres l'un de l'autre.

À part la nuit où j'ai porté Juliette à son appartement, me suis-je déjà tenu assez près pour voir les mouchetures dorées qui parsèment les cercles intérieurs de ses iris ?

Je n'avais encore jamais remarqué que leur éclat est fascinant. Je ne serais guère surpris si je finissais par me noyer dans leurs profondeurs ambrées. Ce serait probablement une mort bien plus préférable.

Quand je plaque mon érection épaisse contre la douceur de son ventre, sa bouche forme un petit O choqué.

— Ça te donne vraiment l'impression que je ne suis pas attiré par toi ? grondai-je.

Elle secoue la tête en avalant sa salive.

— Maintenant, dis-moi : je t'excite ?

La question m'échappe avant que je ne puisse l'arrêter.

Quand elle garde le silence, je bascule à nouveau les hanches. Les mains toujours passées autour de ses épaules, je baisse la tête jusqu'à ce que ma bouche frôle la sienne. Il n'en faut pas davantage pour que l'air autour de nous prenne vie et devienne électrique.

Impossible que cette attirance soit à sens unique !

Impossible !

— Eh bien ?

Sans pouvoir me contenir, je lui donne un autre coup de reins.

— Je t'excite ?

Mes muscles se contractent fort alors que la question flotte dans l'atmosphère chargée en électricité. L'intensité monte d'un cran entre nous jusqu'à ce qu'il existe une bonne possibilité qu'elle explose, nous réduisant tous les deux en poussière.

— Oui.

Ce n'est que lorsque ce murmure lui échappe que je réalise que j'étais particulièrement tendu. Mon corps se détend alors que le soulagement vide l'air de mes poumons.

Je frotte le bout du nez contre le sien et mordille la chair pulpeuse de sa lèvre inférieure avant de la saisir avec les dents et de l'attirer dans ma bouche. Dans le silence de la bibliothèque, son inhalation frémissante est aussi sonore qu'un coup de feu. Elle résonne à travers mon cerveau jusqu'à ce que je n'aie plus conscience d'autre chose.

Incapable de résister, j'incline la bouche vers la sienne. J'avance et je recule jusqu'à ce que le mouvement me donne presque le vertige, jusqu'à ce que la chaleur de son souffle danse légèrement sur mes lèvres.

Combien de fois ai-je fantasmé de faire exactement ça ?

Trop pour les compter.

L'assurance que cette fille m'appartient à présent explose dans ma poitrine. Le désir que je ressens pour elle n'a jamais été une chose sur laquelle je me suis permis de m'attarder. Je l'ai écarté de mon esprit en me disant qu'il n'existait pas.

J'ai fait de mon mieux pour faire semblant qu'*elle* n'existait pas.

Mais ça n'a pas marché.

Pas vraiment.

Juliette a toujours été là, dans les parages, à me déglinguer le cerveau.

Ce n'est que lorsque je nous ai taquinés tous les deux que je cède à des années de désir contenu et que je permets à ma bouche de s'installer sur la sienne. La douceur veloutée de ma langue danse sur la jointure de ses lèvres. Il ne lui en faut pas plus pour s'ouvrir alors qu'un grondement de désir vibre à l'intérieur de ma poitrine. J'ai envie de marquer mon territoire pour que chaque garçon du campus sache à qui elle appartient. Ce n'est peut-être pas une situation sur le long terme, mais pour le moment, Juliette est à moi.

Quand sa douceur explose dans ma bouche, je me surprends à approfondir la caresse. Je suis tenté de consumer la moindre partie d'elle. J'ai envie de la croquer en une seule bouchée. Le désir vibre en moi alors que je me plaque plus près de lui jusqu'à ce que chaque centimètre de mon corps soit aligné avec ses courbes savoureuses.

Elle incline la tête pour m'accueillir plus profondément. Ma langue lutte avec la sienne, s'y emmêlant.

Je suis vraiment excité !

Je ne sais pas pendant combien de temps on reste plaqués contre les étagères.

Cela pourrait être plusieurs minutes ou plusieurs heures.

Ma seule certitude est que ça n'est absolument pas suffisant.

Ça ne le sera jamais.

Si je ne contiens pas mon désir alors que j'en suis encore capable, il deviendra un incendie incontrôlable.

M'écarter demande un effort extraordinaire. Quand je le fais enfin, on respire tous les deux fort. Ses mains sont plaquées contre ma poitrine, ses doigts recourbés contre le tissu de mon sweat à capuche. C'est comme si elle se cramponnait de toutes ses forces.

La confusion dans son regard enflamme mon sang.

— Combien de garçons as-tu embrassés ?

Juliette cligne des paupières comme si elle ne comprenait pas la question.

— Embrassés ?

Incapable de résister à la tentation, je mordille sa lèvre inférieure rebondie.

— Oui, dis-moi.

Elle lève les doigts et les pose sa bouche.

— Je ne sais pas… peut-être une douzaine.

— Et l'un d'eux était-il aussi doué que ça ?

Elle passe les dents sur sa lèvre inférieure avant d'incliner légèrement la tête.

Un sourire lent s'empare de mon visage.

— Sache simplement que je fais tout avec la même finesse.

Son regard s'embrase.

Quand elle reste silencieuse, je demande :

— Alors, c'est d'accord ?

Après ce baiser, il est impossible que ça n'arrive *pas*. Je ferai le nécessaire pour la convaincre que je suis l'homme qu'il lui faut.

— Oui, me répond-elle en tremblant.

Sa capitulation si facile me détend. J'affronte alors le dernier obstacle qui se dresse entre nous.

— À propos du numéro 10...

Je n'achève pas.

— Quoi donc ?

— Laissons tomber.

— C'est... d'accord.

— Bien. Alors on est sur la même longueur d'onde. Donne-moi ton téléphone, dis-je en lui tendant la paume.

Elle cligne plusieurs fois des paupières avant de mettre la main dans sa poche arrière et d'en sortir son portable. Une fois qu'elle le débloque, elle me le tend. J'enregistre rapidement mon numéro et le lui rends.

À contrecœur, je bats en retraite d'un pas. Puis d'un autre. Son regard reste toujours accroché au mien. Elle ne sait pas que tous mes instincts m'ordonnent de m'emparer d'elle jusqu'à ce qu'elle soit serrée fort dans mes bras protecteurs.

— On se voit plus tard, me forcé-je à dire.

— D'accord.

C'est alors que je tourne les talons et m'en vais avant de réduire à néant les progrès difficiles que j'ai faits cet après-midi.

CHAPITRE 15

Juliette

— Bonjour, ma chérie ! Je suis content de te voir, dit Papa en m'étreignant fort. Tu m'as manquée.

Même si je lève les yeux au ciel, mes lèvres affichent un sourire.

— Tu m'as vue la semaine dernière.

— Peu importe. Ça me manque toujours de voir le visage de ma petite fille.

Pendant une seconde, je pose ma tête contre sa poitrine alors qu'il passe un bras autour de moi, puis on s'installe sur les gradins pour attendre que la partie commence.

— Bonjour, ma chérie, dit Maman en se penchant pour m'embrasser sur la joue.

— Salut.

— Comment se passent tes cours ? demande-t-elle.

— Très bien. Ce sera bientôt les partiels, alors j'ai fait de mon mieux pour ne pas prendre de retard.

— Même la chimie inorganique ? demande-t-elle avec un sourire.

— C'est bon, je passerai te voir pour en parler si j'en ai besoin.

Elle regarde Papa en secouant la tête. Une étincelle brille dans ses yeux couleur moka quand elle dit :

— Je ne sais pas d'où elle vient. Elle est bien trop intelligente pour être à nous.

Papa sourit avant de déposer un baiser au sommet de ma tête.

— Elle est entièrement à toi, Nat.

Je les regarde successivement et vois le sourire qui s'attarde sur leurs lèvres alors qu'ils se regardent. Pendant quelques secondes, j'ai l'impression que le stade et le vacarme disparaissent et qu'il ne reste qu'eux deux.

Dès que Maman se détourne pour parler à Cal et Sadie – les parents de Ryder – qui sont assis à côté d'elle, Papa se penche vers moi et murmure :

— Tout est prêt pour l'anniversaire de Maman à Taco Loco.

— Elle va être surprise.

C'est difficile de cacher quoi que ce soit à ma mère, mais je ne pense pas qu'elle se doute du projet de Papa.

— Je crois que oui. Je lui avais organisé une fête d'anniversaire surprise dans un restaurant mexicain quand on était à la fac. Je te l'avais déjà dit ?

— Oui.

Et mon cœur fond chaque fois qu'il me raconte comment ils se sont rencontrés. À l'époque, elle avait refusé de lui consacrer une seule seconde d'attention. Aux dires de Papa, elle ne pouvait pas l'encadrer. Maintenant, ils sont si amoureux que j'ai du mal à me le représenter. Ils ont fait semblant de sortir ensemble, les choses se sont enchaînées, et elle est tombée follement amoureuse de lui.

C'est exactement le genre de relation que je recherche. J'ai envie de quelqu'un qui puisse faire battre mon cœur et trembler mon ventre quand nos regards se croisent en travers d'une pièce bondée. J'ai envie de quelqu'un qui me fasse oublier comment je m'appelle quand on s'embrasse.

C'est un peu comme dans la bibliothèque avec…

Un texto fait vibrer mon téléphone et je le sors de ma poche avant de regarder l'écran.

Ne prévois rien après le match. On va cocher quelque chose ce soir.

Mon cœur dégringole dans mes talons alors que je contemple le message. Plusieurs journées se sont écoulées depuis que j'ai croisé Ryder à la bibliothèque. Je croyais presque qu'il avait oublié notre accord.

Manifestement, j'avais tort.

Je lève la tête quand les Western Wildcats entrent sur la glace, faisant le tour de leur moitié du terrain. De l'autre côté, leurs adversaires font la même chose. Mon regard passe les joueurs en revue avant de se poser sur Ryder. Même si tous les joueurs se ressemblent dans leurs tenues, rembourrages et casques, je le reconnaîtrais n'importe où.

Le numéro 55.

Il patine à longues foulées pour s'échauffer les jambes, sa crosse en travers de ses épaules. Ses bras musclés retombent de l'autre côté de l'instrument et il se penche d'avant en arrière. Quand il passe devant nous, il me regarde dans les yeux et un courant électrique naît et se met à grésiller, alimentant mes terminaisons nerveuses. Ma bouche se fait cotonneuse alors que je regarde son texto une seconde fois et me remémore la liste en me demandant ce qu'il mijote.

Le numéro 1 (me faire peloter à la bibliothèque) et le numéro 4 (me saouler pendant une fête) ont déjà été cochés. Ça laisse sept possibilités, puisqu'on a retiré tomber amoureuse. Mon ventre se serre à l'idée de me baigner nue avec Ryder ou pire...

Qu'il me donne un orgasme.

C'est humiliant de savoir qu'il sait quelque chose d'aussi privé sur moi. Il doit me prendre pour une vraie plouc. Cela dit, je suis pratiquement certaine que c'était déjà le cas avant. La liste n'a fait que le confirmer.

Argh.

— Ton frère est beau à voir sur le terrain, dit Papa, interrompant le tourbillon de mes pensées.

Mon regard se pose momentanément sur Maverick avant de

retourner malgré moi vers Ryder. Les poils de ma nuque se hérissent quand je vois qu'il a le regard braqué sur moi.

CHAPITRE 16

Ryder

Je presse la main sur le mur en carrelage et laisse le jet d'eau chaude s'abattre sur mes cheveux, mon cou et mon dos. Je suis entouré par des cris et des vivats. Tout le monde est au septième ciel après la victoire. Le match n'a pas été facile. Chaque but a été un combat.

On parle de partir aux bars pour se mettre la tête.

Et se trouver de bons coups.

Les deux vont généralement de pair.

Particulièrement après une victoire.

Il faut bien qu'on se détende.

Mais ce n'est pas ce qui me trotte dans la tête.

Bon, d'accord, ce n'est pas tout à fait vrai.

C'est pourtant bien trop tôt pour songer à coucher avec Juliette. Après notre baiser à la bibliothèque, j'y pense de plus en plus. À présent que je peux enfin me permettre de penser à elle après avoir passé des années à me contenir, je n'arrive pas à m'arrêter. Mes pensées sont comme un train fou qui file le long des rails.

C'est une tentation que j'ai hâte d'explorer.

Après la bibliothèque, je suis rentré pour me masturber.

Vous y croyez ?

Je ne me suis pas masturbé depuis des années.

Pas depuis que je couche régulièrement.

Quand les filles se jettent constamment sur toi, toutes disposées à écarter les jambes ou tomber à genoux au moindre signe, tu n'as pas besoin de prendre les choses en main, si tu vois ce que je veux dire.

Est-ce que j'aurais pu texter une de celles avec qui j'avais batifolé par le passé pour venir me soulager ?

Oui. L'autre soir, il y avait quelques groupies de hockey avec lesquelles j'aurais pu coucher, mais…

Je ne sais pas. L'idée de m'en faire une pour éteindre le feu que Juliette avait fait naître ne me tentait pas. C'est un petit rebondissement étrange. Je découvre que j'aime cette attente impatiente qui croît lentement.

Je ne m'y étais pas attendu.

J'ai des relations depuis ma deuxième année de lycée. Quand j'ai commencé, je n'ai pas pu arrêter. J'ai connu la baise sans fioritures, à la missionnaire, puis je suis passé du côté obscur et je me suis lâché au lit avec deux filles qui connaissaient assez d'astuces pour m'y garder plusieurs heures jusqu'à ce que j'aie l'impression que ma queue allait se décrocher.

Ce que je veux dire, c'est que j'ai de l'expérience.

Vous savez ce que je n'ai jamais fait ?

Attendu.

Anticipé.

Ronger mon frein tandis que tout monte lentement en moi jusqu'à atteindre un paroxysme.

Je n'avais jamais songé à une fille pendant des journées entières ou bien à toutes les façons délicieuses dont j'allais faire courir mes mains le long de son corps.

Mais avec Juliette, c'est exactement ce qui se produit.

L'idée de m'enfoncer dans sa chaleur délicieuse fait se réveiller ma queue.

Putain, je parie qu'elle est étroite.

Elle a admis qu'elle n'avait embrassé qu'une douzaine de mecs. J'aurais probablement dû lui demander avec combien de mecs elle avait couché, mais je craignais d'exiger plus d'informations au cas où elle aurait fait marche arrière et complètement refusé l'idée.

Quand ma queue se raidit, je tourne le mitigeur côté froid et prends une inspiration sifflante quand des gouttes d'eau glaciales se mettent à pleuvoir sur moi. C'est exactement ce dont j'avais besoin et ça tue mon érection naissante.

Particulièrement quand je me douche avec un groupe de mecs.

Attention, si c'est ce qui vous excite, je n'ai rien contre.

Faites ce que vous voulez.

Simplement… pas dans les vestiaires.

Vous voulez savoir ce que ça fait de se retrouver avec la queue scotchée sur la cuisse ?

Ce serait la manière la plus rapide de le découvrir.

À ce que j'en sais, c'est douloureux.

Alors, non merci.

Ce n'est que lorsque je suis complètement flasque que je referme la poignée en argent et prends une serviette pour me frotter le visage avant de l'enrouler autour de ma taille. Une fois séché, je sors mon tee-shirt et mon jean de mon casier. Je mets du déo et de l'eau de Cologne avant de passer mes mains dans mes cheveux.

Ça suffit.

Ford arque un sourcil.

— Je crois que quelqu'un a envie de marquer ce soir.

— Non. Ce n'est vraiment *pas* sur mon planning.

— Depuis quand ? demande-t-il avec un intérêt grandissant. Tu deviens célibataire ? Tu as fait un vœu de chasteté ?

Je lui coule un regard en coin.

— Tu sais si Carina a l'intention de faire une brève apparition, ce soir ?

Il n'en faut pas plus pour qu'il plisse les yeux et pince les lèvres.

— Comment le saurais-je ? Je ne suis pas sa baby-sitter.

Il croyait vraiment qu'il allait réussir à me contrarier ?

Ah !

Je n'ai qu'à mentionner le nom de Carina et son attitude tout entière change.

Pas pour le mieux, d'ailleurs.

Il y a bel et bien quelque chose là-dessous et je suis curieux de savoir ce que c'est.

Je hausse les épaules, ravi d'avoir retourné la situation avec si peu d'effort. Ce n'était même pas un défi.

— Elle amènera peut-être son nouveau mec, lui lancé-je pour plaisanter.

Il se redresse et me fusille du regard.

C'est presque trop facile de le faire tourner en bourrique.

Cela dit, c'est vraiment satisfaisant.

— Qu'est-ce que tu viens de dire, putain ?

— Je crois qu'il va falloir que tu lui poses la question.

— Je ne vais pas me gêner, grommelle-t-il.

Il faut que je me tire d'ici avant que j'éclate de rire et que Ford comprenne que je le fais marcher.

Je devine qu'il craque pour sa sœur par alliance.

Ou plutôt son ex-sœur par alliance.

Ou quoi qu'ils puissent être l'un pour l'autre… Je ne sais pas si leurs parents sont mariés ou pas. C'est comique de le voir démarrer au quart de tour puis faire semblant qu'il n'a pas le moindre intérêt pour elle.

— On se voit plus tard, mon pote, dis-je en claquant la porte de mon casier.

Il ne prend pas la peine de me répondre. Je suis certain qu'il se creuse la tête pour comprendre ce qui se passe avec Carina.

Je souris malgré moi en me dirigeant vers le vestibule où tout le monde s'est rassemblé pour attendre les joueurs.

Alors que je tourne à l'angle du couloir, mon regard danse sur la foule avant de se poser sur Juliette que je contemple lentement des pieds à la tête. Cette fille est magnifique, avec une longue chevelure acajou qui tombe en cascade généreuse sur son dos et des yeux qui sont tout aussi profonds et sombres. Elle est toute en courbes. Je n'avais pas remarqué ses appâts avant la fête du week-end dernier.

Puis quand elle a retiré ses vêtements.

Oui…

Ce soir, sa tenue est décontractée. Un peu comme lorsque je la croise sur le campus. Elle porte une doudoune noire sur un pull-over rose qui laisse tout à l'imagination, ainsi qu'un jean qui moule son derrière en forme de cœur. Il y a un bonnet en laine noire des Wildcats sur sa tête et une écharpe assortie enroulée autour de son cou.

Elle se tourne et me regarde comme si elle pouvait sentir la chaleur de mon regard. Quand nos regards se croisent, elle écarquille les yeux et devient écarlate avant de détourner la tête.

Une ébauche de sourire danse sur mes lèvres.

Des souvenirs de notre baiser à la bibliothèque tournent-ils paresseusement dans sa tête ?

Ou bien la manière dont j'ai ondulé des hanches en la plaquant contre l'étagère ?

Ce souvenir fait se contracter ma verge.

Alors que je rejoins le groupe, Brody m'adresse un sourire.

— Belle victoire sur la glace.

— Merci.

Il ne dit rien, mais on sait tous les deux que je n'ai pas bien joué. L'entraîneur m'a fait sortir en troisième période pour que je me pose sur le banc après avoir raté une passe.

— Ce n'est pas grave, dit Papa comme s'il avait lu dans mes pensées. Tout le monde a un mauvais match de temps en temps.

Il sait à quel point toute cette merde me pèse, dernièrement.

Je hoche la tête et pose une main sur ma nuque. La dernière chose dont j'ai envie est de discuter de la partie et de toutes les erreurs que j'ai commises sur la glace.

J'ai déjà rendez-vous avec l'entraîneur lundi à midi pour étudier l'enregistrement de la partie. Il va me désigner toutes mes erreurs et je sortirai de son bureau en me demandant pourquoi j'ai pris la peine de lacer mes patins.

Même si je ne suis plus sur la glace ou dans les vestiaires, j'ai l'impression de suffoquer lentement. Je jette un regard nostalgique vers les portes qui mènent hors du bâtiment. J'ai l'impression que mes poumons appellent l'air frais. J'ai simplement besoin de me casser d'ici.

Je recentre mon attention sur Juliette. Elle représente une distraction dont je n'ai pas besoin, particulièrement maintenant, mais je trouve qu'elle est la seule chose qui me permet d'oublier le hockey, ne serait-ce que pendant quelques heures de plaisir.

Elle ne va pas en revenir quand elle comprendra ce que je lui ai préparé. Pousser cette fille hors de sa zone de confort sera un plaisir absolu.

— Qu'as-tu prévu pour ce soir ? demande Maman. Une grande fête pour célébrer ça ?

Je secoue la tête alors que mon regard se braque à nouveau vers Juliette.

— On va au bar, non ?

Pour la deuxième fois en quelques minutes, elle écarquille les yeux. Seulement cette fois, c'est par surprise.

— Quoi ?

C'est amusant de la déséquilibrer.

J'incline la tête tandis que mon regard l'immobilise, le mettant au défi de protester.

— On en a discuté l'autre jour, tu te rappelles ? Tu avais accepté de passer du temps avec l'équipe, ce soir.

Le front de Maverick se barre d'un pli.

— Sérieusement ?

Il lui décoche une autre question avant qu'elle ne puisse répondre.

— Depuis quand fais-tu la fête avec les joueurs ?

— Euh...

Elle ouvre la bouche deux ou trois fois alors que la panique s'empare de son visage.

— Je pensais juste que...

La voir s'agiter me fait sourire. C'est une fille qui a généralement réponse à tout.

— On s'est croisés à la bibliothèque l'autre jour et je l'ai convaincue de venir se détendre avec nous après le match, je réponds d'une voix décontractée.

Quand elle ne dit rien, je l'encourage.

— C'est pas vrai ?

Elle continue de me regarder en déglutissant difficilement.

— Oui. On en a discuté à la bibliothèque et ça avait l'air amusant.

Maverick fronce davantage les sourcils.

— Ça ne me plaît pas.

Brody donne un coup de coude dans les côtes de son fils.

— Il n'y a rien de mal à ce que ta sœur reste avec vous ce soir. Considère ça comme une occasion de passer du temps entre frère et sœur.

Maverick lève les yeux au ciel.

— Ce que ça signifie est qu'il va falloir que je garde un œil sur elle afin que personne ne se fasse des idées.

— Pas besoin de t'inquiéter à ce propos, l'interrompis-je. Elle est avec moi.

— Et tu vas certainement passer une bonne soirée, marmonne-t-il à mi-voix.

Il n'a absolument rien compris et il ne faut surtout pas que ça change. Mav deviendrait fou s'il savait ce que Juliette et moi sommes en train de faire.

— Je crois qu'il est temps qu'on s'en aille, dit Natalie.

Tous les parents s'accordent pour aller boire un verre chez les McKinnon.

Dans le chaos du moment, Maverick m'enfonce un index dans la poitrine.

— Tu ferais mieux de la surveiller. Je ne veux pas qu'elle fricote avec un seul de ces connards. Tu sais comment ils sont.

Je le sais et si elle était ma sœur, je ressentirais la même chose.

— Je crois que ta frangine est parfaitement capable de se débrouiller toute seule, non ?

Il me répond par un grognement avant de s'éloigner.

Juliette prend ses parents dans ses bras et les embrasse en leur disant qu'elle les reverra bientôt.

On se retrouve tous les deux seuls.

Elle observe les alentours avant de me regarder dans les yeux à contrecœur. C'est comme si elle cherchait à regarder partout ailleurs sauf vers moi. Une énergie nerveuse émane d'elle en vagues épaisses et suffocantes.

Je ne vais pas mentir, c'est un peu enivrant.

C'est un peu comme d'agiter un drapeau rouge devant un taureau.

— Tu es prête à partir ? demandé-je avec un effort concerté pour me retenir de tendre les bras pour l'étreindre.

— Tu crois vraiment que c'est une bonne idée ?

Absolument. D'ailleurs, c'est la meilleure que j'ai eue depuis un moment.

— Oui.

— Tu vas me dire ce que tu as prévu ?

— C'est une surprise, dis-je avec un sourire lent. Attends de voir.

Avant qu'elle ne puisse poser d'autres questions ou tenter de se défiler, je cède à la tentation et fais un pas vers elle. Puis j'enroule un bras autour de ses épaules avant de nous diriger vers la sortie.

CHAPITRE 17

Juliette

Quand on arrive, le bar est bondé. Il suffit que la montagne de muscles qui fait office de videur aperçoive Ryder pour qu'ils nous fassent entrer par la porte arrière sans même me regarder. Dès que je franchis le seuil, la musique forte et les voix sonores m'assaillent.

Il n'y a que des places debout.

Après chaque match, l'équipe se rend au Slap Shotz, un bar sportif et un lieu de beuverie dédié à l'équipe de hockey des Western Wildcats. Je crois que le propriétaire est un ancien joueur qui de toute évidence, n'a pas eu envie d'arrêter de revivre ses jours de gloire. Alors il y a des photos d'équipes qui datent des années 80 partout sur les murs, avec des crosses, des maillots, des photos encadrées et des palets signés.

Je suis déjà venue une fois ou deux.

Tout ce que je peux dire est que ce n'est pas vraiment mon type d'endroit.

La musique est bien trop forte et il y a trop de gens qui se compriment dans cet espace réduit, me rendant quasiment claustrophobe.

Sans parler du fait que le sol colle sous mes chaussures.

— Hé, Ryder, s'écrie une jolie blonde vêtue d'un mini-haut, tout en lui adressant un grand signe de la main et un large sourire.

C'est exactement le type de fille avec laquelle j'imagine Ryder fricoter. Je ne pourrais pas être plus...

Waouh.

J'interromps net le cours de mes pensées. Peu importe le genre de filles que Ryder ramène généralement à la maison en fin de soirée. Il ne fait que m'aider à cocher les points sur ma *bucket list*. Je dois garder cela à l'esprit et ne pas faire semblant qu'on a une véritable relation.

Ryder pose la main sur mes reins alors qu'il me guide à travers la foule. Plus de la moitié sont affublés des couleurs de l'équipe ainsi que des tee-shirts et des maillots dérivés. C'est alors que je remarque le nombre de gens qui ont le nom et le numéro de Ryder fièrement imprimés sur leur torse et leur dos.

Il se plaque contre moi avant de demander :

— Tu veux boire quelque chose ?

Un frisson involontaire danse le long de mon échine alors que son souffle chaud me caresse la peau.

Sans pouvoir m'en empêcher, je croise son regard par-dessus mon épaule. Malgré les fans qui essayent d'attirer son attention, son intensité est exclusivement braquée sur moi. Une fois que ses yeux capturent les miens, j'ai l'impression d'être prise dans un piège.

Je secoue la tête alors que l'air reste coincé dans ma gorge, m'empêchant de reprendre ma respiration.

— Pas après le week-end dernier.

Le coin de ses lèvres s'incurve légèrement.

— Un ou deux verres ne vont pas te saouler. Plus ? Probablement.

Son regard m'englobe de la tête aux pieds avant de revenir sur mon visage.

— Tu ne tiens pas l'alcool.

Même si je m'étais dit que je ne boirais plus jamais, une grosse boule d'anxiété a élu résidence au creux de mon ventre. Une bière me calmerait peut-être et m'aiderait à me détendre. Cela étant, si Ryder voulait bien me révéler ce qu'il a prévu pour la soirée, ça m'aiderait vraiment à apaiser ma nervosité.

— D'accord, cédé-je. Juste un verre.

Ses dents blanches luisent dans la demi-pénombre du bar.

— D'accord. Ne bouge pas. Je vais nous chercher quelque chose et je reviens dans une seconde.

Je lui adresse un hochement de tête et il s'en va, fendant la foule. Honnêtement, il n'a pas besoin de jouer des coudes. Les gens s'écartent rapidement de sa route. Ryder frôle probablement le mètre quatre-vingt-dix. Sur la glace, il est encore plus grand et large, avec les patins et le rembourrage. Il a toujours été impressionnant.

Cette pensée me fait songer à la partie.

J'ai vu Ryder jouer au hockey depuis qu'il est tout petit, et il ne joue pas avec la même assurance. Je sais que leur ancien entraîneur est parti abruptement au début de l'année et qu'un nouveau l'a remplacé. Aussi tentée que je sois de l'interroger, hors de question que j'aborde le sujet ! Ce n'est pas comme si on était proches et qu'on discutait d'affaires personnelles.

Je n'ai compris que c'était un problème que lorsque j'ai surpris Maman et Papa qui en discutaient. Papa possède une agence sportive qui représente des athlètes professionnels. Il a beaucoup de hockeyeurs vu qu'il a joué en ligue nationale pendant plus d'une décennie avant de prendre sa retraite et de reprendre la société de management de mon grand-père. Maman aussi travaille dans l'entreprise familiale. Je pense que Maverick finira par les rejoindre. Mav est entré dans le pool de la ligue nationale l'année dernière et a été choisi par Boston. Tout comme Ryder, Papa a trouvé que ce serait mieux pour lui de faire cette saison avant de signer un contrat avec eux.

Mon regard reste braqué sur Ryder alors qu'une barmaid l'aperçoit et se dirige droit vers lui. Malgré la distance, je distingue son tee-shirt décolleté qui affiche le nom de l'établissement en travers de ses seins. Elle prend deux bouteilles brunes qu'elle pose sur la longue surface du bar avant de s'y pencher pour que Ryder ait une vue dégagée de ses appâts.

Ils discutent pendant une minute puis il s'écarte du comptoir et revient vers moi. La femme le regarde partir avec une expression amoureuse sur le visage avant de se tourner vers le client suivant.

Je me retiens de secouer la tête.

Je suis allée à l'école primaire, au collège, au lycée et maintenant à la fac avec Ryder. J'ai vu cette même scène se dérouler avec des centaines de filles.

C'est ce qui est connu sous le nom de l'effet Ryder McAdams.

Il n'a même pas besoin de faire du charme pour que le beau sexe tombe à ses pieds. Son visage avenant et sa carrure athlétique lui mâchent le travail. Les filles lui mangent dans la main.

Un frisson gêné descend le long de mon dos quand son regard accroche le mien. Et comme avant, la foule s'écarte tandis que les gens lui tapent sur l'épaule et lui disent qu'il a bien joué.

Une fois qu'il est parvenu à trente centimètres de moi, il me tend une bouteille. Je réalise alors que j'ai la gorge sèche. Je porte la bouteille à mes lèvres et avale une petite gorgée. La sensation du liquide glacé qui me coule dans ma gorge est étonnamment agréable.

Ryder continue de me regarder fixement puis il lève la sienne et avale une grande gorgée. Mon regard descend vers sa gorge et ses muscles qui se contractent.

Une telle chose ne devrait pas être aussi sexy.

Et pourtant…

Je me force à détourner le regard avant qu'il remarque ma réaction.

— Allons à table, dit-il d'une voix profonde qui me tire de mes pensées.

Quand il enroule le bras autour de ma taille, je me tourne et entre en collision avec sa poitrine. Je lève le visage et vois qu'il me contemple. Il est assez près pour que je sente son souffle caresser mes lèvres. Il n'en faut pas plus pour que sa proximité dissipe ma raison, m'empêchant de penser correctement.

— D'accord, dis-je d'une voix ridiculement essoufflée.

Qu'est-ce qui me prend ?

Comme lorsqu'on a quitté la patinoire et qu'on est entrés dans le bar, il m'attire contre lui et nous manœuvre à travers la foule jusqu'à une longue table vers l'arrière. Je devine qu'ils en ont collé deux ou trois ensemble pour faire de la place à une vingtaine de personnes. Bon nombre des coéquipiers de Ryder sont déjà installés sur des chaises. Des filles sont perchées sur leurs genoux ou bien papillonnent autour d'eux comme des abeilles enivrées à la recherche d'un homme.

Puisqu'il n'y a pas un seul siège de libre, Ryder s'arrête près d'un joueur de première année et fait un geste du pouce par-dessus son épaule.

— Lève-toi.

Le jeune homme écarquille les yeux puis il quitte son siège à la hâte sans émettre la moindre protestation. Je vois que Ryder affiche un sourire narquois avant de se laisser retomber. C'est presque un soulagement quand sa main s'écarte de mon corps. Être touchée par lui fait des choses bizarres dans mon ventre, comme s'il s'y déroulait un numéro de trapèze sans filet.

Ça ne me plaît pas.

Je suis une personne qui aime garder le contrôle et le contact de Ryder me fait perdre cette sensation.

Me voyant debout, maladroite, à côté de lui, il se tape la cuisse avec le plat de la main.

Je fronce les sourcils en secouant la tête.

Il est fou ?

Je ne vais pas m'asseoir sur ses genoux comme une espèce de groupie. Les gens se feraient des idées. Particulièrement mon frère, qui est assis en travers de la table. Il a l'air d'être en grande conversation avec un autre coéquipier. Quelques filles l'encerclent, lui caressant les bras et les épaules avec les mains.

C'est dégoûtant.

Ce n'est pas exactement le genre d'images qu'une sœur veut garder imprimées dans son cerveau pour l'éternité.

Quand je ne bouge pas, Ryder se rapproche.

— Tu vois une alternative ?

Je me mordille la lèvre et jette un œil autour de nous. Il a raison. Cela dit, il a libéré un siège pour lui, alors...

— Tu ne peux pas faire bouger un de ces types ?

Son regard ne quitte pas le mien.

— Non.

Il tapote sa cuisse une seconde fois.

— C'est ton siège pour la soirée. À prendre ou à laisser.

Ma bouche se remplit de coton à la pensée d'être perchée sur ses genoux pendant qu'il siège sur son trône. Afin de gagner un peu de temps, je porte la bouteille à mes lèvres et avale une autre gorgée. L'alcool n'aide pas à calmer les nerfs qui picotent dans mon ventre. Je m'agite pendant un moment supplémentaire avant d'inspirer profondément et de me contraindre à faire un pas vers lui. Ses yeux pétillent de satisfaction alors que ses mains s'enroulent autour de la courbe de mes hanches pour m'aider à m'asseoir délicatement sur ses genoux. Alors qu'un souffle m'échappe, il m'attire plus près de lui jusqu'à ce que je sente sa poitrine d'acier plaquée contre mon dos raide.

— Ce n'est pas plus confortable qu'une chaise dure ? murmure-t-il contre mon oreille.

— Non.

Il pousse un léger ricanement dont le son court sur ma peau, faisant se hérisser le duvet de mes bras avec une sensibilité renouvelée. Une main se referme autour de ma cuisse alors que l'autre se glisse sous mon pull et s'installe sur ma taille. La sensation de ses paumes calleuses contre ma peau sensible me provoque des vrilles d'excitation, et je ne peux me retenir de m'agiter.

— Continue de gigoter comme ça et tu te retrouveras avec quelque chose de dur qui s'enfonce dans tes fesses, grogne-t-il.

Je déglutis immédiatement et m'immobilise. Plus je reste figée, plus c'est tentant de me trémousser alors que le désir s'empare de mon intimité comme du miel chaud. Je me mords la lèvre inférieure dans un effort pour étouffer le gémissement qui remonte dans ma poitrine.

Son pouce caresse ma peau au-dessus de la ceinture de mon jean sans que personne ne s'en rende compte. Le sentir me toucher me fait perdre tous mes moyens. Je ne sais pas si c'est parce que personne ne m'a jamais excitée de la sorte ou bien si c'est spécifique à Ryder.

Ma plus grande peur est que ça soit seulement à cause de lui.

Je m'éclaircis la gorge afin de me distraire des pensées dangereuses qui tournent dans mon esprit comme des requins affamés.

— Quand vas-tu me dire ce que tu as prévu ?

Avant qu'il ne puisse répondre, la musique s'arrête et un homme dans la force de l'âge se hisse sur la petite scène que je n'avais pas encore remarquée à l'autre bout du bar.

Il approche le micro de ses lèvres.

— Ce soir, les Wildcats nous ont rapporté une victoire et vous savez ce que ça signifie !

Je ne vois absolument pas de quoi il parle.

Visiblement, je dois être la seule.

Je regarde autour de moi alors que tout le monde lui répond en criant :

— Karaoké !

— Vous avez pigé !

Oh, non.

Je tourne la tête si vite vers Ryder que je manque de me démettre une vertèbre. Un lent sourire s'empare de son visage quand nos regards se croisent.

— Tu as enfin compris ?

CHAPITRE 18

Ryder

Ses yeux s'écarquillent tant que j'ai l'impression qu'ils vont lui tomber de la tête.

— Non, je ne peux pas, murmure-t-elle d'une voix qui donne l'impression qu'elle a été étranglée de l'intérieur.

Mon regard reste braqué sur son visage alors que je me détends contre le dossier de mon siège.

— C'est sur ta liste, non ?

Elle pince les lèvres jusqu'à ce qu'elles deviennent blafardes quand tous ses muscles se crispent. Je regrette un peu d'en avoir parlé. J'adorais la sensation de son petit corps voluptueux contre le mien, de sa légèreté entre mes bras alors que mes doigts caressaient sa peau nue sous son pull. Ça me donne envie d'en explorer davantage d'elle. Et si elle avait été n'importe quelle autre fille, c'est exactement ce que je serais en train de faire.

Cependant, ça ne se produira pas devant Maverick. Il n'aurait aucun scrupule à me bouffer le nez et à me demander ce que je fiche avec sa sœur. J'ai beau avoir un an de plus que Mav, on a toujours été amis et coéquipiers, parce que Mav jouait au hockey avec des mecs plus âgés.

Je n'ai vraiment pas envie de lui mentir, mais je sais également que s'il découvre que je fricote avec Juliette, ça signera probablement la fin de notre amitié.

Ça devrait suffire à me faire réfléchir.

Et pourtant…

— Oui, dit-elle à contrecœur. Je n'aurais jamais dû l'écrire.

— Mais tu l'as fait.

— Oui…

J'arque un sourcil.

— Et tu veux la cocher, non ?

Elle inspire profondément par le nez avant de souffler par la bouche.

— Oui.

— La marche à suivre est évidente, non ?

— Arrête de poser des questions qui ne font que creuser ma tombe, grommelle-t-elle.

Je ne peux m'empêcher de sourire.

— Pourquoi pas ? Ce sont les meilleures.

Je vois un éclair de peur dans ses yeux couleur café alors qu'elle jette un regard vers la scène. Quelques filles sont déjà en train d'y grimper et elles sourient à la foule. Pour certaines groupies, s'égosiller – particulièrement si c'est une chanson sexy – décidera de l'identité de celui avec qui elles rentreront à la fin de la soirée.

Les filles regardent l'écran des paroles alors que l'intro de la chanson commence. Très vite, elles se dandinent et se frottent les unes contre les autres. Je jette un œil aux mecs de ma table. La plupart sont fascinés par la prestation.

Juliette en reste bouche bée et écarquille les yeux.

— Hors de question que je fasse une chose pareille.

Et hors de question que je l'y autorise.

Je n'ai pas envie de me battre ce soir, ce qui arriverait certainement.

— Tu dois juste chanter. C'est tout.

Elle détourne son attention de la scène le temps de regarder les hockeyeurs, dont certains chahutent, braillent et sifflent pour demander un rappel. Son corps se raidit encore plus.

— Ils ne veulent pas entendre quelqu'un chanter. Ils veulent un show burlesque. Hors de question que je grimpe là-dessus et me donne en spectacle.

À la fin de la chanson, les filles s'inclinent avant de sauter de la scène. Quelques mecs se meuvent maladroitement et chantent « I Want it That Way » par les Backstreet Boys. Honnêtement, ils ne sont pas mauvais.

Une autre fille chante « I Wanna Dance with Somebody ».

Merde. Elle a la voix d'une pro. Je parierais même qu'elle suit des études de musique à Western.

Juliette pivote sur mes genoux et m'implore :

— Je t'en prie, ne m'oblige pas à monter là-dessus. Comment suis-je censée passer après ça ?

Elle désigne la fille qui vient de tout défoncer. Son registre vocal était vraiment impressionnant.

— Personne ne te demande de faire pareil. Amuse-toi.

— Amuse-toi, marmonne-t-elle. Ah ! Me pisser dessus devant un bar plein de hockeyeurs saouls n'est pas exactement ma définition d'un bon moment.

Je pousse un ricanement moqueur.

— Ça n'arrivera pas.

— Tu veux parier ?

Son regard épingle le mien et il ne m'en faut pas plus pour que je me perde dans ses yeux pendant quelques secondes. Parfois, j'ai l'impression que je vais me noyer dans leurs profondeurs sombres.

Honnêtement ?

Ce serait une belle mort.

— Tu veux que je t'accompagne ?

Elle semble soulagée.

— Tu ferais ça ?

Ce n'était pas mon intention première, mais…

— Oui, bien sûr.

Elle pousse un long soupir tout en regardant la scène.

— D'accord.

Plusieurs autres personnes y montent et se mettent à chanter à tue-tête. Certains sont bons. D'autres… moins.

On dirait plutôt des chats en chaleur.

— Dernière chanson de la soirée, annonce Sully.

C'est le propriétaire de cette merveilleuse institution et il jouait au hockey pour Western quand il était jeune. Quand on fait des collectes de fonds pour l'équipe, c'est généralement notre meilleur sponsor. Alors on essaye de le lui rendre en dépensant notre argent chez lui. Ce n'est pas difficile. La bière et les shots sont abordables, la musique tape bien et des matchs de hockey sont diffusés sur tous les écrans de télé montés derrière le bar.

Je me plaque davantage contre elle jusqu'à ce que mon visage se retrouve enfoncé dans son épaisse chevelure.

— Tu es prête ?

Ses muscles se tendent puis elle m'adresse un hochement de tête hésitant.

— Plus que jamais.

Mes mains se referment autour de sa taille alors qu'elle se redresse. Elles s'y attardent une seconde ou deux avant de s'écarter. J'ai passé des années à vouloir poser les mains sur elle. À présent que j'en ai l'occasion, je n'ai pas envie de la lâcher.

C'est la raison pour laquelle je me redresse de toute ma taille et lui saisis les doigts, l'entraînant jusqu'à la scène à travers la foule compacte. Du coin de l'œil, j'aperçois Maverick. Il plisse les lèvres en nous regardant nous avancer. Je peux pratiquement sentir la façon donc ses yeux plissés me fusillent le dos alors que des questions fusent dans son esprit.

Juliette monte sur l'estrade en m'adressant un regard anxieux. Je l'encourage par un signe du menton avant de parcourir la liste des chansons. Une en particulier retient mon attention et je la sélectionne. Elle referme la main autour du microphone et le rapproche d'elle. Je ressens une pincée de culpabilité en remarquant que sa main tremble et son visage pâlit alors qu'elle observe en silence la foule ivre. Elle a l'air d'être à deux doigts de vomir partout.

Quelques joueurs de l'équipe sifflent et tapent dans leurs mains.

— Chante-nous une sérénade, McAdams ! s'exclame une des grandes gueules.

Je secoue la tête et fais un doigt d'honneur à ceux qui continuent de siffler.

Quand les premières notes de « Bring Me to Life » d'Evanescence débutent, elle me regarde d'un air surpris. Autrefois, c'était une de ses chansons préférées. Elle l'a écoutée en boucle jusqu'à ce que je sois capable de réciter les paroles mot pour mot. Et elle ne me plaisait même pas !

Elle serre fort les paupières pendant une seconde ou deux avant de porter le micro à ses lèvres. D'une voix douce et délicate, elle laisse son regard passer des paroles qui défilent sur l'écran à la foule. Le groupe tapageur devient silencieux alors qu'ils se laissent hypnotiser par sa performance. Même si elle était complètement nulle, les mecs lui prêteraient tout de même attention. Juliette ne sait pas à quel point elle est belle. Elle est peut-être capable de traverser sa vie quotidienne en gardant la tête baissée et en se cachant à la bibliothèque, le nez dans un livre, mais ici, sur une scène ?

Ce n'est plus possible. Sa présence attire leur attention. Je vois aux expressions surprises qui transforment leur visage que c'est comme s'ils la voyaient pour la première fois. Quand quelques-uns de mes coéquipiers sifflent, son assurance s'accroît et sa voix se fait plus forte.

C'est là que j'interviens.

Elle me regarde alors qu'un sourire lui courbe les lèvres, la rendant encore plus jolie qu'avant, parce que contrairement à ce qu'elle s'était imaginé, elle s'amuse. On continue de se regarder alors qu'on chante les paroles. Les instruments se déchaînent tandis que nos voix s'élèvent au-dessus d'eux, en parfaite harmonie. Il y a un va-et-vient dans la chanson et j'interviens à intervalles réguliers.

Vers la fin, la voix de Juliette s'élève au-dessus du public, remplissant le bar. Je la regarde se perdre dans la musique avec tant d'attention que je manque de sauter un vers. C'est là que je me rappelle qu'elle a été dans la chorale pendant quatre ans et sait comment projeter sa voix en ne manquant pas une seule note.

Est-elle aussi bonne que l'autre fille, celle qui est probablement étudiante en musique ?

Non, mais elle s'en approche. Elle est certainement la deuxième meilleure de la soirée, ce qui n'est pas peu dire.

Le temps que la dernière note résonne puis s'éteint, tout le monde est debout. Les applaudissements qui suivent sont tonitruants. L'air légèrement sonné, Juliette affiche un sourire radieux puis fait une petite révérence avant de bondir de la scène. Je la suis rapidement. Ma main se pose sur ses reins alors que je la guide vers la table. J'aurais trouvé n'importe quelle excuse pour la toucher.

Je me laisse tomber sur mon siège alors qu'elle s'installe à côté de moi à une place libre. Elle prend sa bière et la termine avant de rabattre sa bouteille sur la table. Il y a dans ses yeux une étincelle qui n'était pas là avant que l'adrénaline de sa performance la fasse vibrer. Quelques garçons la félicitent et lèvent les bras pour brandir les poings.

— Tu vois ? C'était pas si mal, non ? dis-je en prenant ma propre bouteille.

Un sourire penaud s'attarde sur ses lèvres.

— C'était même plutôt amusant.

Je désigne la scène d'un geste du menton.

— Tu as vraiment été géniale. J'avais oublié que tu savais chanter.

Elle accepte le compliment en haussant les épaules comme s'il la mettait mal à l'aise.

— La chanson était parfaite. Dès que l'intro a commencé, les paroles me sont revenues et je me suis un peu perdue dans la musique.

Il y a un moment de silence.

— J'adorais cette chanson.

— Oui, je m'en souviens.

Elle cligne des paupières et son regard se repose sur moi alors que ses sourcils sombres se rapprochent.

— Vraiment ?

C'est à mon tour de hausser les épaules pour donner moins d'importance au souvenir.

— Tu l'écoutais toujours à fond dans ta chambre.

— C'est vrai, admit-elle avec un ricanement. Pendant des mois. Ça rendait Mav fou.

— C'était au point où je la fredonnais sous la douche.

Elle replace une mèche de cheveux égarée derrière son oreille.

— Je n'avais pas pensé que tu aurais remarqué.

Incapable de me retenir, je me rapproche sans rompre le contact visuel.

— Je remarquais tout.

Pendant un battement de cœur ou deux, la musique qui sort des haut-parleurs et le chaos qui nous entoure s'estompent. C'est tellement tentant de s'approcher et de...

Elle détourne le regard de moi et se redresse avant de désigner le bar.

— Euh, je... vais me chercher une bouteille d'eau. Après tout ça, j'ai très soif.

Je force mes muscles à se détendre contre la chaise.

— D'accord.

Elle s'immobilise en pleine échappée.

— Tu veux boire autre chose ?

Je porte la bouteille à mes lèvres et avale une gorgée.

— Non, j'ai ce qu'il me faut.

— D'accord. Je reviens tout de suite.

Sur ce, elle fend la foule.

— Et je t'attendrai ici, marmonné-je à mi-voix.

Mon attention reste braquée sur elle tandis que d'autres personnes la félicitent.

Quand je me force enfin à détourner le regard, il entre en collision avec les yeux plissés de Maverick.

Je sais qu'il va me poser des questions.

Des questions auxquelles je n'ai pas particulièrement envie de répondre.

CHAPITRE 19

Juliette

Calée contre l'appuie-tête de la voiture de Ryder, je ferme les yeux et chantonne « Bring Me to Life » à mi-voix. Je n'aurais jamais imaginé qu'être sur scène provoquerait une telle excitation. Quelques heures plus tard, l'adrénaline continue de courir follement dans mes veines.

Je n'aurais jamais eu le courage de tenter un karaoké si Ryder ne m'avait pas forcée à y aller. Après être descendue maladroitement de la scène de fortune, j'avais regardé la foule enivrée et pendant une seconde ou deux, j'ai été prise de vertige et j'ai eu peur de m'évanouir.

Ça aurait vraiment été embarrassant.

Je n'aurais plus jamais été capable de me montrer sur le campus.

La seule chose qui me tient immobile est de savoir que je n'étais pas seule. Que Ryder était là avec moi. Je savais que tout le monde le regarderait de toute façon.

Particulièrement les filles.

Mais aussi les mecs.

Les gens paraissaient graviter vers lui naturellement. Il a toujours été populaire. Même lorsqu'il n'essayait pas particulièrement de l'être.

Une fois que l'air familier avait commencé, tout en moi s'était détendu. Au début, j'avais regardé l'écran et les paroles, mais au bout de vingt secondes, tout m'était revenu. Je suis surprise que Ryder se soit souvenu que j'aimais vraiment cette chanson et que je l'écoutais en boucle jusqu'à ce que même mes parents aient envie de se coller des boules quies.

J'ouvre légèrement les paupières et je le regarde tandis qu'il me reconduit vers mon appartement. La musique remplit l'habitacle sombre. Son attention reste braquée sur le ruban noir de la route qui s'étire devant notre pare-brise alors que le clair de lune pâle illumine la voie. Si vous m'aviez dit il y a deux semaines que j'aurais accepté de passer du temps avec Ryder McAdams et qu'il m'aurait aidée à cocher les idées sur ma *bucket list*, j'aurais ri aux larmes.

On n'a jamais passé de temps seuls tous les deux.

Il a toujours été l'ami de Maverick.

Et pourtant...

C'est un peu surréaliste. J'ai passé des années à m'efforcer d'éviter Ryder. Pas parce que j'avais un problème avec lui, mais parce qu'il avait l'air d'en avoir un avec moi. Il ne se comportait pas comme un connard ou quoi que ce soit. C'est plus qu'il ne faisait jamais l'effort de me parler ou d'interagir avec moi. On se contentait de s'ignorer et menait notre petite vie. À plusieurs reprises, particulièrement quand on a grandi, quand je sentais la chaleur de son regard, ça me provoquait une sensation étrange dans le ventre. Il me regardait jusqu'à ce que je rougisse.

— Quoi ? demande-t-il en me jetant un bref regard.

— Hein ?

Je cligne des paupières, m'arrachant aux pensées qui tournent en cercle dans mon cerveau.

— Tu me regardais.

Il donne un coup de volant à droite et pénètre dans le parking. Il se gare près de l'entrée du bâtiment avant de couper le moteur et de se tourner vers moi.

Quand je reste silencieuse, il dit :
— Tu vas me dire à quoi tu pensais ?
Puis j'enfonce les dents dans ma lèvre inférieure et son regard suit le mouvement. Quelque chose de subtil change dans son expression alors que son regard s'éclaircit.
— Eh bien ? demande-t-il d'une voix bourrue.
Je juge plus sage de garder mes pensées pour moi. Du moins pour le moment.
— Je me suis bien amusée ce soir, répondis-je à la place. Merci.
Lentement, il tourne les yeux vers moi.
— Oui, moi aussi.
Je lève les yeux au ciel en poussant un reniflement moqueur. La tension qui s'est rassemblée en moi se dissipe graduellement.
— J'en doute.
Alors que monter sur scène pour chanter sera le point culminant de mon mois, ce n'est rien du tout pour Ryder. Il patine toute la semaine durant la saison, alors que des milliers de fans crient son nom.
— Qu'est-ce que tu veux dire ?
Il se déplace et tend le bras sur le dossier de mon siège en cuir.
— Je suis certaine que ce qui s'est passé ce soir était plan-plan pour toi.
Je jette un œil à l'horloge digitale sur le tableau de bord.
— On pourrait même dire que tu rentres tôt. Je parie que la plupart de tes soirées se terminent avec quelqu'un dans ton lit.
Il y a un moment de silence alors que la tension entre nous monte d'un cran. J'aimerais revenir sur ces paroles, mais c'est impossible. Pour le meilleur ou pour le pire, elles ont été prononcées.
— Pas toujours.
Une certaine mélancolie se développe au creux de mon ventre. Avant que je puisse me pencher dessus, je la réprime. Ressentir autre chose que de l'amitié pour Ryder aurait été dangereux.
Sans parler d'imbécile.
Particulièrement puisque ce serait à sens unique.
Je suis peut-être beaucoup de choses, mais certainement pas con.

— Et comment se terminent la plupart de tes soirées ?

Ses doigts tapotent mon épaule avec légèreté alors que je suis parcourue d'un courant de sensibilité. Je déteste admettre que mon cerveau se court-circuite au moindre contact.

— J'étudie, murmuré-je.

Il hoche la tête, comme si ma réponse ne le surprenait pas.

— Tu as toujours eu le nez dans un livre.

Je déglutis.

— J'ai voulu devenir médecin depuis que Maman…

Ma voix meurt.

— A été diagnostiquée d'un cancer du sein, achève-t-il doucement.

— Oui. J'ai envie d'aider les femmes comme elle. Quand on a été confrontés à la possibilité de la perdre, c'était terrible. Je suis incapable de l'imaginer.

Mon cœur se serre et je cligne des paupières pour ravaler les larmes qui envahissent mes yeux. Maman a toujours été mon roc. Et pendant cette période difficile, j'ai fait de mon mieux pour lui rendre la pareille et être là pour elle. C'est une des raisons pour lesquelles j'ai choisi d'étudier à Western. J'avais envie de rester près de la maison.

Il referme les doigts sur mon épaule et la presse doucement.

— Mais elle va mieux à présent. Elle est en rémission depuis deux ans.

Je hoche la tête et essaye d'enrayer l'émotion qui s'est rassemblée dans ma gorge. J'ai l'impression qu'une boule s'y est logée et m'empêche de respirer.

— Tu as toujours été si déterminée !

— C'est un euphémisme pour « ennuyeuse » ? demandé-je afin de dissiper la lourdeur qui pèse sur nous.

Un coin de sa bouche tressaute.

— Non. Tu as toujours été déterminée à atteindre tes objectifs. Il n'y a rien d'ennuyeux là-dedans.

— On pourrait dire la même chose de toi.

Même quand il n'y avait pas d'entraînement de groupe, Ryder était à la patinoire avec Maverick et Papa, pour bosser le maniement de sa crosse et sa vitesse.

Il détourne la tête pour regarder par le pare-brise. Une chose à laquelle je ne me serais jamais attendue de sa part s'infiltre dans sa voix.

Le doute.

— Oui. Qui sait si ça va se produire ou pas ?

Il me coule un regard en coin avant d'ajouter à voix basse :

— Je serai un peu dans la merde si ça n'arrive pas.

Je plisse les lèvres.

— Pourquoi dirais-tu une chose pareille ?

Je n'ai jamais connu Ryder autrement que débordant d'assurance. Je déteste être obligée d'admettre que je trouve d'ailleurs cela attirant.

Un autre silence pesant s'abat sur nous alors que son regard se perd dans l'obscurité qui entoure le véhicule.

— Je ne sais pas, dit-il avec un soupir. C'est juste qu'il se passe des conneries en ce moment et que ça me pourrit l'existence.

— Comme quoi ?

Je me tourne davantage vers lui.

Il se passe une main dans les cheveux.

— C'est juste avec ce nouvel entraîneur. Disons qu'on ne s'entend pas.

Repensant à la patinoire, je me remémore attentivement le match. Je réalise alors qu'il est resté sur la touche pendant la troisième période. Je regarde Ryder jouer depuis des années et ça n'est encore jamais arrivé. Je n'y avais guère prêté attention sur le moment…

Coach Kaminski adorait Ryder. Je ne m'étais pas rendu compte qu'il y avait un problème avec le nouvel entraîneur. Mav m'a dit qu'il est dur et strict, mais rien de plus.

— Je suis désolé. C'est nul que Coach K soit parti juste avant le début de ta dernière saison.

Il hausse les épaules.

— Je ne peux pas vraiment le lui reprocher. Pour lui, un poste d'entraîneur dans la Ligue nationale de hockey est un rêve devenu réalité. Mais oui, ça s'est vraiment mal goupillé.

— Tu en as parlé à mon père ?

Il me perce du regard avant de secouer la tête.

— Non. Je ne vais pas aller me plaindre à Brody. Il faut juste que je bosse plus dur et reste concentré.

Je me mordille la lèvre inférieure en disant d'une voix hésitante :

— Je ne sais pas, mais il pourrait te donner des conseils pour travailler avec ce type. Papa le connaît ?

— Je crois. Ils ont probablement joué l'un contre l'autre dans la ligue pro.

Je hausse les sourcils.

— C'est intéressant.

— Et bosser avec lui… ?

Un rire sans joie s'échappe de ses lèvres.

— C'est impossible. C'est un connard de première. Si j'avais su que Coach K se tirait, j'aurais fait la même chose. Alors ça n'aurait pas été un problème. Mais je ne peux rien y faire pour le moment. Je n'ai pas d'autre choix que de tenir jusqu'à la fin de la saison.

Mes instincts prennent le dessus et ma main se pose sur la ligne ciselée de sa mâchoire.

Si j'avais pris juste une seconde pour réfléchir à ce geste, je n'aurais jamais eu l'audace de le toucher si intimement. Ce n'est pas le genre de relation qu'on a.

Quand je songe à m'écarter et à faire semblant que ça n'est jamais arrivé, sa main se pose sur la mienne. Je pousse un grand soupir tandis que toutes mes réserves se dissipent et cèdent le pas à une étrange chaleur. Quelques poils assombrissent ses joues comme s'il ne s'était pas rasé depuis un jour ou deux.

Combien de fois me suis-je demandé ce que je ressentirais en touchant du bout des doigts les lignes et espaces sculptés de son visage ?

Trop pour les compter.

Les minutes s'égrènent puis je m'éclaircis la gorge.

— J'aimerais pouvoir faire quelque chose pour t'aider.

— J'apprécie ta proposition, mais il n'y a rien à faire. Je dois gérer ça tout seul.

— Sache que je suis là si tu veux parler.

— Merci, dit-il en me regardant toujours. Tu peux me dire quelque chose ?

— Peut-être.

Il plisse les lèvres, mais sa voix reste douce.

— Avec combien de garçons as-tu couché ?

Mon ventre se creuse alors que je plaisante :

— Juste des garçons ?

Quand il écarquille les yeux, j'éclate de rire.

— Trois. D'accord ? Juste trois, confessé-je.

— Je serais un connard si j'admettais que t'imaginer avec une autre fille est vraiment torride ?

— À cent pour cent.

Il s'esclaffe et le poids qui pesait sur notre conversation s'estompe légèrement.

— Oui, c'est ce que je pensais.

Je secoue la tête.

— Pourquoi est-ce un fantasme pour autant de mecs ?

— Vraiment ? demanda-t-il en arquant un sourcil. Tu as vraiment besoin de poser la question ?

Je lève les yeux au ciel alors qu'une esquisse de sourire danse au coin de mes lèvres.

— Je ne suppose pas.

Il y a une pause et la question s'échappe de mes lèvres avant que je puisse la retenir.

— Je suppose que c'est quelque chose que tu as déjà fait.

Je grimace. Je ne sais pas si j'ai envie de connaître la réponse.

Il hausse les épaules alors que son ton reste égal.

— Une ou deux fois. C'est une expérience, mais ce n'est pas vraiment mon truc.

Ma main s'écarte de son visage puis je me tords les mains sur mes genoux.

— Je dois te paraître très inexpérimentée par comparaison.

Ennuyeuse.

Les doigts repliés autour de mon épaule s'écartent et viennent se poser sous mon menton, le relevant jusqu'à ce que je n'aie pas d'autre choix que de soutenir l'intensité de son regard. Même dans l'obscurité, j'ai l'impression qu'il est capable de plonger dans mon regard pour y lire mes pensées les plus intimes.

Non seulement c'est déconcertant, mais ça me donne l'impression d'être à nu. Vulnérable. Personne n'a jamais possédé ce pouvoir.

— Je ne le pense pas du tout.

Mes joues s'embrasent.

— Bon…

Il s'approche lentement jusqu'à ce que la chaleur de son souffle caresse mes lèvres.

— L'expérience que tu possèdes est parfaite. Il n'y a absolument rien de mal à ce sujet.

Ses doigts continuent à me tenir fermement le menton. Ils brûlent ma peau, accroissant ma sensibilité à lui.

— Comme tu le dis, j'ai passé ces trois dernières années à étudier. Monter sur cette scène ce soir m'a fait entrevoir toutes les choses que j'ai laissées filer dans la vie.

— N'est-ce pas la raison pour laquelle on bosse sur ta liste ?

Même dans l'obscurité qui pèse sur nous, l'intensité de ses yeux bleus est radieuse.

— Oui.

Quand sa bouche vient frôler la mienne d'un mouvement fluide, mes paupières se ferment doucement.

— On y ajoutera peut-être même quelques petites choses, murmure-t-il.

Avant que je puisse demander ce qu'il a en tête, sa langue glisse doucement sur la jointure de mes lèvres. Je ne prends pas la décision consciente de les écarter, c'est juste arrivé. Il n'y a rien de précipité dans sa tendre exploration. C'est comme si on avait tout le temps du monde. Il n'en faut pas plus pour que mon cerveau se déclenche alors que les sensations explosent en moi, me déstabilisant jusqu'à la moelle.

J'ai passé des journées entières à songer à ce baiser dans la bibliothèque. Je me demandais s'il était aussi bon que dans mes souvenirs.

Honnêtement, j'avais fait tout mon possible pour me convaincre que ce n'était pas le cas.

Cependant, cette caresse est encore plus dévastatrice.

Ses doigts demeurent refermés autour de mon menton alors qu'il incline la bouche d'un côté puis de l'autre, approfondissant le baiser. Son autre main se glisse dans mes cheveux, s'enroulant à l'arrière de ma tête comme pour me maintenir fermement en place.

C'est complètement inutile.

Il n'y a nul autre endroit où je préférerais être qu'ici, avec lui.

Il rompt le contact pendant assez longtemps pour marmonner :

— Ta bouche est tellement douce.

J'ai à peine le temps d'inspirer à pleins poumons qu'il est de retour, assaillant mes sens, me faisant couler jusqu'à ce que j'aie l'impression de ne plus avoir d'oxygène.

Puis je me noie.

Je me rends seulement compte que mes bras se sont glissés autour de son cou quand un grondement lui échappe. Ses deux mains se posent sur ma taille alors qu'il m'entraîne sur ses genoux. Une fois que je me retrouve à califourchon sur ses cuisses, il me décale et m'attire plus près de lui pour nicher confortablement son érection entre le V de mes jambes. Sentir sa verge fait exploser l'excitation dans mon intimité, et un gémissement de désir remonte dans ma gorge.

Ses doigts se replient et s'enfoncent dans ma taille avant de se glisser sous mon pull et de caresser mon torse jusqu'à atteindre l'élastique de mon soutien-gorge. Il joue avec le tissu sans me quitter du regard.

— S'il te plaît, murmuré-je.

Ma voix est si gutturale que je ne la reconnais pas.

Des flammes s'emparent de ses yeux à demi-fermés alors que ses mains glissent vers mon torse pour empoigner mes seins. Un autre son torturé m'échappe quand il les presse, plaquant la paume sur la chair délicate comme pour essayer d'apprendre leur poids et leur forme.

C'est drôle. Non... peut-être pas drôle. Je suis sortie avec une demi-douzaine de garçons. Je les ai embrassés, j'ai couché avec, mais aucun n'a réussi à m'exciter de la sorte. La façon dont Ryder me fait démarrer au quart de tour est presque comme une épiphanie. Je ne m'étais jamais rendu compte que j'étais capable de toutes ces sensations délicieuses qui ricochent à travers mon corps.

Je suis prête à imploser à tout moment.

Ça me rappelle la romance que je suis en train de lire et l'excitation de l'héroïne. Le héros a compris exactement quoi faire sans avoir besoin de dire un mot. Il connaît son corps et ses besoins mieux qu'elle. C'est ce que je ressens avec Ryder. Quelque part, il comprend ce qui est bon. Il sait où appuyer un peu plus fort ou me titiller jusqu'à ce que je sois à deux doigts de voler en éclats.

Comme maintenant.

Ses doigts s'enfoncent dans les bonnets en soie, les abaissant jusqu'à ce qu'il ne reste rien d'autre pour me couvrir que le pull-over doux. La laine glisse sur mes mamelons rigides, faisant naître encore plus de sensations en moi. C'est alors que son pouce et son index s'enroulent autour des petites protubérances durcies, les tiraillant de concert.

Il détourne la tête le temps de regarder le parking plongé dans la pénombre, puis il remonte le pull jusqu'à ce que le tissu se retrouve retroussé sous ma clavicule. Son regard se dirige vers mes seins nus et il les touche délicatement avant de les prendre dans ses paumes pour les masser.

— Tu es tellement belle, dit-il avec un grognement.

Je ferme délicatement les paupières tandis que je me cambre contre le volant en cuir comme si je m'offrais en sacrifice.

Cette fille... Cette dévergondée sur le siège avant de sa voiture n'est pas moi.

Ça n'a jamais été moi.

Je ne sais pas qui elle est ni d'où elle vient.

Je sais simplement que ça me plaît. C'est comme si je tentais de me libérer de la coquille protectrice qui a été enroulée autour de moi toute ma vie durant. Ryder me fait ressentir des choses que je ne savais pas possibles et j'ai hâte de toutes les explorer.

Je hoquette quand la chaleur de sa bouche se referme sur un

mamelon, l'attirant profondément dans sa bouche avant de le sucer. La douceur veloutée de sa langue me caresse et déclenche un incendie dans mon sang. Ma tête bascule en arrière quand je me colle à lui davantage. Je n'en ai pas assez de ces sensations qui se répercutent à travers mes veines.

Quand je suis prête à exploser, il libère mon mamelon et porte l'autre pointe rigide à sa bouche, lui offrant la même attention ardente qu'au premier. Mes mains s'élèvent jusqu'à ce que mes doigts puissent s'enfoncer dans ses cheveux blonds et le serrer contre ma poitrine.

Je ne peux pas m'empêcher de me frotter contre sa rigidité. À ce point, ma culotte est complètement trempée. Je suis certaine qu'il sent mon excitation à travers les couches qui nous séparent.

À cause du baiser...

Bon, d'accord, peut-être pas simplement.

Il libère l'autre bourgeon érigé et gronde :

— Si tu ne t'arrêtes pas, je vais jouir dans mon jean.

L'idée d'être capable de provoquer une telle réaction de sa part m'excite plus que je ne saurais le dire. Je lève la tête jusqu'à ce que nos regards se croisent. Il est étiré sur le siège et sa tête est plaquée contre le coussin. Ses paupières sont à demi fermées et une expression torturée lui tord le visage.

Je n'aurais jamais cru la voir braquée dans ma direction.

C'est une sensation enivrante.

— Peut-être que j'ai envie que tu jouisses, murmuré-je.

Ses dents s'enfoncent dans sa lèvre intérieure et à cet instant précis, je crois que je n'ai jamais vu quelque chose d'aussi sexy que Ryder McAdams.

La façon dont il me regarde...

C'est comme s'il luttait contre la montée de désir qui bouillonne en lui.

Un désir que j'ai attisé.

Moi.

Incapable de me retenir, j'ondule des hanches. Il les agrippe comme pour les maintenir en place. Un autre grognement lui échappe tandis qu'il se cambre pour aller à ma rencontre. Mes yeux se révulsent alors que je le chevauche.

Je me penche en avant, voulant réduire la distance entre nous jusqu'à ce que mes lèvres se pressent contre la colonne de sa gorge. Mes dents s'enfoncent dans le creux ferme puis j'aspire sa peau dans ma bouche. Les muscles se contractent alors que ma langue lèche la chair abrasée.

L'idée de le marquer fait palpiter mon sexe d'une vie nouvelle et douloureuse. C'est un besoin primitif dont je n'avais jamais fait l'expérience. Quand je voyais des gens avec des suçons, j'ai toujours pensé que c'était dégoûtant et immature.

Avant aujourd'hui, je n'avais pas compris.

Je le lèche et le mordille jusqu'à son menton avant d'enfoncer mes dents à l'endroit récalcitrant. Puis mes lèvres se posent sur les siennes. Quand il les ouvre, je me glisse à l'intérieur afin que nos langues puissent se mêler.

Ses mains glissent depuis mes hanches jusqu'à mon dos afin de le laisser m'écraser à nouveau contre son torse d'acier.

— Juliette, grogne-t-il. Je ne plaisante pas. Il faut que tu t'arrêtes tout de suite.

Ne se rend-il pas compte qu'il est bien trop tard ?

L'urgence dans sa voix ne fait que m'encourager.

Plus je me frotte, plus la sensation se rassemble dans mon sexe jusqu'à ce qu'elle n'ait nulle part où aller. Comme une tempête imminente au bord d'une averse torrentielle, se dissiper et s'évanouir n'est plus une option. Elle ne l'a peut-être jamais été. Mes muscles se contractent alors que ma langue continue de danser avec la sienne.

Il ne m'en faut pas plus pour exploser. Mon sexe se convulse tandis que je pousse un gémissement de plaisir.

— *Merde.*

C'est alors qu'il fait la même chose.

Il prend une inspiration sifflante tandis qu'il se frotte contre moi. Sa verge couverte par son jean est à l'angle idéal pour venir cogner contre mon clitoris. La sensation explose en moi comme des feux d'artifice, m'illuminant de l'intérieur dans une symphonie puissante d'explosions.

Je mets environ une minute avant de redescendre lentement vers la terre. Je suis à peine capable d'ouvrir mes paupières et de croiser son regard voilé. J'y lis quelque chose que je n'y avais encore jamais vu et je ne sais pas exactement ce que ça signifie.

Mon pull est toujours retroussé au-dessus de ma poitrine et l'air frais de la voiture a fait durcir mes mamelons. Je redescends le tissu sur mes seins avant de regarder autour de moi.

Comment ai-je pu oublier que nous sommes dans le parking de mon immeuble ?

Ai-je totalement perdu la tête ?

Je suis soulagée de trouver le parking vide. Même si les vitres de Ryder sont teintées et qu'on y voit difficilement à l'intérieur du véhicule, ça aurait été embarrassant de se faire surprendre dans une situation compromettante.

Particulièrement si un de ses coéquipiers nous avait trouvés ensemble.

Mon frère en aurait certainement eu vent.

Les mains de Ryder sont toujours plaquées sur mon dos, me pressant contre lui.

Embarrassée par la puissance de ma propre excitation, je m'éclaircis la gorge et tente de faire une plaisanterie.

— Je peux cocher « orgasme » sur ma liste ?

Son regard tombe sur mes lèvres pendant quelques petites secondes puis il me fixe dans les yeux.

— Tu pourras le cocher quand je serai enfoncé profondément en toi.

Même si j'avais envisagé ce qui se passerait entre nous quand j'ai accepté son aide, l'entendre le dire avec tant d'audace provoque dans mon ventre une soudaine explosion de nervosité.

Ça me fait aussi réaliser que j'ai très hâte d'arriver au numéro six.

CHAPITRE 20

*R*yder

Le palet rebondit avec aisance contre la lame de ma crosse alors que mes patins fendent la glace. Rien n'est aussi bon que de patiner très tôt le matin. Il y a dans l'air une fraîcheur qui me vivifie les poumons. Ça a toujours été un de mes trucs préférés. La meilleure façon de commencer la journée. Je peux laisser mon esprit vagabonder alors que mon instinct prend les commandes.

Sans surprise, il s'égare vers quelqu'un.

Juliette.

Et sa manière de se frotter contre ma verge.

Bordel…

Quand me suis-je joui dessus pour la dernière fois comme un ado prépubère ?

Au lycée, peut-être ?

La deuxième année, plus précisément ?

Je ne pensais même pas que c'était possible d'être aussi excité. Je veux dire, quand même… Je suis un mec de vingt-deux ans qui a des relations sexuelles régulières depuis que j'ai seize ans. Et j'en ai eu beaucoup. Je n'ai jamais été à court d'une chatte consentante.

Quand elle a plaisanté sur le fait d'être avec une autre fille…

Voilà une image que j'aurais du mal à chasser de mon cerveau. Cela dit, l'idée de la partager ne m'attire pas, même si c'est avec une autre fille. Je la veux seulement pour moi. Je veux que son attention soit entièrement braquée sur moi quand on est ensemble.

C'est le moment précis où je me rends compte que…

Cette pensée me sort brutalement de l'esprit quand quelqu'un m'emboutit par le flanc. Pendant que j'essaye en catastrophe de ne pas m'écraser le cul par terre, le palet m'échappe.

Le temps que je reprenne mes esprits, Madden s'est emparé du petit disque noir et il est parti en trombe avant que j'aie l'impulsion de le rattraper.

Je me tourne pour fusiller du regard celui qui s'est brusquement arrêté devant moi, me projetant de la glace au visage.

Maverick.

Je cligne des paupières quand il abat un poing ganté dans ma poitrine.

— Qu'est-ce qui se passe entre toi et ma sœur, putain ?

J'aurais dû savoir que ça allait arriver. J'ai vu comment il nous regardait au bar. L'autre soir, avant même qu'on sorte de la patinoire, j'ai compris qu'il avait la puce à l'oreille.

— Rien.

Le mensonge m'est venu naturellement avant que je puisse le retenir.

Que suis-je censé dire, exactement ?

La vérité ?

Ah !

Il me foutrait une raclée ici et là au milieu de la glace. Et contrairement à tous ces autres mecs, Maverick sait coller une bonne droite. Quand on était en première année, Brody nous avait fait suivre des cours de boxe précisément pour cette raison. Il voulait qu'on sache comment encaisser un coup et en recevoir un en retour. Côté taille et poids, on est similaires. On s'est entraînés pendant des heures dans leur salle de sport au sous-sol. Cela dit, pour être honnête, Mav a la colère pour lui.

Ça l'emporte à tous les coups.

Il plisse les yeux derrière sa grille.

— Ça ne ressemblait pas à rien. Elle était assise sur tes genoux, crache-t-il avant que je puisse répondre.

— Il n'y avait pas de sièges disponibles. Tu as quand même bien vu que c'était bondé ?

Il pince les lèvres.

— Et puis tu as participé au karaoké ? Depuis quand montes-tu sur scène pour chanter ?

Je hausse les épaules et continue de mentir comme un arracheur de dents.

— Elle ne voulait pas le faire toute seule. Ce n'était rien. On est amis.

Il hausse le menton, essayant de trouver la faille dans mes excuses.

— Depuis quand ? Vous deux n'avez jamais été amis.

Il abat à nouveau son gant dans ma poitrine avant de reculer sur ses patins. Son regard reste braqué sur moi.

— Alors, fais-nous une faveur à tous les deux et ne t'approche pas de Juliette. Elle n'a pas besoin que tu ailles l'embêter.

Puis il fait volte-face et patine jusqu'à l'autre extrémité de la glace.

Merde.

Maverick est la dernière personne avec qui j'ai envie d'avoir des ennuis. On a toujours été proches ; amis et coéquipiers depuis la crèche. Je n'ai pas envie de compromettre notre relation.

Si c'était à propos d'une autre fille, je battrais en retraite sans une seconde d'hésitation et m'en laverais complètement les mains, mais hors de question que je le fasse avec Juliette. Elle a toujours été là, présente dans les confins de mon esprit. Je gardais mes distances parce que je croyais que c'était mieux pour nous, mais ce n'est plus possible.

Particulièrement après l'autre soir.

Elle est si réactive à mes moindres caresses !

Ça m'excite.

Cela dit, tout en elle me fait cet effet-là.

Depuis toujours. Même quand je n'en avais pas envie.

Et à présent que je peux enfin la toucher ?

Sentir la douceur de sa peau ?

Embrasser ses lèvres pulpeuses ?

Je suis perdu.

Pour le meilleur ou pour le pire, c'est fait.

— Bouge-toi le cul, McAdams, crie l'entraîneur qui me fait revenir dans le présent.

Avec une grimace, je vais reprendre ma position sur la ligne bleue. Au passage, Akeman attire mon attention. Un sourire lent s'empare de son visage masqué

— Merci, dit-il quand on se fait la passe. C'est de plus en plus facile de te voler ta position.

Je serre les dents, refusant de mordre à l'hameçon.

J'ai quand même du mal.

Beaucoup de mal.

CHAPITRE 21

*J*uliette

Alors que je m'apprête à me plonger dans les biostatistiques, on frappe à la porte de l'appartement.

Carina est partie manger quelque part il y a trente minutes. Alors à moins d'avoir oublié ses clés, ce n'est pas elle. Je me dirige vers la porte d'un pas de loup et jette un œil à travers le judas, surprise d'y apercevoir Ryder. Nous ne nous sommes pas vus depuis jeudi soir quand on a fait des cochonneries sur le siège avant de sa voiture.

Ces souvenirs suffisent à me faire rougir.

Ai-je déjà vécu quelque chose d'aussi torride ?

Et on n'a même pas couché ensemble.

On s'est pelotés.

Je prends une grande inspiration avant de refermer les doigts autour de la poignée et d'ouvrir la porte.

— Salut.

Dès que nos regards se croisent, une étincelle explose à l'intérieur de moi et redescend le long de mon dos.

— Qu'est-ce que tu fais ici ?

Il oscille d'un pied sur l'autre avant de fourrer ses mains dans les poches de son pantalon de jogging.

— Je pensais qu'on pourrait cocher un autre article sur ta liste.

Je détourne les yeux pour regarder la petite table du salon où j'ai installé mes livres et mon ordinateur.

— Oh. J'étudiais.

— Tu as un contrôle ou une dissert à rendre demain ?

— Non. J'essayais juste de m'avancer...

— Alors ça me semble le moment idéal.

Il pointe le menton vers l'appartement.

— Prends ta veste et allons-y.

Quand je me mordille la lèvre inférieure d'un air hésitant, il s'avance, réduisant la distance entre nous. Je suis obligée de basculer la tête en arrière pour soutenir son regard. L'odeur de son eau de Cologne estivale me frappe et mon ventre se creuse.

Son ton se fait cajoleur.

— Allez, Juliette. Souviens-toi de ce que tu as dit dans la voiture l'autre soir : qu'à trop garder le nez collé dans un manuel, tu avais l'impression de passer à côté de quelque chose ? J'essaye simplement de rectifier le tir.

Son commentaire suffit à apaiser la tension dans mes épaules. Il a raison. C'est exactement le genre d'occasions que j'essaye de saisir.

Ce n'est pourtant pas facile de sortir de ma zone de confort.

— D'accord. Laisse-moi prendre mon sac.

Ses lèvres esquissent un sourire.

Cinq minutes plus tard, on se glisse dans sa voiture en direction du campus. Le rock alternatif comble le silence entre nous. Après ce qui s'est passé la dernière fois qu'on était ensemble, l'atmosphère est un peu gênante. Ou alors, c'est juste moi. Je suis peut-être maladroite.

Je m'éclaircis la gorge, ayant besoin de combler le silence.

— Laisse-moi deviner : tu ne vas pas me dire ce qu'on va faire.

— Non, articule-t-il fermement en me regardant.

— Je suppose que je peux le deviner en parcourant la liste et en éliminant ce qu'on a déjà fait.

— Bien sûr, tu peux essayer, dit-il d'un ton décontracté, un sourire au coin des lèvres.

— De toute évidence, ce n'est pas me saouler pendant une autre fête. C'est déjà fait.

— Et avec succès, ajoute-t-il.

Je pousse un reniflement moqueur.

— Et on s'est déjà pelotés à la bibliothèque.

Je le regarde du coin de l'œil alors qu'il affiche toujours une esquisse de sourire. Je réalise soudain qu'il se délecte de la situation.

— Alors ce n'est pas là qu'on va.

— Bien vu.

— Et tu m'as déjà fait jouir dans ta voiture…

Il tourne brusquement la tête vers moi.

— Je t'ai dit que ça ne comptait pas.

Il y a significativement moins d'humour dans ma voix à présent que son timbre bas réveille mon ventre.

— Si tu le dis.

Je suis tellement en harmonie avec cet homme assis près de moi que je remarque à peine qu'il est entré dans le parking du centre athlétique et se faufile sur une place située près de l'entrée principale du bâtiment avant de couper le moteur. Il se tourne vers moi et glisse sa main autour de la courbe de ma mâchoire.

— Je t'ai dit l'autre soir que tu pourras coucher le numéro six quand je serai profondément enfoncé en toi.

Son regard me scrute avec attention.

— C'est compris ?

Il n'en faut pas plus pour que mon excitation explose dans mon sexe et que mon souffle reste coincé au fond de ma gorge.

Devant mon silence prolongé, il hausse les sourcils et resserre la main autour de mon menton.

— Juliette ?

Ma langue sort pour venir humecter mes lèvres.

— C'est compris.

Son regard suit le mouvement et un grognement émerge des profondeurs de sa poitrine.

Pendant une seconde ou deux, je me demande s'il va combler la distance entre nous et m'embrasser à nouveau comme il l'a fait l'autre soir. J'ai rêvé de sa manière de prendre ma bouche et de ce que j'ai ressenti en me trémoussant sur son membre épais.

Mais non ! Ses doigts se desserrent et il se laisse aller sur le siège en cuir. Mon corps tremble tandis que je lutte pour me libérer du voile épais qui m'enveloppe chaque fois qu'il fait le moindre geste.

Je ne suis pas certaine que ce soit possible.

Ryder McAdams m'a toujours fait cet effet-là. Il n'a qu'à poser les mains sur mon corps pour que mon monde se retrouve sens dessus dessous. C'est aussi exaltant qu'effrayant.

Je détourne brusquement le regard pour essayer de retrouver mon équilibre. Ce faisant, mon attention se pose sur le centre de sport.

Je pince les sourcils en contemplant l'immense bâtiment.

— Qu'est-ce qu'on fait là ?

Son regard torride se dissipe alors que des secrets dansent dans ses yeux. Ça suffit à me couper le souffle, tout autant que son air séducteur de tout à l'heure.

— Tu n'as pas encore compris ?

Je me mordille un coin de la lèvre tout en réfléchissant à la situation. Sans plus d'explications, Ryder émerge du véhicule et fait le tour du capot avant de venir ouvrir la portière passager.

— Allez, Mademoiselle l'Intello, dit-il en me tendant la main. Dis-moi ta théorie.

— Je n'en suis pas certaine, marmonné-je.

Pour la première fois de ma vie, mon cerveau me fait défaut. Il ne fonctionne pas correctement. Cela étant, je crois que c'est entièrement dû à celui à côté de moi. Sa proximité m'empêche d'avoir les idées claires.

Ryder m'adresse un sourire.

— Bien. J'aime bien te contraindre à rester sur tes gardes.

Même si la nervosité se fait un malin plaisir de me ronger le ventre, je place mes doigts dans les siens et l'autorise à m'aider à sortir du véhicule. Au moment où nos mains se croisent, l'énergie crépite au bout de mes doigts. Je ne sais pas si je m'habituerais un jour à cette sensation.

Il verrouille sa voiture alors qu'on se dirige vers l'entrée principale de l'immense bâtiment. C'est alors que je remarque qu'il n'y a pas d'autre voiture dans le parking.

— Qu'est-ce qu'on fait ici si c'est fermé ?

Une fois qu'on parvient au trottoir, on tourne à droite, contournant l'immense structure de brique en direction d'une porte de métal toute simple qui est restée ouverte.

Mes sourcils montent très haut alors que Ryder croise mon regard inquisiteur.

— Un ami bosse ici comme gardien. Je lui ai dit que j'avais envie d'emprunter les lieux pendant une ou deux heures.

— Pourquoi ? demandé-je en baissant la voix alors qu'on passe la porte.

Mes yeux mettent une seconde ou deux pour s'ajuster à l'obscurité. Ryder allume la torche de son téléphone puis il me prend la main pour m'entraîner dans le long couloir désert.

Je suis déjà venue plusieurs fois pour m'entraîner avec Carina, mais c'est étrange d'être là alors que l'endroit est complètement désert. L'écho de nos pas contre les murs en béton est glauque.

Je tire sur sa main.

— Tu es sûr qu'on a le droit d'être ici ? Et si quelqu'un nous surprend ?

Il me coule un regard.

— On n'aura qu'à courir très vite.

Oh, mon Dieu !

Je n'ai jamais fait de vagues. Pas même un retard au lycée. Je n'aimerais pas que ça change pendant ma dernière année de fac. Je commence à m'imaginer mes espoirs d'intégrer une école prestigieuse partir en fumée à cause d'un unique faux pas.

— Ryder, murmuré-je d'un ton hésitant. Peut-être qu'on…

Il s'arrête et tire sur ma main jusqu'à ce que je titube en avant et m'écrase contre sa large poitrine. Malgré l'obscurité qui nous entoure, son regard m'immobilise.

— Je ne vais rien laisser t'arriver, d'accord ?
Mes poumons se vident.
Il pose les mains sur mes épaules et me rapproche de lui.
— Tu me fais confiance ?
Je ne sais pas…
Est-ce que je fais confiance à Ryder McAdams ?
Je le connais depuis toujours.
Nos familles sont soudées.
En toute honnêteté, je ne pense pas qu'il me ferait du mal délibérément. Cette pensée tourbillonnant dans mon cerveau, je hoche sèchement le menton.
— Je te protègerai.
La tension qui emplit mes muscles se dissipe alors qu'il me lâche et recule d'un pas. Puis on continue à descendre le couloir. On prend plusieurs tournants. À gauche, puis à droite avant de descendre une volée d'escaliers. Il y a un labyrinthe de tours et détours. Enfin, Ryder ouvre une lourde porte. Je grimace quand elle grince sur ses gonds, incapable de m'empêcher de jeter un regard prudent alentour.
N'a-t-il pas dit que les gardiens sont là ?
Son faisceau de lumière glisse sur une rangée de casiers en métal tandis qu'on fait le tour des bancs en bois. Les semelles de nos chaussures résonnent sur le sol et les murs carrelés alors qu'il ouvre une autre porte qui donne sur un espace caverneux. Je m'arrête abruptement quand l'odeur puissante du chlore assaillit mes narines. L'immense zone est entourée des deux côtés par des baies vitrées, laissant entrer le clair de lune lumineux qui filtre et illumine la surface plane.
— La piscine ? murmuré-je d'une voix surprise. Qu'est-ce…
La question meurt sur mes lèvres quand je comprends pourquoi il m'a amenée ici.
Le numéro deux.
Je tourne brusquement les yeux vers lui.
— Tu as enfin compris ? demande-t-il avec un sourire suffisant et une lueur de satisfaction dans ses yeux.
— Me baigner à poil.
Je suis à peine capable de prononcer la réponse.

— Oui.

Mon esprit fait des sauts périlleux. Avant que je puisse dire quoi que ce soit – par exemple, que ce n'est pas une très bonne idée –, il tire son sweat épais par-dessus sa tête et le fait tomber sur le carrelage à ses pieds. Le tee-shirt qui moule ses biceps développés le suit rapidement jusqu'à ce qu'il se tienne devant moi, torse nu.

Ma bouche se remplit de coton tandis que mon regard lèche machinalement sa silhouette. Même à la lueur pâle du clair de lune, je distingue les lignes sculptées du haut de son torse.

— Je… je n'ai pas amené de maillot, murmuré-je d'une voix épaisse.

Ses dents blanches luisent dans l'obscurité qui nous englobe.

— C'est un peu le principe de se baigner à poil. Pas besoin de maillot.

— Oh. C'est vrai.

J'arrache mon regard de lui le temps de couler un œil à l'eau cristalline.

— Comment peux-tu être sûr que personne ne viendra nous surprendre ?

Le temps que mon attention se reporte sur lui, son survêtement gris se retrouve sur ses chevilles et il le retire en même temps que ses chaussettes. Il se redresse de toute sa taille. Le seul vêtement encore en place est un caleçon gris qui moule sa taille fine et ses cuisses musclées.

Mes dents s'enfoncent dans ma lèvre inférieure alors que mon regard le parcourt avidement pour la seconde fois. Il n'est pas encore complètement nu et mon cerveau bugge déjà.

Ça devrait être illégal d'être aussi beau.

Il devrait être affiché sur un panneau de Times Square.

Il est parfait.

C'est quand même un hockeyeur professionnel ! Les annonceurs vont faire des pieds et des mains pour qu'il sponsorise leurs produits.

Ce n'est pas comme si je ne l'avais pas vu en maillot pendant l'été, au bord de la piscine, ou quand nos familles passent nos vacances ensemble, mais ça fait deux ou trois ans. Depuis, Ryder s'est développé de partout. Ce n'est plus un garçon, mais un homme. Un homme qui est capable de transformer le ventre d'une femme en une volée de papillons.

— Mon ami a pris soin de nettoyer cette zone en premier. En plus, cela ne fait-il pas partie de l'expérience ? Te faire surprendre nageant nue là où tu ne devrais pas te trouver ?

En théorie ?

D'accord.

En pratique ?

Certainement pas.

Il incline la tête alors que son regard capture le mien.

— Tu ne vas pas te dégonfler, quand même ?

— Non.

Dès que la réponse quitte mes lèvres, il fait descendre le boxer sur ses cuisses.

Il se retrouve entièrement nu.

Pour l'amour du...

Je sais que je devrais détourner le regard, mais je n'y arrive pas. Mon regard reste braqué sur sa verge.

Et ses boules épilées.

J'ai vu pas mal de garçons qui sont entièrement épilés dans des pornos. Seulement, je n'avais rien vu qui y ressemble dans la vraie vie…

Peut-on me reprocher de m'approcher d'un pas pour faire une inspection plus poussée ?

C'est à ce moment précis que je me rends compte que j'ai comblé la distance entre nous. Sa verge tressaute et se raidit sous mes yeux.

— Si tu continues à me regarder comme ça, on va cocher plus que le numéro deux ce soir.

Mes yeux effarés croisent son regard suffisant. Avant que je puisse répondre, il fait volte-face et plonge dans le grand bain. Mon attention reste braquée sur lui alors qu'il fend l'eau avec élégance.

Ryder McAdams est absolument magnifique.

Le spécimen parfait.

Je comprends pourquoi les filles parlent de lui d'une voix rêveuse.

Quand il refait enfin surface au centre de la piscine rectangulaire, il jette la tête en arrière et passe les deux mains à travers ses longues mèches blondes, les écartant de son visage.

Il regarde autour de lui jusqu'à ce que nos yeux se croisent.

— Tu viens ou pas ?

Mon cœur bat follement alors que je retire ma doudoune noire et la jette sur le bac en bois qui longe le mur où deux serviettes sont soigneusement empilées. Mes doigts tremblent tandis que je délace mes Converses blanches et les retire avec mes orteils. Mes chaussettes sont les prochaines à disparaître. Je le regarde du coin de l'œil et mes doigts se resserrent nerveusement autour de l'ourlet de mon tee-shirt.

Même s'il reste en place et bat des pieds, je sens la chaleur de son regard braqué sur moi alors que j'inspire profondément et fais passer le vêtement en coton au-dessus de ma tête. Je le laisse tomber au-dessus de la veste et je retire ensuite mon jean. J'ouvre le bouton en métal et descends la fermeture avant de faire passer le jean épais sur mes hanches et mes cuisses. Un léger tremblement parcourt mon corps quand je me reçois une bouffée de l'atmosphère suffocante. Mes bras retombent le long de mes flancs. Sur le moment, j'ai l'impression qu'ils pèsent une tonne.

— Tu as toujours un ensemble assorti ? demande-t-il d'une voix basse.

Son ton lourd de sens coule jusqu'au fond de mon ventre comme une pierre.

Ma lingerie est turquoise, avec de la jolie dentelle qui recouvre les bonnets en soie et un petit nœud noir au centre de la bande de tissu qui repose au milieu de ma poitrine. Un ruban assorti est cousu à l'avant de ma culotte.

— Oui, ça me plaît. Il y a quelque chose dans les sous-vêtements qui me fait me sentir jolie et sexy.

— Je suis bien d'accord.

Son regard parcourt avidement ma silhouette quasiment nue.

— Maintenant, retire-les.

Cet ordre grondé me rend nerveuse. Je déglutis et passe les mains dans mon dos pour ouvrir le fermoir. À la troisième tentative, il s'ouvre brusquement. Les bretelles élastiques glissent le long de mes épaules et de mes bras jusqu'à ce que le soutien-gorge se décolle de mes seins et tombe sur le carrelage.

— La prochaine fois qu'on se déshabillera, c'est moi qui m'en chargerai, dit-il d'un ton bourru.

Il n'en faut pas plus pour que l'excitation envahisse mon sexe comme du miel chaud.

Une autre vague de nervosité explose en moi alors que mes doigts se referment sur la bande élastique à mes hanches et que je fais descendre ma culotte sur mes jambes, me retrouvant aussi nue que lui. Son regard qui lèche chaque centimètre de mon corps me donne l'impression d'être à la fois chaude et contractée. Comme si j'avais été cuite au soleil et prête à éclater à n'importe quel moment.

Ce serait tentant de lever les bras pour me cacher.

Je ne le fais pourtant pas. Je sais qu'il me dira simplement de les rabaisser. J'entends presque son ordre qui résonne dans mes oreilles.

— Tu sais à quel point tu es belle ? demande-t-il doucement, interrompant le tourbillon de mes pensées.

J'expulse l'air de mes poumons et secoue imperceptiblement la tête.

Je ne me suis jamais sentie belle.

Plutôt moyenne.

J'ai des cheveux brun foncé et de grands yeux de la même couleur. Mes sourcils sont épais, mais pas trop, et mes pommettes sont loin d'être saillantes. Mes seins sont un peu trop généreux. Ils remplissent largement la main. C'est une des raisons pour laquelle j'ai arrêté la danse au lycée quand j'ai commencé à me sentir gênée en collant lycra. Toute cette cardio me permettait de rester mince, mais ce n'est plus le cas. Mon corps s'est amolli et a pris des courbes.

Rongée par l'incertitude, je deviens écarlate.

— Tu l'es, Juliette. Tu es tellement belle que parfois, ça fait mal de te regarder.

Ce compliment me fait ouvrir de grands yeux.

J'ai du mal à m'imaginer qu'il ressent ce genre de choses à mon propos. Pas alors qu'il pourrait avoir toutes les filles qu'il voudrait. C'est douloureux de voir comment elles se jettent sur lui.

Alors je ne regarde pas.

L'entendre énoncer le contraire me subjugue.

— Tu vas venir toute seule ou il faut que je vienne te chercher ?

Il y a un moment de silence.

— Parce que tu sais que j'en suis capable.

La promesse bourrue dans sa voix fait se contracter mon sexe. Je m'installe prudemment sur le rebord puis laisse échapper un sifflement quand mes fesses se posent sur le carrelage froid et que j'enfonce prudemment les orteils. Les yeux de Ryder restent braqués sur moi tandis que j'entre lentement dans la piscine. Mes membres fendent l'eau. C'est vraiment bizarre de ne pas porter de maillot.

Et pourtant...

Il y a là-dedans quelque chose d'étrangement libérateur.

Je m'attends à ce qu'il franchisse la distance entre nous, mais ce n'est pas ce qui se produit. Il me donne autant le temps que l'espace dont j'ai besoin alors qu'il continue de nager sur place à environ trois mètres de là. Alors que le silence s'installe autour de nous, mes muscles se détendent progressivement. Je plonge sous la surface pour faire quelques longues brasses, intensément consciente de la présence de Ryder.

Ça a toujours été comme ça avec lui.

Même lorsqu'on était enfants.

Il y a simplement quelque chose en lui qui m'a attirée et retient mon attention.

Chassant cette pensée de ma tête, je dis :

— Une autre chose de cochée.

J'ai beau avoir parlé doucement, ma voix résonne contre les murs caverneux.

— Oui. On parcourt ta liste.

Peu importe où je nage, il se tourne et garde le regard braqué sur moi. Je ne sors jamais de sa ligne de vision.

— J'aurais peut-être dû te demander ton aide il y a longtemps.

— Pourquoi ne l'as-tu pas fait ?

Ce n'est pas une question à laquelle j'ai besoin de penser.

— Parce qu'on n'a jamais vraiment été amis.

Il franchit la distance entre nous, une brasse paresseuse à la fois, jusqu'à ce que seuls trente centimètres nous séparent.

— Nous avons toujours été amis, dit-il doucement, Je t'aurais aidé à faire n'importe quoi.

Peut-être.

— Tu t'es toujours efforcé de garder tes distances.

— Toi aussi.

Je lève les épaules en signe d'admission.

— Ça m'a juste paru plus sûr comme ça.

— Je crois qu'on est en train de rectifier la situation.

Ses doigts attrapent les miens puis il m'attire à lui jusqu'à ce que je me retrouve assez proche pour que mes seins se retrouvent plaqués contre sa poitrine d'acier. L'air reste prisonnier de ma gorge, m'empêchant de respirer.

Ses yeux sont d'un bleu cobalt sombre. Au clair de lune argenté qui filtre à travers les baies vitrées, je suis capable de voir les taches diverses aux teintes variées. Ses yeux sont aussi profonds et vastes qu'un océan.

Il mordille ma lèvre inférieure, tirant dessus avec des dents acérées tandis que ses bras glissent autour de moi, attirant mon corps plus près jusqu'à ce que son érection épaisse presse avec insistance contre le V entre mes jambes. Un gémissement de désir m'échappe alors que ses deux mains se déplacent vers mes fesses, les saisissant pour me hisser contre lui jusqu'à ce que mes jambes puissent s'enrouler autour de sa taille et que mon sexe soit ouvert contre ses abdominaux.

Ce contact intime fait monter en vrille ma surprise et mon désir.

Je n'aurais jamais imaginé ce scénario, même dans mes fantasmes les plus fous.

— Merde, gronde-t-il contre ma bouche.

Je n'aurais pas pu mieux résumer la situation.

Mon cerveau se fait cotonneux alors qu'il conquiert mes lèvres avec un baiser destiné à marquer mon âme au fer rouge.

Personne ne m'avait jamais fait oublier mon propre nom.

Ni comment respirer.

Mais c'est exactement l'effet que me fait Ryder.

Il est juste... *trop*.

Trop masculin.

Trop assuré.

Plus grand que nature.

J'ai toujours ressenti le magnétisme qui émane de lui comme des phéromones faites pour rendre les filles folles. Qu'elles soient braquées vers moi est enivrant.

La danse de sa langue avec la mienne me donne l'impression qu'il essaye de me dévorer d'une seule gorgée délicieuse. Ou c'est peut-être moi qui ai l'intention de le dévorer.

Je ne sais plus exactement qui est l'agresseur.

Je sais simplement que j'en veux davantage.

Tout ce qu'il est capable de me donner.

Je réalise qu'il nous a fait nous avancer jusqu'au rebord de la piscine quand mon dos se heurte à la surface rugueuse de la paroi. Avant que je puisse lui demander ce qu'il s'apprête à faire, ses mains se referment autour de ma taille et il me soulève hors de l'eau et me pose au bord du carrelage. De l'eau dégringole de mon corps alors qu'il écarte mes jambes pour qu'il puisse caler ses épaules entre elles.

Mon rythme cardiaque s'accélère quand je baisse les yeux vers lui. Malgré mon désir de serrer les jambes, je me force à les garder ouvertes. Je respire à peine alors que nos regards restent connectés. Notre contact visuel se rompt quand il tourne la tête et que ses lèvres frôlent l'intérieur de ma cuisse. Il enfonce alors les dents dans ma chair souple.

Ce n'est que lorsqu'il me murmure de me détendre que je réalise à quel point je suis tendue.

Comme si c'était possible.

À tout moment, je vais voler en éclats.

Nue.

Dans la piscine du centre d'athlétisme de Western.

Mon cœur bat follement contre ma cage thoracique, à la limite de la douleur. Je suis tentée de lever la main et de me frotter la poitrine afin d'apaiser le désir qui fait rage à l'intérieur.

Ses paumes pressent doucement contre mes genoux, les écartant alors que ses lèvres se rapprochent de cette partie de mon corps qui palpite pour lui avec insistance. À coups de dents et de langue, il suit un chemin vers le sommet de mes cuisses. Il n'en faut pas plus pour que mon souffle se retrouve bloqué au fond de ma gorge quand ses yeux se posent sur mon intimité. Je ne pense pas m'être déjà sentie aussi exposée et vulnérable qu'en ce moment.

Jamais un homme ne m'avait regardée si ouvertement. Par le passé, quand je couchais avec quelqu'un, les lumières étaient éteintes, plongeant la pièce dans l'obscurité.

Ceci…

C'est une expérience complètement différente.

— C'est magnifique, murmure-t-il avant de plaquer les lèvres sur la chair rebondie de mon pubis.

De l'air s'échappe de mes poumons avec une précipitation douloureuse jusqu'à ce que j'aie l'impression d'être vide.

— Je me suis toujours demandé quel goût tu aurais.

Il m'adresse un regard avant de coller la surface de sa langue contre ma vulve.

— C'est délicieux.

Il n'en faut pas plus pour qu'une vague de plaisir s'abatte sur moi alors qu'un grognement s'échappe de mes poumons. J'aurais préféré le retenir, mais ce n'est pas possible. J'appuie les paumes sur le carrelage froid et me penche en arrière, lui offrant un meilleur accès alors qu'il se colle davantage pour mordiller mon clitoris.

— C'est vraiment addictif, gronde-t-il contre moi avant d'enfoncer profondément la langue dans ma douceur.

Sa caresse satinée suffit à faire s'abattre dans une avalanche de sensations tous les murs que j'ai essayé de garder fermement en place entre nous. Je me rends compte que j'avais écarté les jambes davantage quand ses deux paumes viennent se positionner à l'intérieur de mes cuisses, les écartant encore plus jusqu'à ce que je me retrouve inimaginablement écartelée.

Jusqu'à ce qu'il puisse discerner l'intégralité de mon intimité.

Je n'en ai rien à faire !

Comment le pourrais-je alors que tant de désir se concentre au plus profond de mon sexe ?

Chaque fois qu'il touche mon clitoris, qu'il le suce doucement dans sa bouche, j'ai l'impression de danser au bord du précipice. Je suis prête à dégringoler dans le précipice et mourir dans la chute. Inconsciemment, mon cœur cherche à se rapprocher alors qu'il bat en retraite afin de braquer son attention ailleurs. Le désir contenu qui galope en moi me donne envie de crier.

De temps en temps, il tourne le visage et racle la peau sensible de l'intérieur de ma cuisse avec ses dents. Son souffle chaud me frôle, intensifiant le désir qui croit à l'intérieur.

En vingt-deux ans, je n'avais jamais connu un tel désir.

Quand il recommence, à deux reprises, je réalise qu'il joue avec moi.

Il met délibérément le feu pour le laisser retomber par la suite.

Malgré mon envie de garder les yeux fermés pour m'abandonner à la sensation délicieuse qui s'empare de moi, mon regard reste braqué sur lui. L'image de la tête blonde de Ryder entre mes cuisses écartées est vraiment sexy !

Fascinante !

Et ses caresses avec ses lèvres, ses dents et sa langue…

C'est délicieusement enrageant.

Deux de mes ex m'ont fait un cunni, mais ça ne m'a absolument pas fait cet effet-*là*. C'est presque comme s'ils faisaient autre chose.

Il continue de lécher mon clitoris, de le caresser doucement avec sa langue. La barbe de cinq heures qui couvre ses joues et sa mâchoire ciselées frotte contre ma chair délicate, ne faisant qu'ajouter à la tempête qui fait rage en moi.

— Tu titilles, dis-je enfin avec un grognement.

Il braque vers moi des yeux à demi fermés et s'écarte juste assez pour admettre :

— C'est exactement ce que je suis en train de faire.

Un gémissement torturé m'échappe alors que je cambre le dos, me collant davantage à lui, à la recherche de plus de plaisir.

— Pourquoi ?

Il tourne la tête et enfonce à nouveau ses dents dans ma chair.

— Une meilleure question serait *pourquoi pas* ?

Une autre vague de désir s'abat sur moi.

— Qu'est-ce que tu veux, Juliette ?

Il enfonce profondément la langue dans mon corps. Cette caresse satinée fait se contracter mon ventre.

— Jouir ?

— Oui.

Je suis si excitée que je parviens à peine à répondre.

— Alors, implore-moi.

Mes dents frottent contre ma lèvre inférieure. J'ai beau vouloir le retenir, je ne peux empêcher ce mot guttural de s'échapper.

— Je t'en prie.

— Je t'en prie, quoi ?

Il me donne un autre coup de langue paresseux.

— Qu'est-ce que tu veux ?

— Jouir.

— Comment ?

Ma frustration monte en vrille alors qu'une réponse explose hors de mes lèvres.

— Je veux que tu me lèches.

— Tu n'avais qu'à demander, bébé, dit-il avec un grondement.

Je ne sais pas si c'est le petit nom ou sa concentration sur mon clitoris, mais je me brise en éclats sous ses lèvres talentueuses, me cambrant vers lui, en cherchant plus de ce que lui seul me donne. Mes cris résonnent contre le plafond haut et les murs avant de tinter dans mes oreilles.

En cet instant, peu m'importe qu'on puisse m'entendre.

Peu m'importerait si les gradins étaient remplis de spectateurs qui nous regardent.

J'ai seulement conscience de la sensation qui parcourt mon corps et du plaisir qui a pris naissance dans mes terminaisons nerveuses.

C'est presque trop d'euphorie pour être contenue dans les confins de ma peau.

L'orgasme qui me traverse me donne l'impression de durer éternellement. Ce n'est que lorsque je n'ai plus de force, à deux doigts de glisser dans l'eau et de couler au fond de la piscine, que j'ouvre les paupières et le découvre en train de m'observer alors qu'il arrache la dernière goutte de miel de mon corps.

Il dépose un autre baiser sur ma chair trempée avant de se retirer et de s'installer contre moi. Des rigoles d'eau coulent sur lui alors qu'il enroule les bras autour de mon corps épuisé et me hisse sur ses genoux pour que sa verge dure se retrouve pressée contre mon entrejambe et que sa bouche puisse prendre la mienne. Il donne un coup de langue à la commissure de mes lèvres pour les ouvrir avant de plonger à l'intérieur. Une main s'enfonce dans ma chevelure emmêlée, enroulant les mèches humides autour de sa paume et tirant dessus jusqu'à ce que je courbe l'échine. Sa prise possessive suffit à faire naître une autre vague d'excitation dans mon intimité.

Il s'écarte juste assez pour gronder :

— Tu peux goûter ton miel sur mes lèvres ?

Son regard enflammé m'incendie vivante. À tout moment, je suis prête à partir en flammes, et même l'eau de la piscine ne suffirait pas à les éteindre.

— Oui, murmuré-je.

— Une fois et je suis accro.

Il m'embrasse à nouveau, m'entraînant tout au fond de l'océan où je suis incapable de respirer ou bien de penser.

La seule chose que je puisse faire est de m'abandonner au plaisir qu'il est capable de me donner.

— Si je te donne un coup de langue, je serai capable de te goûter.

Il ne lui en faut pas plus pour craquer une allumette et enflammer le monde entier.

Et je brûlerais volontiers avec.

Ses bras se resserrent et il me serre suffisamment contre lui pour enfoncer son visage au creux de mon cou. Quand son souffle chaud me caresse la peau, je réalise qu'elle est devenue glacée. Un frisson long danse le long de ma colonne vertébrale.

Il s'écarte juste assez pour se plonger dans mon regard.

— Tu as froid ?

— Un peu.

Toutefois, pas suffisamment pour qu'on s'interrompe. Je pourrais rester ici toute la nuit, trempée, nue et enroulée autour de lui, sans songer à autre chose.

Sans un commentaire de plus, ses poings se referment autour de ma taille et il m'écarte de ses genoux comme si j'étais légère comme une plume avant de se mettre debout. Ses doigts s'enroulent autour des miens pour me soulever. Après avoir pris une serviette sur le banc, il l'enroule autour de moi. Mon corps est ultra sensible contre la matière blanche rugueuse. Après s'être occupé de moi, il en prend une autre et se sèche à la hâte avant d'enrouler la serviette autour de ses hanches fines.

— Tu es certain que je ne peux pas cocher deux éléments de la liste ? Cet orgasme…

Ma voix meurt. C'est un souvenir que je serai ravie de revisiter pendant des années entières.

Ses doigts se referment sur les miens puis il me serre contre lui et dépose un baiser sur mes lèvres.

— Qu'est-ce que j'ai dit à propos du numéro 6 ?

— Techniquement, tu étais à l'intérieur de moi.

Il affiche un sourire suffisant.

— Ça ne compte toujours pas. Tu auras besoin de quelque chose de plus épais pour combler ta jolie petite chatte quand on cochera ça.

J'ai beau être nue devant lui alors qu'il vient de me lécher, ses propos cochons ont le pouvoir de me faire rougir.

— À propos, dit-il d'un ton presque désinvolte, j'ai fini le livre.

Je fronce les sourcils d'un air confus avant de comprendre de quoi il parle.

— Ah oui ?

— Oui.

Un sourire lent s'attarde sur ses lèvres.

— Tu l'as fini ?

Je secoue la tête.

— Non, je suis toujours sur le coup.

— Tu es arrivée au chapitre 19 ? demande-t-il en faisant jouer ses sourcils. Ce passage contient des choses très intéressantes.

Le chapitre 19…

Quand je reste sans voix, il m'adresse un grand sourire.

— J'aimerais bien rejouer la scène.

Avec un ricanement, il plaque un autre baiser sur mes lèvres.

— À présent, sortons d'ici. On a suffisamment tenté le sort pour ce soir.

CHAPITRE 22

Ryder

— Surprise ! s'écrie tout le monde en même temps alors que Brody pénètre dans la salle de derrière de Taco Loco, tenant sa femme par la taille.

Mince et aux cheveux sombres, celle-ci porte les deux mains à sa bouche et regarde la foule avec effarement. Dès qu'ils franchissent le seuil, Juliette se précipite en avant et se jette sur Natalie pour l'étreindre de toutes ses forces. Maverick suit sa sœur de près, les bras enroulés autour des deux femmes. Brody se jette dans l'action, gardant sa famille près de lui.

C'est seulement quand je les vois tous ensemble que je vois à quel point Juliette ressemble à sa mère. Elles ont la même chevelure sombre et brillante. Les cheveux de Natalie sont coupés en un carré lisse qui frôle ses épaules tandis que ceux de sa fille cascadent dans son dos en un rideau épais. Mes doigts se resserrent alors que des souvenirs de l'autre nuit à la piscine envahissent mon esprit, ainsi que la sensation de ces mèches mouillées enroulées autour de ma main.

Je fournis un effort conscient pour chasser ce souvenir avant qu'il me fasse bander.

Mav a la corpulence de son père assortie aux cheveux sombres de Natalie.

Mon regard s'égare vers Brody. Depuis que nos familles sont proches, il est devenu une présence directrice dans ma vie. Sa carrière de hockeyeur est légendaire. Il a joué avec les juniors avant de rejoindre l'université de Whitmore, un établissement de première division, puis il a intégré les pros où il s'est imposé pendant plus d'une décennie.

Ces pensées me ramènent à ce qui va se passer à la fin de la saison. Sans vouloir envisager la possibilité d'un futur qui déraille, je porte la bière à mes lèvres et braque à nouveau mon attention sur Juliette.

Même si je ne peux pas me permettre de distractions, celle qu'elle offre est devenue la bienvenue.

Profondément, dans un endroit que je crains d'inspecter de trop près, je sais que ce qui se passe entre nous est bien plus que ça.

Deux jours ont beau s'être écoulés, je peux encore sentir son miel sur mes lèvres.

Je n'ai pensé à rien d'autre depuis que je lui ai fait écarter les jambes sur le rebord carrelé de la piscine et que je l'ai léchée jusqu'à ce qu'elle n'ait pas eu d'autre choix que de gémir de plaisir. Les cris rauques qui avaient résonné contre les murs avaient presque suffi à me faire jouir.

Le plus drôle, c'est que je ne plaisantais pas quand je lui ai dit que cette romance m'avait enseigné deux ou trois petites choses. Et manifestement, ça a marché, parce qu'elle a fini par me réclamer un orgasme.

Voilà quelque chose que je n'aurais pas imaginé arriver de toute ma vie.

Si j'ai téléchargé le troisième livre dans la série ?

Absolument !

Quand elle me regarde en travers de l'espace qui nous sépare, nos regards entrent en collision, rendant évident le fait que j'étais en train de la regarder. Normalement, je suis bien plus subtil.

J'ai le mojo.

Mais à cet instant ?

Peu m'importe si elle se rend compte que je l'ai regardée comme un harceleur. Je suis vraiment perdu.

Une fois que j'ai attiré son attention, une légère rougeur lui monte aux joues.

J'adore ça.

J'aime qu'un seul regard suffise à la faire rougir en songeant à toutes les choses délicieuses que j'ai faites à son corps. Peut-être en se demandant ce que je ferai dans un futur pas si lointain.

Merde.

J'ai vraiment besoin de réprimer ces pensées avant d'avoir une immense érection. Je doute que quiconque apprécie de me voir languir pour la fille de notre hôte.

— Tu veux boire autre chose ?

Je suis tiré de ces pensées par la serveuse aux cheveux noirs qui circule dans la pièce.

Lola.

On a suivi quelques cours ensemble au fil des années. Un peu comme Juliette, je ne la croise pas souvent durant des fêtes. Si je m'en souviens bien, sa famille possède ce restaurant et elle y travaille. Puisque je ne suis pas étranger à Taco Loco – j'y viens le mardi –, j'ai vu plus d'un mec tenter son coup. Je l'ai également vue les annihiler sans la moindre hésitation. Je dois avouer que c'était amusant.

Je soulève ma bouteille et la secoue légèrement.

— Non, tout va bien. Merci.

— Fais-moi signe si tu as besoin d'autre chose, dit-elle.

— D'accord.

Elle s'éloigne sans m'accorder un second regard.

Le grand-père de Juliette, John McKinnon, et Amber, sa seconde épouse, sont également ici avec leurs filles, Hailey et Stella. Je connais très bien Stella. Riggs et elles se connaissent depuis longtemps et sont meilleurs potes depuis un moment. Je lui adresse un salut du menton en travers de la pièce. C'est une fille magnifique avec un corps spectaculaire et de longs cheveux blonds. Pour plaisanter, Riggs la traite souvent de croqueuse d'hommes en série.

Il ne plaisante peut-être pas vraiment.

Elle enchaîne les garçons comme s'ils étaient des tablettes de chewing-gum. Même si Riggs n'a jamais rien dit sur Stella, j'ai l'impression qu'il y a plus entre eux qu'il veut bien l'avouer.

Ou peut-être la désire-t-il, tout simplement ?

Parfois, j'aime taquiner Riggs en lui disant que je vais faire des avances à sa meilleure amie.

Ça le fiche toujours en rogne.

Je suis un peu surpris de ne pas voir mon coéquipier. Généralement, ces deux-là sont comme des siamois.

Quand mon regard revient vers Juliette, je me rends compte qu'un type lui fait la causette. Je porte à nouveau la bouteille à mes lèvres et avale une autre gorgée tout en fronçant les sourcils. Il a l'air d'avoir à peu près notre âge, peut-être un an ou deux de plus. Son look décontracté, mais chic lui donne l'allure d'un jeune loup des affaires. Ses cheveux courts parfaitement coiffés aussi. Pas un seul cheveu ne dépasse. Je dirais qu'il bosse dans une banque ou un truc comme ça. Certainement un boulot dans un bureau. Il est en compagnie d'un couple plus âgé qui me semble vaguement familier.

Je regarde à nouveau le type. Je trouve qu'il se tient bien trop près de Juliette.

Et le sourire qu'il lui adresse...

Je sais exactement ce qu'il a en tête, parce que personnellement, j'y pense tout le temps aussi.

Ce serait vraiment tentant d'aller la prendre dans mes bras pour que ce connard du genre *Wolf of Wall Street* [1] comprenne exactement à qui cette fille appartient.

Sauf que...

Juliette ne m'appartient pas.

Je suis juste un mec qui l'aide à cocher des idées sur sa *bucket list*.

Ce n'est pas comme si on continuera à passer du temps ensemble quand on aura terminé.

Je ne sais pas pourquoi cette pensée me contrarie.

Ou peut-être que si.

Quand il la prend dans ses bras, un nuage rouge s'empare de ma vision et je me dirige droit vers elle. Je ne mets pas longtemps à atteindre le petit cercle de personnes au centre duquel je m'impose. Mon regard passe de Juliette et de ce connard à son père. Je me force à sourire et à tendre la main, serrant celle de Brody avant d'étreindre Natalie.

Au fil des années, ces gens sont devenus comme des seconds parents pour moi. J'ai passé mon enfance chez eux à boire les moindres paroles de Brody, à contempler ses maillots qui ornaient les murs et tous les objets commémoratifs exposés dans son étude et au sous-sol.

Pour un enfant, avoir un accès aussi illimité à une légende du sport était un rêve devenu réalité. Il s'est intéressé à moi très jeune et m'a aidé à entretenir et développer mon talent. Cet homme est une des raisons pour lesquelles j'ai accompli tant de choses. Il a été une présence concrète dans ma vie. Particulièrement à présent qu'il m'a pris comme client et guide ma carrière.

Enfin, carrière potentielle.

Mon regard se pose à nouveau sur Juliette et j'essaye d'être discret pour ne pas trop en révéler.

— Salut.

La voir replacer une mèche de cheveux égarée derrière son oreille attise mon désir encore davantage

— Salut.

— On ne s'est pas vus depuis un moment.

Elle écarquille les yeux.

— Euh, oui. Jeudi. Le match.

Je lui rends un sourire entendu.

D'accord, on va dire ça.

Le mec à côté d'elle me salue d'un geste du menton.

Juliette s'éclaircit la gorge comme si elle venait à peine de se souvenir de lui. Ça suffit pour apaiser ma fierté.

— Sawyer, voici Ryder. Vous vous êtes déjà rencontrés.

Sawyer.

Ah oui !

Maintenant que je m'en souviens, je me rappelle l'avoir rencontré à plusieurs reprises au fil des années quand les McKinnon organisaient des fêtes pour les vacances ou les anniversaires. Ses parents sont des amis de la famille, ou un truc du genre.

— Content de te revoir, dit-il.

Il me jauge des pieds à la tête tout en gardant un bras décontracté autour des épaules de Juliette, comme s'il essayait de se l'approprier.

Ça ne me plaît pas.

Pas du tout.

— Toi aussi. Ça doit faire deux ou trois ans. J'ai failli ne pas te reconnaître.

Il m'adresse un sourire jovial avant de hausser les épaules.

— Je vais le prendre pour un compliment. J'ai décroché mon diplôme il y a deux ans et je bosse pour une société d'investissement. Rester assis à un bureau dix heures par jour ne me faisait aucune faveur, alors j'ai modifié mes habitudes alimentaires et commencé à faire de la muscu.

Il tapote son ventre musclé.

— À présent, je n'ai jamais été aussi en forme.

— Tu as l'air bien, dis-je à contrecœur sans mentir.

— Merci.

Il coule un regard à Juliette.

— J'essaye de convaincre Juju qu'on devrait sortir. En l'honneur du bon vieux temps, achève-t-il avec un clin d'œil.

Jules ?

Pour qui se prend-il, ce type ?

Essaye-t-il vraiment de me chiper ma gonzesse ?

J'en grimace presque.

La situation est bien pire que ce que je pensais.

Je hausse les sourcils et décoche un regard acéré à Juliette.

— C'est vrai ?

Juliette s'agite et se retire de son étreinte avec prudence.

— Je... Il faut que j'aille aux toilettes. Je reviens tout de suite.

Elle ne me donne pas le temps de répondre et disparaît à travers la foule et dans la zone principale du restaurant.

Le silence retombe sur nous puis Sawyer s'éclaircit la gorge.

— Alors… Tu joues au hockey pour Western ?

J'arrache le regard du dernier endroit où j'ai vu Juliette avant qu'elle ne s'éclipse.

— Oui.

— Je venais de mentionner à Brody que j'aimerais aller à un match pour voir Mav jouer.

— Tu le devrais.

Absolument pas.

Il incline la tête et se rapproche légèrement.

— Généralement, Juliette y assiste, non ?

Je plisse les yeux.

— Oui. Cela dit, je crois qu'elle voit peut-être quelqu'un en ce moment.

La dernière phrase m'a échappé avant que je puisse la retenir.

Il jette un regard vers l'entrée de la pièce comme s'il était impatient qu'elle revienne.

— Vraiment ? C'est bizarre. Elle n'a rien dit.

Au lieu de répondre, je lève ma bouteille et la secoue.

— J'ai été content de te parler. Je dois aller me ravitailler.

— Oui, moi aussi. Je vais…

Je m'éclipse avant qu'il ne puisse achever sa phrase. En partant, je pose la bouteille sur une table et me dirige vers le couloir où se trouvent les toilettes. Au lieu de me précipiter dans le petit espace, je croise les bras et m'adosse au mur d'un geste décontracté, ce qui est tout le contraire de ce que je ressens pour le moment.

Elle ne me fait guère attendre.

Dès que la porte s'ouvre et qu'elle franchit le seuil, son regard croise le mien.

La surprise s'empare de ses traits.

— Ryder.

Elle prononce mon nom d'une voix haletante.

Je jette un regard derrière son épaule.

— Il y a quelqu'un là-dedans ?

— Quoi ? demande-t-elle en fronçant les sourcils. Dans les toilettes ? Non.

Super !

Je referme les doigts autour de son biceps et la force à reculer dans l'espace réduit avant de refermer la porte derrière nous. Puis je tourne la serrure pour qu'elle ne puisse pas s'échapper.

Elle écarquille les yeux.

— Qu'est-ce que tu fais ?

Je plaque son dos contre le carrelage avant de plaquer ma grande carcasse contre son corps plus souple.

— Qu'est-ce qui se passe avec ce type ?

— Sawyer ?

Nous sommes tellement proches que son souffle chaud me caresse les lèvres. C'est quasiment enivrant. Cette fille me déboussole complètement.

— Exactement. Lui.

— Rien.

Quand elle sort la langue pour s'humecter les lèvres, mon regard suit le mouvement. Juliette n'a jamais porté beaucoup de maquillage. Aujourd'hui, ses lèvres sont colorées en rose. Incapable de résister, je mordille la chair pulpeuse. Ses paupières battent alors qu'un gémissement lui échappe.

Une fois que je libère sa lèvre inférieure, je grogne :

— Tu en es certaine ? J'avais l'impression qu'il t'invitait à sortir.

— Il l'a fait, admet-elle à contrecœur. Je lui ai dit que ce semestre est vraiment chargé et que j'ai des cours par-dessus la tête.

Sa réaction ne fait que décupler ma jalousie et ma possessivité.

Je pénètre davantage dans son espace personnel jusqu'à ce que mon épaisse érection parvienne à se plaquer contre la douceur de son bas-ventre. Il n'en faut pas plus pour que ses paupières se dilatent. Le cercle noir avale les taches acajou qui dansent dans leurs profondeurs sombres.

J'enfonce les mains dans ses cheveux pour la maintenir en place. J'ai envie qu'elle garde toute son attention braquée sur moi.

En permanence.

— C'est la seule raison pour laquelle tu n'as pas envie de sortir avec lui ?

Sa poitrine se soulève et redescend rapidement.

— Peut-être.

Mes lèvres viennent frôler les siennes sans vraiment les toucher. Ça me demande toute ma retenue pour ne pas conquérir sa bouche. En y réfléchissant bien, je me torture autant que je la tourmente.

Ce n'est que lorsque ses lèvres s'écartent sur un grognement de désir que je cède enfin à la tentation. Nos langues se mêlent alors qu'elle s'ouvre sous la pression ferme que j'exerce, et son goût submerge mes sens. Ça a le pouvoir de dissoudre toute la jalousie qui me ronge. Ce n'est que lorsque j'ai repoussé suffisamment la bête qui m'habite pour recouvrer la raison que je m'écarte et presse mon front contre le sien.

— Tu as des projets pour plus tard ?

Elle garde les yeux braqués sur moi.

— Non.

— Maintenant, oui.

Quelque chose en moi se calme à la perspective de l'avoir entièrement pour moi ce soir.

— Je suppose que tu veux qu'on garde tout ça secret ?

Un petit sourire joue aux coins de mes lèvres.

— Sans quoi, ça ne serait pas marrant.

Même si je n'en ai pas envie, je me force à battre en retraite d'un pas afin de nous donner à tous les deux un peu d'espace avant de me diriger vers la porte et de tourner la poignée.

Alors que je sors dans le couloir, mon regard se pose directement sur Juliette. Elle est toujours plaquée contre le mur carrelé. Une expression confuse remplit son regard et ses cheveux sont légèrement décoiffés par mes doigts qui s'enfoncent dans les mèches épaisses.

Ça me plaît.

C'est comme si c'était moi qui l'avais décoiffée.

C'est quelque chose que j'ai envie de faire depuis des années.

La tentation de franchir la distance qui nous sépare pour lui dérober un autre baiser vibre à travers moi. Le désir qui palpite à travers mes veines est presque irrésistible.

Là est le problème : si je repose les mains sur elle, ça ne se terminera pas par une simple caresse de mes lèvres. J'irais beaucoup plus loin.

Et je n'en ai pas envie.

Pas ici.

Pour le moment, il faudra que je me contente de cela.

— Juliette ?

Elle cligne des paupières pour reprendre ses esprits avant de me regarder dans les yeux.

— Ne t'approche pas de Sawyer.

CHAPITRE 23

Juliette

— Joyeux anniversaire, Maman ! J'espère que tu as apprécié la fête.

Elle enroule les bras autour de moi et me fait me rapprocher.

— Oui, mon bébé. Merci beaucoup d'avoir aidé ton père à l'organiser.

Je hausse les épaules avec un sourire.

— C'est lui qui a quasiment tout fait.

— J'apprécie quand même. T'ai-je déjà dit que quand on était à la fac, ton père m'a organisé une fête surprise comme celle-ci ? C'est comme ça que je me suis rendu compte que je tombais amoureuse de lui.

Selon Papa, il avait un crush sur elle depuis un moment, mais elle ne voulait pas entendre parler de lui parce que c'était un tombeur.

Qui aurait imaginé que mon père était un séducteur ?

Ça me fait rire chaque fois.

On dirait un petit chat amoureux quand ma mère est dans les parages.

Mon regard se dirige vers Ryder à contrecœur. Dès que nos regards se croisent, une décharge électrique traverse mes veines et je me force à détourner mon attention de lui. Ce serait tentant de faire semblant que notre relation est plus que physique, mais je ne me suis jamais menti.

Ryder n'a absolument pas envie de se poser ou d'avoir une relation exclusive.

Pourquoi le ferait-il alors que les filles se jettent sur lui partout où il va ?

D'ailleurs, tante Hailey le dévore des yeux depuis qu'il a passé la porte, ce qui est un peu étrange vu qu'elle a quatre ans de plus que moi.

Hailey et Stella sont issues du second mariage de mon grand-père avec Amber. Alors il y a vingt ans de différence entre mon père et Hailey, sa demi-sœur, et vingt-cinq entre Stella et lui. D'ailleurs, Stella et moi avons le même âge au mois près. Nous avons grandi ensemble et avons toujours été proches.

Machinalement, mon regard retourne vers Ryder alors que toutes ces pensées tourbillonnent dans mon cerveau. M'autoriser à avoir des sentiments pour lui serait imbécile.

— Oui, il m'a tout dit, dis-je en reprenant le fil de notre dernière conversation.

Le regard de ma mère se pose sur Papa. L'amour qui émane de ses yeux fait monter une grosse boule d'émotion dans ma gorge, particulièrement lorsqu'il se retourne comme s'il avait pu sentir son regard.

L'amour qu'ils partagent est véritable. Leur mariage ne s'est pas écroulé quand leurs enfants sont partis faire leurs études. Honnêtement, je crois qu'ils sont heureux d'avoir enfin du temps pour eux. Particulièrement à présent que Maman est en rémission.

Quand elle a été diagnostiquée, Papa a pris congé de son travail et est resté à son côté, l'emmenant à la chimiothérapie et demeurant avec elle. Il s'est occupé de tout à la maison pour qu'elle n'ait pas à le faire. Il voulait qu'elle se dédie entièrement à vaincre la maladie qui s'était immiscée dans nos vies pour y faire des ravages. Quand il y avait eu des complications avec l'assurance, il s'en était occupé. Il avait engagé quelqu'un pour venir préparer des repas riches en caroténoïdes.

Il avait effectué toutes les recherches sur les médicaments, les traitements expérimentaux et les thérapies. Quand la radiation lui avait fait perdre ses cheveux, il s'est rasé la tête par solidarité. Et quand ses examens ont finalement été négatifs, Papa nous a tous emmenés aux Bahamas pour fêter la chose.

— Juliette ?

J'écarte ces pensées et me reconcentre sur ma mère.

— Oui, pardon. J'ai perdu le fil pendant une minute. Qu'est-ce que tu as dit ?

Maman incline la tête et me regarde dans les yeux.

— Je me demandais comment s'est passé ton rendez-vous de l'autre semaine. Tu ne m'avais pas dit que tu sortais avec un garçon qui suit le même cours ?

— Oh. Oui... Euh... On a décidé qu'on serait mieux en tant qu'amis.

Son expression se radoucit.

— C'est dommage.

Je hausse les épaules.

— Même si on avait beaucoup de choses en commun, il n'y avait simplement aucune étincelle entre nous.

Quand elle me prend le bras, je pose la tête sur son épaule. Je ne sais vraiment pas ce qu'on aurait fait, les uns comme les autres, si on l'avait perdue. Elle est l'âme de notre famille.

— Ça prend du temps de trouver la personne faite pour toi, mais tu le feras. Tu es une femme géniale avec beaucoup de choses à offrir.

Je pousse un ricanement moqueur.

— Je crois que tu es légèrement biaisée.

Avec une légère torsion de la tête, elle dépose un baiser sur le sommet de mon crâne.

— Absolument pas.

Quelques invités font leurs adieux alors que la foule commence à se dissoudre.

— Ça ne te fait rien si j'y vais ? demandé-je.

— Pas du tout. Tu as quelque chose de passionnant prévu pour ce soir ? demande-t-elle en faisant danser ses sourcils.

Hors de question de lui parler de Ryder.

— Non. Je comptais parler à Carina et voir ce qu'elle fait en ce moment.

Puis je précise :

— Ou alors, tu sais, je vais peut-être étudier.

Elle pousse un soupir.

— Tu travailles trop dur, Jules. Tu dois profiter de ta dernière année d'université.

Mes épaules s'affaissent sous le poids de ses mots. C'est quelque chose sur laquelle je me suis beaucoup attardée dernièrement.

— Crois-moi, j'essaye.

— Ça me fait plaisir.

Quand elle me lâche la main, je dépose un autre baiser sur sa joue.

— On se voit jeudi pour le match.

— C'est parfait. Je t'aime.

— Je t'aime aussi.

Quand je coule un regard à Ryder, il m'adresse un salut du menton imperceptible avant d'adresser ses propres adieux aux deux familles.

Quand je prends mon manteau, Maverick passe un bras autour de mes épaules.

— Tu pars déjà ?

Je regarde ma montre.

— C'était prévu. Il est plus de vingt-et-une heures et la fête touche à sa fin.

— Je pars aussi. Tu veux que je te raccompagne à ton appartement ?

— Non.

Je lui coule un petit regard en coin avant de continuer d'un ton détaché :

— Ryder a dit qu'il allait me déposer, mais merci de me l'avoir proposé.

Il s'immobilise immédiatement.

— Bon, qu'est-ce qu'il se passe ?

Il marque un temps d'arrêt avant de redemander.

— Depuis quand passez-vous autant de temps ensemble ?

— Il doit juste me ramener, Mav. Calme-toi.

La culpabilité me ronge la conscience. Je n'ai jamais menti à ma famille.

Pas même à mon frère.

On a toujours été proches. S'il n'était pas avec Ryder ou en entraînement de hockey, il était avec moi. Puis quand Maman est tombée malade, notre lien n'a fait que se renforcer. Quand tu te retrouves confronté à la mort possible d'un être aimé, tu réalises rapidement que la famille est tout ce que tu as sur cette Terre, et les garder près de soi prend encore plus d'importance qu'avant.

Ses doigts s'enroulent autour de mon biceps jusqu'à ce que je sois forcée de m'arrêter alors qu'il scrute mon regard.

— Tu en es certaine ?

Je me redresse de toute ma taille, ce qui fait quand même quinze centimètres de moins que lui.

— Bien sûr. On est amis.

Dans un sens.

Peut-être.

— Ça ne me plaît pas, dit-il avec un grognement.

— Peu m'importe.

Ma réponse irritée lui fait plisser les yeux.

— C'est un bon ami, probablement le meilleur que je possède, mais il reste un séducteur.

Il marque un temps d'arrêt.

— Tu le comprends, n'est-ce pas ?

Même si un petit morceau de mon cœur s'effrite, je lève le menton et soutiens son regard.

— Qu'est-ce que ça pourrait me faire ? On n'est pas ensemble.

— Bien. Que ça ne change surtout pas !

Son expression s'adoucit alors qu'il baisse la voix.

— Juste, je n'ai pas envie qu'il t'arrive du mal, Jules. C'est tout.

Je me force à sourire dans l'espoir qu'il change de sujet.

— J'apprécie ta sollicitude, mais ce n'est pas nécessaire. Il va juste me ramener.

Il secoue sèchement la tête.

— Si tu le dis.

— Oui.

Je lui dépose un rapide baiser sur la joue avant de m'écarter.

— On se voit bientôt, d'accord ?

— Oui.

Puis je file hors du restaurant avant qu'il ne décide de me suivre. Alors que je me précipite à travers les portes de verre et dans l'air glacial de la nuit, les mises en garde de mon frère tournent importunément dans ma tête. Il ne m'a rien appris de nouveau.

Ryder admet volontiers qu'il est un tombeur et qu'il peut avoir toutes les filles qu'il veut. C'est comme ça depuis le lycée et ce n'est pas près de changer. Particulièrement si tout se déroule comme prévu et qu'il va jouer à Chicago après la fac. Alors il y aura encore plus de femmes qui se jetteront sur lui.

Je repère la voiture noire de Ryder stationnée devant l'entrée, au bord du trottoir. Dès que je me glisse à l'intérieur du véhicule, il démarre, sort du parking et s'engage sur la route.

Quand je reste silencieuse, perdue dans mes pensées, il m'adresse un regard.

— Tout va bien ?

Pas vraiment.

Je n'ai vraiment pas envie de tomber amoureuse de lui. Ça ne serait pas difficile. Je sens déjà que je suis au bord du précipice. J'ai beau connaître Ryder depuis toujours, je découvre qu'il est loin d'être celui que je m'imaginais. J'ai vu une facette différente de sa personnalité. Il s'est confié et en a partagé plus avec moi ces dernières semaines que depuis que je le connais.

— Juliette ?

Je bannis ces pensées à l'arrière de mon cerveau pour y repenser plus tard.

— Oui, ça va.

C'est à cet instant que je me rends compte qu'on ne retourne pas vers le campus, mais que l'on conduit dans la direction opposée, vers le centre-ville. Alors qu'on s'engage dans la rue principale qui traverse le centre de la ville, je parcours rapidement la liste dans mon esprit pour voir ce qui a déjà été éliminé.

C'est un soulagement de pouvoir chasser toutes ces inquiétudes de mon esprit et de me concentrer sur autre chose.

— Je crois que je sais ce qu'on va faire ce soir.

Le sourire qui danse aux coins de ses lèvres descend directement dans mon intimité avant d'exploser à l'impact.

Quand on s'arrête dans le parking de Blue Vibe, un club du coin, je sais que j'ai raison.

Le numéro sept.

Même s'il n'est que vingt-et-une heures trente, le parking est bondé. Ryder se gare sur une place au fond et on laisse nos vestes dans la voiture avant de sortir. L'excitation fait s'accélérer mon pouls. J'ai honte d'admettre que je ne suis jamais allée dans un club. Carina a essayé de m'y traîner plusieurs fois, mais j'ai toujours refusé l'invitation.

Les bras de Ryder s'enroulent autour de ma taille alors qu'il me guide vers le bâtiment en brique rouge de deux étages. Quand on s'approche de la porte, il tend le bras et saisit la poignée avant de me faire entrer. Quelques pas plus tard, sa paume s'installe sur le creux de mon dos et je sens la chaleur de sa main à travers le tissu de ma robe. Il adresse un signe du menton au videur.

— Ça fait un moment que je ne t'ai pas vu, McAdams.

— Je me faisais discret, répond-il avec un sourire. Tu sais comment c'est pendant la saison.

— Certainement, s'esclaffe l'autre mec avant de me dévisager rapidement des pieds à la tête. Amusez-vous bien, là-dedans.

— Promis. On se parle plus tard.

Une fois qu'il me propulse à l'intérieur du club, tout me tombe dessus en même temps. C'est comme un assaut sur les sens. La musique techno résonne contre les murs noirs alors que les stroboscopes fendent l'obscurité. De l'autre côté de la pièce, il y a un long bar avec des banquettes et des tables dispersées dans le périmètre. La piste de danse est de l'autre côté. Comme le parking, cet espace est bondé. Il y a un éventail de gens ; des étudiants jusqu'aux adultes qui frôlent la trentaine. Installé haut en dessus de la foule, un DJ mixe la musique.

Mon regard papillonne dans le décor somptueux, essayant de tout intégrer en même temps.

C'est presque une surprise quand il se penche suffisamment pour murmurer :

— Tu n'es vraiment jamais venue ?

Je détourne mon attention des corps qui se contorsionnent et je secoue la tête.

— Tu veux boire quelque chose ou…

— Non, je veux danser.

Déjà, la musique appelle mon nom et je sens son rythme battre dans mes veines.

Il m'adresse un sourire.

— Alors, guide-moi.

Mes doigts se referment autour de lui alors que je me fraye un chemin à travers la foule de gens qui discutent et flirtent ensemble. Une fois qu'on arrive au dance-floor illuminé sous la cabine du DJ, Ryder nous fait un peu de place. Il referme les mains autour de ma taille et m'attire plus près de lui. Nos regards se croisent et tout disparaît autour de nous. Parfois, quand nous sommes ensemble, il me donne l'impression d'être la seule fille au monde.

La seule dont il a conscience.

Mais ça ne peut pas être vrai.

Particulièrement alors qu'on est entourés de belles femmes vêtues de robes sexy sans bretelles qui couvrent à peine leurs fesses et qui dénudent des kilomètres de jambes fuselées.

Au lieu de jeter des coups d'œil à la ronde, il continue de me regarder dans les yeux comme s'il ne se rendait compte de rien. Ça me provoque exactement les sentiments que j'essaye d'éviter.

La façon dont il me regarde fait palpiter mon sang sous ma peau. Particulièrement lorsqu'il m'attire contre lui et me murmure à l'oreille :

— À quoi penses-tu ?

Je ne suis pas prête à lui révéler la vérité.

— C'est amusant, dis-je avec un sourire forcé.

Ce n'est pas un mensonge. Le temps que j'ai passé avec Ryder a été plaisant. Même lorsque je suis terrifiée, sous le regard d'une foule sur la scène du karaoké, ou bien quand on s'est glissés en douce dans le centre athlétique après la fermeture pour se baigner à poil. Il me fait sortir de ma coquille et me force à faire des choses que je n'aurais normalement jamais envisagées.

— C'est vrai.

Les chansons s'enchaînent jusqu'à ce que je perde conscience du temps qu'on passe sur la piste de danse. Le bruit sourd de la basse vibre à travers mes os puis mes paupières se ferment alors que je lève le visage, laissant les notes et les paroles s'abattre sur moi. Mes mains s'élèvent au-dessus de sa tête. Quand les bras protecteurs de Ryder sont enroulés autour de moi, je me sens en sécurité et protégée.

Tout le poids qui pèse normalement sur mes épaules s'estompe graduellement. Je ne pense pas à mes cours et si je vais être capable ou pas d'obtenir la note maximale durant ce semestre. Je ne pense pas à mes examens ou à mes candidatures en facs de médecine. Je ne m'inquiète pas de la possibilité que Maman fasse une rechute.

Je peux simplement vivre pour le moment et faire semblant que le reste n'existe pas.

Même si ce n'est que pendant une heure.

Quand me suis-je sentie aussi libre pour la dernière fois ?

Aussi vivante ?

C'est encore mieux que la fête à laquelle j'ai assisté il y a deux semaines parce que je suis parfaitement sobre et que Ryder est avec moi. Ses mains me caressent, des omoplates à ma taille, avant de descendre vers la courbe de mes fesses puis de remonter lentement. Elles sont vraiment grandes et puissantes. La chaleur de ses paumes pénètre le tissu de ma robe jusqu'à ce que j'aie l'impression d'être brûlée vive.

Marquée au fer blanc.

C'est le seul mot qui convienne.

Tandis qu'on poursuit notre danse, il me fait tourner dans ses bras jusqu'à ce que mon dos se retrouve plaqué contre son torse musclé. Il resserre sa prise sur moi alors qu'il m'attire assez près de lui pour que je sente la longueur dure de son érection contre le bas de mon dos. Des images de notre nuit à la piscine défilent dans mon esprit comme un film au ralenti. Quand ma tête se fait lourde, je la laisse retomber en arrière pour la caler contre la force solide de sa poitrine alors que ses lèvres se posent près de ma tempe.

Une chaleur explose dans mon intimité puis bat un rythme insistant en parfaite harmonie avec la musique. Ses mains glissent le long de mon torse avant de s'installer sous mes seins. Mes dents s'enfoncent dans ma lèvre inférieure alors que mes paupières s'ouvrent et que je regarde autour de moi, craignant que des gens puissent nous voir. Mais personne ne nous prête la moindre attention.

La chair de ses pouces glisse lentement sur mes courbes plantureuses. Je n'ai jamais aimé les démonstrations publiques d'affection, mais il y a quelque chose de sexy dans le fait qu'il me caresse si ouvertement, avec tous ces corps qui se contorsionnent et se pressent contre nous. Je ne sais pas si c'est le club, la musique ou l'obscurité qui ont fait décroître mes inhibitions alors que toutes ces pensées galopent dans mon esprit. Excitée, j'ai envie de toutes ses caresses.

Ou c'est peut-être simplement Ryder.

Et le fait que je suis secrètement amoureuse de lui depuis que je suis enfant.

— Tu es tellement sexy, gronde-t-il contre mon oreille.

Le truc, c'est que…

Je ne me suis jamais sentie particulièrement sexy. Je n'ai jamais mis l'accent sur cette partie de ma personnalité.

Les sensations torrides qui vibrent dans mes veines me donnent l'impression que je suis sortie de mon petit monde tranquille pour entrer dans celui de quelqu'un d'autre.

Tout ce que je sais est que j'en veux davantage.

Mais seulement avec Ryder.

Cette pensée devrait me terrifier et quelque part dans le lointain, des signaux d'alarme stridents hurlent dans mon esprit. Parce que je ne peux pas me permettre de tomber pour lui. J'ai besoin de profiter de tout ceci pour ce que c'est.

Une distraction.

Un exercice pour élargir mon horizon.

Alors que je bouge contre lui, sa queue se durcit. Ses mains remontent lentement jusqu'à ce qu'il saisisse mes seins, me collant contre son corps musclé alors que ses doigts jouent avec mes mamelons à travers ma robe.

La profonde vibration de son grognement résonne dans sa poitrine avant de se répercuter dans mon corps et de s'installer dans mon clitoris. C'est presque un choc de se rendre compte qu'il n'en faudrait guère plus pour me faire jouir.

Même devant tous ces gens.

Il enfonce le visage dans mes cheveux.

— Tu ne sais pas à quel point j'ai envie de toi en ce moment.

Je tourne la tête jusqu'à ce que sa bouche puisse s'abattre sur la mienne. Un coup de langue sur la commissure de mes lèvres suffit à me faire les ouvrir. Puis il s'introduit à l'intérieur, me ravageant, faisant partir mes sens en vrille.

Juste quand je suis sur le point d'entrer en combustion, il s'écarte suffisamment pour scruter mon regard. Il me retourne pour mon torse soit à nouveau pressé contre sa poitrine. Puis il referme les doigts autour des miens et m'entraîne à travers la foule qui tourbillonne. On prend un tournant et on se retrouve dans un long couloir sombre. On croise un groupe de femmes qui semblent avoir vingt-cinq ans, avec des talons vertigineux et des robes courtes à paillettes. Leurs regards intéressés glissent sur Ryder alors qu'il les dépasse d'un pas vif, me traînant derrière lui.

— Tu as de la chance, soupire l'une d'elles.

Une autre a l'air d'accord.

Puis on se précipite par une issue de secours et on sort dans une allée déserte. La fraîcheur de la brise frappe mes joues brûlantes, les rafraîchissant instantanément. Je n'ai pas avalé la moindre goutte d'alcool, mais je me sens étrangement saoule.

Euphorique.

Ryder me fait tourner et me plaque contre le bâtiment. Sentir les briques râpeuses contre mon dos ne suffit pas à atténuer la chaleur qui continue de faire rage à l'intérieur.

Quand sa bouche s'abat sur la mienne, nos langues se mêlent. Il n'y a absolument rien de doux dans ce baiser. Il se colle davantage et son érection puissante s'enfonce dans mon ventre. Ma main se glisse entre nous, se refermant autour de lui à travers son pantalon et le pressant fort.

Il se retire juste assez pour pouvoir expirer rapidement.

Il y a tant de chaleur combustible qui remplit dans son regard !

Du désir.

Pour moi.

Pour mes caresses.

C'est une sensation enivrante et puissante.

Je ne l'avais encore jamais ressentie.

Ryder ne s'en rend peut-être pas compte, mais on coche tant d'autres choses qui n'ont jamais été incluses dans la liste. Des choses qui n'ont jamais vécu que dans mes fantasmes.

Mes paumes se posent sur les muscles de sa poitrine avant de le repousser doucement. Un pli s'empare de son front alors qu'il bat en retraite. Je le contourne. Il se tourne et me suit avec un regard fixe. Puis je m'impose dans son espace personnel et le plaque contre le mur de brique, l'emprisonnant de mon mieux vu notre différence de taille.

On continue de se regarder dans les yeux puis je me mets sur la pointe des pieds et plaque mes lèvres sur les siennes. Mon baiser est plus doux que le précédent, mais il m'excite tout autant. Ses mains se posent sur ma taille, s'y attardant sans jamais mordre dans ma chair.

Quand il s'ouvre, j'aspire sa langue dans ma bouche et en suce la douceur veloutée jusqu'à ce qu'un grondement vrombisse dans les profondeurs de sa poitrine. Une fois qu'il le libère, je me mordille la lèvre inférieure avant de déposer un long baiser sur les deux coins de sa bouche. Je glisse plus bas jusqu'à sa mâchoire ciselée assombrie d'un soupçon de barbe.

Mes dents frôlent la saillie marquée de son menton avant de descendre le long de l'épaisse colonne de sa gorge. Un grognement lui échappe quand il la dénude de bonne grâce et que je lèche sa chair masculine. Dès que j'y plaque les lèvres, le parfum de son after-shave taquine mes sens. Mes mains glissent le long de sa poitrine sculptée. Les muscles qui se trouvent sous sa chemise sont durs et ciselés. Il ressemble plus à du granite qu'à de la chair et des os.

Quand mes doigts se posent sur le bouton de son pantalon, il s'immobilise. Je le regarde brièvement dans les yeux, me demandant s'il va m'arrêter. Quand il ne le fait pas, je le déboutonne.

— Qu'est-ce que tu fais ? demande-t-il d'un ton râpeux qui réveille quelque chose au plus profond de mon ventre.

Je scrute l'allée obscure, ayant besoin de confirmer que nous sommes toujours seuls. Depuis les profondeurs du bâtiment, le son faible de la musique vibre à travers la brique alors que mes doigts se glissent à l'intérieur de son pantalon et de son caleçon, venant se refermer autour de son érection épaisse. Il est dur comme l'acier et la chaleur qui émane de sa peau lisse manque de me brûler.

J'inspire rapidement pour me calmer avant de tomber à genoux et de lever les yeux vers lui. Je sens à peine le béton. Je suis trop concentrée sur ce moment qui se déroule entre nous et le battement erratique de mon cœur.

Je ne l'ai encore jamais fait.

Bon, d'accord, ce n'est pas tout à fait vrai. J'ai déjà sucé quelques-uns des garçons avec lesquels je suis sortie, mais jamais dehors, là où quelqu'un pourrait nous surprendre. Le savoir ne fait qu'accroître l'excitation qui caracole dans mes veines.

— Qu'est-ce que j'ai l'air de faire ?
— Putain !

Il allonge la dernière syllabe de son murmure tout en écarquillant les yeux.

Mes lèvres tremblent.

— Dans un sens.

Il grogne quand j'abaisse sa fermeture éclair. Le grincement du métal est le seul son dont j'ai conscience. Quand je réalise qu'il ne va pas m'arrêter, mon attention se braque sur sa verge épaisse qui lutte pour se libérer.

Ses doigts glissent doucement à travers mes cheveux et il me fait lever la tête pour que je sois forcée de croiser son regard.

— Tu n'es pas forcée de le faire.

— J'en ai envie.

C'est étrange de réaliser que je dis la vérité. J'ai envie de le faire. J'ai envie de donner ce plaisir à Ryder. Comment pourrais-je m'en abstenir alors qu'il m'a déjà donné tant de choses ? Je ne sais pas quand tout ceci se terminera et je ne suis pas certaine qu'un autre serait capable de me faire ressentir ce genre de sentiments. Ça me semble impossible et j'ai envie de profiter de tout avant que la situation entre nous redevienne normale.

Dès que cette idée me vient à l'esprit, je l'écarte, réticente à m'attarder sur la durée de cette relation. Je veux simplement vivre pour le moment et en aspirer la moindre goutte.

Mes doigts agrippent l'élastique de son caleçon puis je le fais descendre jusqu'à ce que sa verge puisse se libérer. Son odeur masculine envahit mes sens alors que je plaque mes lèvres sur le gland en forme de champignon. Sa chair dure est chaude au toucher. Un grognement vibre au plus profond de sa poitrine quand je lèche son gland avant de l'attirer entre mes lèvres. Au même moment, ses doigts se referment sur mes cheveux. Ce geste n'est pas punitif. Il applique juste assez de pression pour que je comprenne qu'il me tient fermement en place et apprécie ce que je fais.

Je n'ai pas besoin d'autres d'encouragements pour l'aspirer plus profondément. Je lève les yeux, croisant son regard alors que mes mains glissent à l'arrière de ses cuisses musclées pour le faire s'approcher.

— Tu ne sais pas comme tu es super chaude à genoux ! Quand tu me regardes comme si j'étais tout pour toi...

Sa voix profonde meurt alors qu'un son guttural sort de ses lèvres et remplit l'air glacial de la nuit.

À l'heure actuelle, c'est cent pour cent vrai.

Ryder *est* mon tout.

Il n'y a que lui.

Et moi.

Rien d'autre.

Aucune des contraintes habituelles qui nous gardent prisonniers des rôles qu'on a toujours joués. Particulièrement l'un envers l'autre.

Lui, le hockeyeur torride et talentueux que tout le monde désire.

Moi, le rat de bibliothèque studieux qui préfère passer ses week-ends terré dans son appartement.

Il y a une petite partie enterrée au plus profond de moi qui se demande secrètement si Ryder a toujours été mon tout.

Sa verge devient tellement dure alors que je l'attire au plus profond de ma bouche jusqu'à ce que je le sente au fond de ma gorge. Je n'ai jamais sucé quelqu'un comme ça.

Je n'en ai jamais eu envie.

Par le passé, c'était plus une corvée. Quelque chose que je faisais pour faire plaisir à la personne avec qui j'étais. Ça ne m'a jamais plu ou excitée. Cette expérience est tout le contraire. J'ai l'impression que mon clitoris bat au rythme régulier de la musique.

J'écarte la main de l'arrière de sa cuisse pour lui saisir les bourses à travers son boxer. Je suis récompensée par un sifflement puissant.

— Continue comme ça et tu vas me faire jouir.

C'est effectivement mon objectif.

Il tente doucement de m'écarter.

— Juliette…

Sa voix est torturée.

Ma bouche se fait vorace et je l'aspire plus profondément jusqu'à ce que j'aie l'impression qu'il est à moitié dans ma gorge. Des larmes brûlent mes yeux que je garde braqués sur lui, voulant voir le moindre soupçon de plaisir qui passe sur son visage.

— Putain, bébé… C'est vraiment génial !

Avec un grognement, ses muscles se contractent alors qu'il se cambre. Ses hanches continuent d'aller et venir alors que ses doigts se referment sur les côtés de ma tête. Alors seulement, je ressens l'explosion chaude de son plaisir. La béatitude s'empare de son expression alors que ses paupières se ferment et que sa tête bascule en arrière, exposant les muscles puissants de sa gorge.

Ai-je déjà vu quelque chose d'aussi sexy que Ryder qui perd le contrôle ?

Le fait que c'est moi qui l'ai fait jouir ne fait qu'accroître ma propre excitation.

C'est une sensation enivrante.

Être à genoux est ce qui l'a mis dans cet état.

Une fois qu'il se ramollit dans ma bouche, je le libère et dépose un léger baiser sur son gland. Son regard croise le mien alors qu'il rajuste prudemment son pantalon. Puis il me tend les mains et me soulève dans ses bras jusqu'à ce que ses lèvres s'abattent sur les miennes. Sa langue envahit ma bouche, se mêlant à la mienne tandis que mes bras s'enroulent autour de son cou.

Il s'écarte suffisamment pour grogner :

— J'adore me sentir sur tes lèvres.

Ça me plaît aussi.

Plus que je l'aurais cru possible.

— Sortons d'ici, dit-il.

Sans attendre de répondre, il me soulève dans ses bras et me porte jusqu'à sa voiture. Je pose la tête contre sa poitrine, consciente qu'en ce moment, il n'y a aucun autre endroit où je préférerais être.

CHAPITRE 24

Ryder

Elle continue de me tenir la main alors que je la reconduis chez elle. J'ai beau désirer l'avoir dans mon lit, ce n'est pas possible. Pas si Maverick est là.

Je coule un regard à Juliette. Nos baisers lui ont fait gonfler les lèvres ainsi que lorsqu'elle m'a sucé dans l'allée.

Merde.

On m'a souvent fait des pipes au fil des années, mais aucune ne m'avait jamais fait cet effet-là. J'ai joui en quelques minutes. Évoquer Juliette agenouillée devant moi alors que ma verge disparaît entre ses lèvres suffit à raviver mon désir.

Je n'en ai jamais assez d'elle.

J'ai beau avoir envie d'attendre pour coucher, je ne peux plus !

J'ai besoin d'être à l'intérieur de sa chaleur étroite.

J'ai envie de la sentir palpiter autour de moi.

Le temps qu'on se gare dans le parking de son immeuble et qu'on descende de la voiture, on est tous les deux à cran et on vibre d'un désir contenu. Je glisse le bras autour de sa taille et l'attire plus près de moi alors qu'on se dirige vers l'entrée. D'une main tremblante, elle compose le code et ouvre la porte. Une fois dans le vestibule, elle appuie sur le bouton de l'ascenseur et trente secondes plus tard, les portes coulissent et on entre dans la cabine.

Incapable de me contenir une seconde supplémentaire, je l'attire fermement dans mes bras et plaque son dos contre la paroi alors que les portes se referment, nous enfermant à l'intérieur le temps de monter au deuxième étage. Ma bouche s'empare de la sienne. Sentir qu'elle a toujours mon goût ne fait qu'accroître l'excitation qui court follement dans mes veines. Elle m'a sucé il y a moins de vingt minutes et je suis déjà dur comme de l'acier. La perspective de m'enfoncer au plus profond d'elle me donne envie d'exploser.

Je ne me souviens pas de la dernière fois où j'ai été aussi excité. Ça ne devrait pas être surprenant que Juliette soit la seule fille capable de nouer mon ventre en une série de petits nœuds douloureux. Ça a toujours été comme ça. Que j'accepte de l'admettre ou pas.

Elle a été mon talon d'Achille, aussi loin que remontent mes souvenirs.

Quand j'insère ma cuisse entre ses jambes, un gémissement lui échappe.

— C'est bon, bébé ?

— Oui.

Je me presse contre elle jusqu'à ce qu'elle chevauche pratiquement ma jambe. Un geignement qui a l'air d'émerger des profondeurs s'échappe de ses lèvres entrouvertes.

Le temps que la clochette de l'ascenseur tinte, annonçant notre arrivée au troisième étage, et que les portes s'ouvrent, j'ai une érection de tous les diables. Mes doigts se referment autour de son poignet et je l'entraîne hors de la cabine jusque dans le couloir. Elle titube sur ses chaussures à talons en essayant de rester à ma hauteur.

Je tends la main quand on arrive devant son appartement.

— Ta clé.

Une fois qu'elle la laisse tomber dans ma paume, j'enfonce la clé en métal dans la serrure et tourne la poignée avant d'ouvrir la porte à la volée. L'intérieur est plongé dans l'obscurité. Heureusement pour nous, Carina passe apparemment la soirée ailleurs. Je l'entraîne dans sa chambre et nous enferme dedans. Je n'ai pas plus tôt fini qu'elle fait volte-face et croise mon regard avec des yeux voilés. Ses joues sont rouges et mes doigts qui ont couru dans sa crinière l'ont décoiffée.

L'ai-je déjà vue aussi belle ?

J'ai passé des années à vouloir l'ébouriffer. L'avoir enfin fait me fait palpiter de satisfaction. Au lieu de me ruer en avant et de la prendre comme mes instincts me crient de le faire, je me force à m'appuyer contre la porte et à la boire du regard. J'ai envie d'entreposer ce moment dans un coin de mon esprit pour l'éternité.

— Tu en as envie, n'est-ce pas ? demandé-je, ayant besoin de reconfirmer qu'aller plus loin est une décision mutuelle.

La délicate colonne de sa gorge remue alors qu'elle déglutit et hoche la tête.

— Oui.

Le soulagement m'envahit. Qu'aurais-je fait si elle avait dit non ? Qu'elle n'avait pas envie ? Qu'elle n'avait pas envie de moi ?

Je serais probablement tombé à genoux et l'aurais implorée de changer d'avis.

Dieu merci, ce n'est pas nécessaire.

Mes muscles se contractent alors que je m'écarte de la porte et franchis la distance qui nous sépare jusqu'à ce que je ne sois plus qu'à un pas d'elle. Un léger tremblement s'empare de son corps quand je tends le bras pour caresser le côté de son visage. Elle a une ossature fragile.

Délicate.

Combien de fois au fil des années ai-je eu envie de faire précisément cela, mais en me déniant cette envie parce que je n'avais pas le droit de la toucher ?

Trop pour les compter.

— Tu es si belle !

Ses yeux s'adoucissent alors qu'elle plaque sa joue dans ma paume calleuse.

— Non.

— Si, tu l'es.

Ma voix s'approfondit. Je n'arrive pas à croire qu'elle ne réalise pas à quel point elle est magnifique.

— Te regarder suffit à me couper le souffle.

Je m'approche jusqu'à ce que mes lèvres frôlent les siennes. Contrairement à ceux dans l'allée ou l'ascenseur, ce baiser est tendre. J'ai envie qu'elle comprenne que ce n'est pas la passion qui motive mes compliments, mais la vérité.

Dès que ma bouche glisse sur la sienne, elle s'ouvre. Nos langues se mêlent alors que mes mains retroussent sa robe, la remontant sur son torse et sa poitrine. On se sépare le temps de la faire passer au-dessus de sa tête avant de la laisser tomber à terre.

Mon regard glisse avec avidité le long de son corps.

Elle porte un autre ensemble de lingerie assorti.

Celui-ci est rose à petits pois blancs.

Je ne sais pas comment ma queue est capable d'être plus dure, mais c'est exactement ce qui arrive. Cette fille ne sait pas à quel point elle est sexy. Tout ce que je veux c'est la vénérer avec mes lèvres, ma langue et mes mains jusqu'à ce qu'elle comprenne à quel point elle m'affecte.

À quel point elle m'a toujours affecté !

— Tu es magnifique, grogné-je avant de conquérir à nouveau sa bouche.

Au lieu de passer les bras autour de mon cou et de se coller contre moi, elle déboutonne mon pantalon pour la deuxième fois de la soirée avant d'abaisser la fermeture éclair et de sortir les pans de ma chemise.

— Je veux que tu te déshabilles, murmure-t-elle contre ma bouche.

Je me déboutonne rapidement avant de retirer à la hâte la chemise en coton puis le tee-shirt blanc en dessous. J'abaisse mon pantalon sur mes jambes avant d'en sortir. Il ne me reste que mon boxer. J'avance la main et je lui attrape les doigts pour la tirer vers moi. J'ai envie de sentir la chaleur de son corps collé contre le mien.

Une fois qu'elle est dans mes bras, je la pousse en arrière jusqu'à ce que la chair délicate derrière ses genoux vienne frapper le matelas et qu'elle y tombe avec un petit rebond. Alors qu'elle se redresse et s'installe au milieu du lit, je ne peux m'empêcher de contempler le joli spectacle qu'elle offre.

Je ne mentais pas en disant qu'elle est magnifique.

Elle l'est absolument.

Plus que je l'avais imaginé.

Même si ce n'est pas la première fois que je vois Juliette nue, ce spectacle me fait tomber à la renverse. La souplesse de ses cuisses, le doux évasement de ses hanches, la douceur de son ventre, la rondeur de ses seins moulée par le tissu soyeux et la courbe de ses épaules…

Sans parler de la chevelure sombre qui cascade autour d'elle.

C'est un rêve érotique devenu réalité.

Incapable de résister une minute de plus, je grimpe sur le lit et l'emprisonne sous mon corps immense avant de m'installer sur elle, ma verge lovée entre la douceur satinée de ses cuisses. J'ai envie d'arracher mon boxer et d'écarter sa culotte afin de pouvoir m'enfoncer profondément dans sa douce chaleur. C'est la seule pensée qui palpite dans ma tête.

Je n'ai jamais autant désiré qui que ce soit.

Ça semble presque fou ! Juliette fait partie de ma vie depuis toujours, mais je n'aurais jamais imaginé que ceci puisse se produire entre nous.

Si je l'avais fantasmé ?

Oui.

Bien entendu.

Mais elle avait toujours semblé hors de ma portée.

Trop intelligente et efficace pour un mec qui veut juste jouer au hockey.

Je conquis sa bouche, léchant et mordillant ses lèvres avant de glisser le long de la courbe de sa mâchoire et de plonger vers sa gorge dénudée jusqu'à ce que j'atteigne sa clavicule.

Je m'écarte le temps de grogner :

— J'adore ce soutien-gorge, mais il doit disparaître.

Elle affiche une esquisse de sourire puis cambre les reins alors que je glisse les mains autour de son dos et que je défais le fermoir. Quand il s'ouvre brusquement, je retire cet accessoire sexy pour que mon regard puisse caresser sa poitrine.

Elle a des seins plus que parfaits.

Et ses mamelons…

Ils sont roses et durs.

Ça fait réagir ma verge.

J'ai envie de marquer cette fille.

Cette pensée est assez déconcertante pour me faire réfléchir.

Ce n'est pas un accord sur le long terme. L'un comme l'autre, nous nous sommes engagés en connaissant parfaitement la situation. Je l'aide à cocher les éléments d'une liste. Et ça me permet de poser les mains sur elle, ce que j'ai envie de faire depuis des années.

C'est gagnant-gagnant pour tous les deux.

Je recentre mon attention sur Juliette avant que ces pensées ne gâchent le moment en me faisant tout remettre en question. Je n'ai jamais voulu de relation sérieuse. Je n'ai pas besoin de m'encombrer de quelqu'un à ce moment de ma vie, que quelqu'un ait des exigences sur mon temps.

Ma langue taquine un mamelon durci que j'attire à l'intérieur de ma bouche pour le sucer. Elle cambre le dos sur le matelas et ses doigts se referment sur les côtés de ma tête afin de me maintenir en place.

Comme si c'était nécessaire !

Des chevaux sauvages n'auraient pas pu m'écarter d'elle.

Ce n'est que lorsqu'elle se contorsionne sous moi que je libère son mamelon avec un petit bruit et que je centre mon attention sur l'autre côté avant de remonter le long de son corps. Quand je parviens à l'élastique de sa culotte, mes doigts s'enfoncent sous le tissu soyeux et le font descendre suffisamment pour pouvoir déposer un baiser au sommet de sa vulve.

Je lève les yeux et vois qu'elle me regarde en plissant les paupières.

— Ça aussi, ça doit disparaître.

— Absolument.

J'ai envie de la lui arracher avec les dents. Au lieu de cela, mes doigts s'enroulent autour du tissu délicat que je fais descendre le long de ses jambes puis que je jette par-dessus mon épaule.

Elle se retrouve glorieusement nue.

Un grognement d'appréciation remonte en vibrant des profondeurs de ma poitrine alors que je cale mes épaules entre ses cuisses, les écartant afin de contempler sa douceur toute moite. Même dans la pénombre de la pièce, mon regard se délecte de chaque centimètre de sa peau rose. L'odeur de son excitation est enivrante.

Je ne pourrais pas être plus excité que je le suis.

Je frotte le bout de mon nez sur son intimité avant de l'enfoncer entre ses cuisses et d'inspirer. Elle sent tellement bon.

Assez pour se faire croquer. Ce qui est exactement ce que je vais faire ce soir.

J'ai l'intention d'en faire mon repas.

Ma langue s'enfonce dans sa chaleur moite avant de lécher sa fente du plat de la langue. J'effectue cette petite manœuvre une demi-douzaine de fois jusqu'à ce qu'elle se contorsionne sous moi, puis je lui mordille le clitoris. Ses gémissements remplissent le silence de la pièce alors que je continue de me délecter.

Elle est si réactive !

— J'ai juste envie de te lécher toute la nuit jusqu'à ce que tu cries mon nom, marmonné-je contre sa moiteur.

— Je t'en prie, gémit-elle. Je t'en prie, ne t'arrête pas.

Je ne sais pas si je pourrais m'arrêter un jour. C'est impossible d'imaginer un jour où je serais complètement rassasié.

Elle est à deux doigts de se briser en mille morceaux.

J'aime sentir ses doigts glisser à travers mes cheveux, me maintenant en place alors que je la mordille et la lèche. Elle est vraiment parfaite. Sa manière de bouger les hanches, écartant en grand les cuisses, alors qu'elle tente de me garder contre elle...

Ses muscles se contractent très fort avant qu'elle ne crie mon nom.

Il n'y a pas meilleur son au monde.

Ses hanches ondulent tandis que je la plaque fermement contre le lit.

Ce n'est que lorsqu'elle se fond dans le matelas que je dépose un dernier baiser sur son sexe enflé avant de me redresser. Je lève ma main et essuie ma bouche avec mon pouce et mon index. Il y a une expression confuse dans ses yeux quand un sourire de contentement s'empare de ses lèvres.

Ma verge est tellement dure qu'elle palpite avec une sensibilité douloureuse.

— Tu en es certaine ? lui redemandé-je, refusant de la forcer à faire quoi que ce soit avant qu'elle ne soit prête.

— Je suis certaine, Ryder. J'ai envie de toi et j'ai envie de ça.

Je pousse un lent soupir, soulagé qu'elle ressente la même chose que moi.

Je ramasse mon pantalon tombé à terre et cherche mon portefeuille dans ma poche pour en tirer une capote dont je déchire l'emballage. Je glisse le latex sur ma verge d'un mouvement rapide. Les capotes ne sont peut-être pas sexy, mais risquer une MST ou une grossesse non désirée l'est encore moins.

Je n'ai jamais couché avec une fille sans protection.

Est-ce que parfois, dans le feu de l'action, j'ai voulu l'oublier ?

Absolument.

Mais je ne l'ai jamais fait.

Une fois que je suis protégé, je me retourne vers le lit et croise les yeux sombres de Juliette. M'y plonger est comme de dégringoler dans un trou sans fond dont je ne sortirai jamais.

Je m'arrête et la regarde pendant une fraction de seconde. Juste assez longtemps pour graver cet instant dans mes souvenirs.

Sa beauté est comme un coup de poing.

Chaque pensée qui tourbillonne dans mon esprit s'échappe par mes oreilles alors qu'elle écarte grand les jambes. Ses mains se déplacent vers ses seins et elle pétrit la chair douce avant de pincer les petits mamelons durcis.

Hmm...

J'ai failli jouir.

C'est vraiment torride !

Je rejoins rapidement le lit et m'installe sur elle. Ne souhaitant pas l'écraser sous mon poids, je me cale sur les coudes tandis que mon gland frôle son sexe humide. En même temps, je dépose un baiser sur ses lèvres.

— Je n'ai jamais rien désiré autant que toi, avoué-je avant de pouvoir me retenir.

Ses yeux scrutent attentivement les miens comme si elle y cherchait la vérité.

— Je ressens la même chose, murmure-t-elle, faisant écho à ce sentiment.

Mon regard reste braqué sur le sien alors que je m'enfonce lentement en elle. J'ai beau avoir envie de donner un coup de reins et de m'enfoncer jusqu'à la garde d'un mouvement preste, je ne le fais pas.

Je ne peux pas.

Je dois prendre le temps. C'est son plaisir qui prend le pas sur le mien. J'ai envie de lui faire voir des étoiles et de la dégoûter de tous les autres hommes. Je ne m'étais encore jamais préoccupé de ce genre de choses. Chaque fille avec qui j'ai couché a quitté mon lit satisfaite, mais c'est avant tout mon propre plaisir que je cherchais.

Ces filles étaient là pour moi.

Pour combler mes besoins et soulager mon stress.

La situation présente ne saurait être plus différente.

Une vague d'extase s'abat sur moi alors que je continue de m'enfoncer à l'intérieur de son corps étroit. Mon regard reste braqué sur le sien durant tout le processus. Je ne pourrais pas détourner les yeux même si je l'avais voulu.

Quand elle se mordille la lèvre inférieure, je demande :

— Je te fais mal ?

Même après la pipe de tout à l'heure, je suis toujours à bout de nerfs. Il m'en faudrait très peu pour que je crache la purée, mais je refuse catégoriquement. J'ai besoin de faire durer l'acte pour le rendre aussi agréable que possible pour elle.

— Non. C'est incroyable.

Je souffle longuement, essayant de maintenir le contrôle de mes instincts les plus charnels alors que j'ai juste envie de la besogner jusqu'à l'oubli.

— Ça me fait plaisir.

D'un coup de reins, je m'enfonce en elle jusqu'à la garde. Pendant juste un moment, je serre fort les paupières et profite de la sensation de sa chaleur qui enveloppe ma verge, aspirant son énergie vitale.

Elle est tellement étroite et chaude.

Et douce.

Tellement douce !

Si je me concentre trop dessus, je vais jouir.

Je serre les dents et me force à ouvrir les yeux. Ce n'est que lorsque je reprends fermement le contrôle que je me retire avant de me glisser à nouveau en elle. Une flambée de plaisir court dans mes veines quand je la pénètre pour la seconde fois.

Lorsque je recommence, elle lève le pelvis pour aller à ma rencontre. Il ne faut guère de temps pour qu'on adopte un rythme régulier. Une autre vague de plaisir monte en vrille dans mon corps alors que je ne cesse d'accélérer l'allure.

Une excitation lui voile le regard quand elle écarte les jambes avant de les enrouler autour de ma taille et m'emprisonner contre elle. Je ne pensais pas qu'il soit possible de m'enfoncer plus profondément.

J'avais tort.

Dès que je touche le fond, mes bourses remontent contre mon corps et je me rends compte que je suis à deux doigts de perdre le contrôle. Un coup de reins et je me désagrège en un million de morceaux. Mon regard reste accroché au sien alors que je prends sa bouche. Un grognement gronde dans ma poitrine alors qu'elle se contracte autour de ma verge, l'aspirant alors que j'enfonce la langue dans sa bouche et imite les mouvements de mon sexe.

J'ai l'impression que ma jouissance dure éternellement. L'entendre s'abandonner au plaisir est une douce musique à mes oreilles. Mes hanches continuent d'aller et venir tandis que je me ramollis. Sur un dernier souffle, mon corps se détend et je dépose un ultime baiser sur ses lèvres avant de plaquer mon front contre le sien. Notre respiration est le seul son audible qu'on entend dans le silence de la pièce.

Je m'écarte juste assez pour scruter ses yeux.

Ça me tuerait si je décelais des éclairs de regret dans leurs profondeurs.

Au lieu de cela, un léger sourire s'empare de ses traits.

— Je crois que je peux cocher le numéro six.

Le soulagement m'envahit. Avant cet instant, je n'avais pas réalisé à quel point j'étais tendu.

— Et le numéro sept. Ce soir, c'était deux pour le prix d'un.

Même si je n'ai pas envie de quitter la chaleur de son corps, je me retire et roule sur le côté du lit avant de m'emparer de plusieurs mouchoirs et d'ôter la capote. J'y fais un nœud et l'enveloppe avant de jeter le préservatif usé dans la petite poubelle près du bureau. Puis je viens la rejoindre, me glisse sous les draps et la prends dans mes bras, calant sa tête contre ma poitrine.

Malgré mon esprit embrumé, je n'en reviens pas que ce soit aussi parfait.

Qu'être enfoui au plus profond de son corps a été aussi bon.

Ou l'étreindre contre moi après le sexe.

Normalement, après avoir juté, j'ai juste envie de monter un plan pour m'échapper avant que la fille ne puisse mentionner le fait de se revoir. Je ne veux absolument pas me faire coincer dans une quasi-relation. C'est une des raisons pour lesquelles je ne couche avec une fille qu'une fois ou deux avant de passer à la suivante.

Mais avec Juliette ?

Ce n'est pas ce que je ressens.

D'ailleurs, l'envie de l'accaparer est la seule qui vibre en moi en cet instant. Cette question est sur le bord de ma langue ; l'envie de rendre cette situation plus permanente. Je n'ai même pas envie qu'elle regarde d'autres garçons. Le seul adjectif que j'ai pour décrire ça est *effrayant*.

Une bulle d'anxiété explose dans mon ventre à l'idée de placer plus d'attentes et de responsabilités sur mes épaules.

La fac et le hockey ne suffisent pas ?

Comment supporterais-je d'y ajouter autre chose ?

Ma gêne monte en spirale et tout commence à me paraître... *trop*.

L'avalanche de confusion qui m'enterre vivant me pousse à dire :

— Il est tard. Je devrais probablement y aller.

Pendant une seconde, elle se raidit avant de s'écarter. Dès que sa chaleur disparaît, une puissante sensation de manque m'envahit. Je suis profondément tenté de la reprendre dans mes bras, mais je ne le fais pas. Je me force à quitter le lit et à rassembler mes vêtements éparpillés avant de me rhabiller. Pourtant, pendant tout le processus, le regret me ronge le ventre.

Une fois que j'ai remis mes chaussures, je me retourne à contrecœur vers le lit.

Je ne sais pas quoi dire ni comment me sortir de cette situation.

Je passe brusquement la main dans mes cheveux.

— On se revoit bientôt ?

— Bien sûr.

Un silence passe.

— Merci pour ce soir.

— Oui, c'était super.

Cet adjectif est loin de pouvoir décrire ce que cette soirée a signifié pour moi.

On coche peut-être plein de premières fois pour elle, ceci en était une pour moi. La connexion que j'ai ressentie alors que j'étais plongé à l'intérieur de son corps est une chose dont je n'avais encore jamais fait l'expérience. Et je n'avais jamais non plus fait passer le plaisir de quelqu'un d'autre avant le mien.

J'ai terriblement envie de rajouter quelque chose.

Quelque chose qui va changer la trajectoire de ce soir.

— Prends soin de toi.

Quand elle me répond par un sourire pincé, je me glisse doucement hors de la pièce.

CHAPITRE 25

Juliette

J'ENTRE DANS le stade et découvre que l'endroit grouille déjà de fans. C'est une mer orange et noire. Les Western Wildcats ont de très nombreux fans, non seulement sur le campus, mais également en ville. Quand il y a un match, les gens se déplacent en masse pour soutenir l'équipe locale. De nombreuses filles portent des maillots au nom de McAdams. Un désir reprend vie dans ma poitrine et je lève machinalement la main pour frotter la zone comme si ça allait suffire à faire disparaître la douleur.

Peine perdue.

Ça fait cinq jours qu'on a couchés ensemble.

C'était de loin la meilleure expérience sexuelle de ma vie.

Sans grande surprise…

M'en attendais-je à moins de la part de Ryder ?

Non.

Je m'attendais précisément à ce qu'il m'ignore après coup.

Ai-je pris contact pour voir ce qu'il se passe ?

Certainement pas. D'ailleurs, j'ai eu la tentation de ne pas venir voir le match. Je n'ai vraiment pas envie de rester assise sur les gradins avec les autres groupies et le regarder évoluer sur la glace pendant les trois prochaines heures.

Pouvez-vous imaginer quelque chose de plus tortueux ?

Moi non plus.

Sauf que…

Comment aurais-je pu ne pas venir soutenir mon frère ?

Carina passe son bras dans le mien alors qu'on traverse la salle vers la section où sont installés tous nos parents.

— Tu es certaine que tu ne veux pas t'asseoir dans la section des étudiants ?

Je secoue la tête.

— Tu plaisantes ? C'est trop le bordel, avec tous ces cris.

— Je sais, dit-elle avec un grand sourire. C'est pour ça que c'est aussi amusant.

Un sourire involontaire joue au coin de mes lèvres et je la serre contre moi.

— Je suis contente que tu sois venue avec moi ce soir. Je suis certaine que Ford sera ravi de te voir.

Elle lève les yeux au ciel. Ce commentaire suffit à faire disparaître son sourire de son visage.

— Il me fait vraiment chier.

— Oh, arrête ! Il appréciera ton soutien.

— Arrête un peu. Il en reçoit suffisamment de la part de ces groupies qui suivent le moindre de ses mouvements. Tu as vu la groupie, à l'autre match, qui portait son maillot et a montré ses seins ?

Elle plissa son petit nez retroussé.

— Fais preuve d'un peu d'amour-propre, bordel !

J'arque un sourcil.

— Et tu as vraiment envie d'aller t'asseoir dans la section des étudiants avec elles ?

Les fans féminines des Wildcats sont enragées et elles feraient n'importe quoi pour attirer l'attention d'un joueur. Comme montrer leurs seins pendant le match.

— Hmm...

Son expression se fait pensive alors qu'elle retourne le commentaire dans sa tête.

— J'ai du mal à l'admettre, mais tu as raison.

Merci.

Une fois qu'on entre dans la patinoire, je parcours les gradins du regard à la recherche de mes parents. Maman et Papa se sont installés vers la ligne rouge centrale pour qu'on puisse regarder l'action des deux côtés de la glace. Dès qu'elle nous voit, Maman se redresse et nous fait signe. Stella et mon grand-père sont assis à côté d'elle.

Je suis certaine que Stella est ici pour soutenir Maverick, mais aussi son meilleur ami, Riggs.

Je rends son salut à ma mère avant de prendre la main de Carina pour l'entraîner plus haut sur les gradins. Je dis bonjour à plusieurs autres familles que j'ai appris à connaître au fil des années. Elles sont toutes très unies.

Dès que je descends la rangée en me dandinant, Maman me prend dans ses bras.

— Bonjour, ma chérie. Comment vas-tu ?

— Je vais bien.

Elle braque directement le regard vers ma coloc.

— Bonjour, Carina ! Je suis vraiment contente que tu aies pu te joindre à nous.

— Elle est là pour soutenir son demi-frère, dis-je en sachant que ça va la contrarier.

Maman lui adresse un regard qui veut dire *oh, tu es la meilleure demi-sœur du monde !*

Carina me coule un regard en coin noir avant de grommeler :

— C'est mon *ex*-demi-frère.

— C'est possible ? On ne peut pas divorcer de ses frères et sœurs, ajoute Maman.

— Bien sûr qu'on peut. Je l'ai fait. Avec brio, qui plus est.

— Tu es vraiment drôle, dit Maman avec un petit rire en lui tapotant le bras.

Quand je lui adresse un grand sourire, Carina me fusille du regard.

Et le meilleur ?

Je ne pense même pas aux joueurs qui s'échauffent en faisant des tours sur la glace. Je suis concentrée sur ma famille et Carina. J'espère que cette situation ne bougera pas au cours des trois prochaines heures.

Ryder, qui ?

C'est bien.

Parfait, même.

J'étreins Stella et on discute un peu puisque ça fait un moment que je ne l'ai pas croisée sur le campus. Carina s'installe entre nous deux.

— On aurait dû emporter des snacks, dit-elle en se rapprochant pour se faire entendre au-dessus du rugissement de la musique et du bruit de la foule. Je meurs de faim.

Je secoue la tête. Je ne sais pas comment Carina fait pour rester aussi mince. Elle est loin de suivre un régime salade/Coca Light. Certes, elle passe plusieurs heures par jour au studio de danse, mais c'est un trou sans fond.

Je lui envie son métabolisme. Parfois, j'ai l'impression qu'il me suffit de regarder une part de gâteau au chocolat pour prendre deux kilos.

— Je file aux toilettes avant le début de la partie. Je m'arrêterai au stand en revenant.

— Tu veux que je t'accompagne ? demande-t-elle.

— Non, dis-je en me redressant. Je reviens dans cinq minutes. Ça te donnera le temps de mater Ford.

— La ferme.

Avec un ricanement, je me dandine vers l'allée le long de la rangée de sièges. Je ne peux pas me retenir de jeter un regard à la glace. L'équipe tout entière est en train de s'échauffer. Il y a plus de cinquante joueurs, mais mon regard se dirige instantanément vers Ryder. Sa crosse repose en travers de ses omoplates et ses bras pendent des deux côtés alors qu'il patine à grandes enjambées, étirant les muscles de ses jambes.

Le voir suffit presque à me couper le souffle et mon cœur fait un bond alors qu'une bouffée de désir involontaire m'envahit. Dès que nos regards se croisent, une décharge électrique grésille à travers mes veines et je détourne mon attention, fais volte-face et remonte rapidement les marches en béton de la salle. Je fais d'abord un tour aux toilettes pour un moment perso avant de repérer le kiosque. Je commande trois bouteilles d'eau et deux grands cartons de popcorn à partager entre Stella et mes parents.

Les bras chargés, je retourne vers les gradins.

— Hé, belle inconnue, me dit une voix profonde.

Je jette un regard de côté et vois que Sawyer sourit jusqu'aux oreilles.

Pendant une seconde ou deux, sa présence me désarçonne.

— Bonjour ! Qu'est-ce que tu fais ici ?

— Je me suis dit que j'allais venir voir jouer Mav.

— Oh, c'est gentil. Il sera content que tu viennes lui montrer ton soutien.

Sawyer hausse les épaules et désigne les bouteilles et les cartons.

— On dirait que tu as besoin d'aide.

— J'aimerais bien. Je lui passe les trois bouteilles d'eau alors qu'on entre dans la patinoire.

Ma coloc hausse les sourcils quand elle aperçoit le beau mec brun sur mes talons.

— Carina, tu as déjà rencontré Sawyer ? C'est un vieil ami de la famille.

Stella lui adresse un signe puis Maman se redresse et le prend chaleureusement dans ses bras. Elle l'a toujours apprécié. Quand je suis entrée à Western, elle a dit en passant à plusieurs reprises que ce serait bien si on se mettait ensemble, étant donné que nos deux familles ont toujours été proches. On avait mangé ensemble au centre étudiant une ou deux fois, sans que ça débouche sur quoi que ce soit.

— Je suis contente de te revoir, dit Maman. Tes parents vont-ils venir ? Je n'ai pas eu l'occasion de prendre des nouvelles de ta mère pendant la semaine.

Il secoue la tête d'un air de regret.

— Non, désolé. Ce soir, ils dînent avec un des associés de mon père.

— C'est dommage. Peut-être la prochaine fois.

— Absolument, dit-il en me regardant.

Je m'installe à côté de Carina et lui passe deux des boissons et les deux cartons de popcorn.

— Merci.

Elle ouvre immédiatement le couvercle et pioche dedans. Après avoir engouffré quelques grains, elle s'approche de moi et murmure :

— Putain, il est *caliente*. J'approuve complètement.

Je secoue la tête avec un petit rire.

— Ce n'est pas ça. On est juste amis.

Elle observe par-dessus mon épaule celui qui a investi le siège à côté du mien.

— Je n'en serais pas certaine si j'étais toi.

Carina ne sait pas de quoi elle parle. Il est plus un cousin qu'autre chose. Voulant mettre un terme à la conversation, je dirige à nouveau mon attention sur Ryder tandis qu'on lance le palet et que la partie commence.

Mon regard reste braqué sur Ryder chaque fois qu'il est mis sur la touche. Ça me permet de remarquer quand il n'est pas sélectionné et qu'un autre joueur prend sa place. Malgré la distance, je sens l'agitation contenue qui émane de lui en vagues lourdes et suffocantes.

Sawyer se rapproche pour se faire entendre au-dessus de la musique rock qui beugle dans les haut-parleurs.

— J'ai un peu parlé à Ryder pendant la fête de ta mère. Ça faisait deux ans que je ne l'avais pas vu.

J'arrache mon attention de la glace le temps de croiser son regard et je me force à sourire.

— Ah oui ?

Il hoche la tête et braque le regard vers l'action avant de se retourner brusquement vers moi.

— Il y a quelque chose entre vous ?

— Bien sûr que non, je mens. Il a toujours été plus l'ami de Mav que le mien.

Avec un sourire décontracté, Sawyer enroule un bras musclé autour du dossier de ma chaise.

— Oui, c'est ce que je pensais, mais je voulais en être certain.

On continue de parler de notre enfance et de son boulot, jusqu'à la fin de la première période. Le temps a filé avec une rapidité qui me surprend presque. En toute honnêteté, j'avais redouté la partie de ce soir, le fait de devoir rester assise ici et regarder Ryder évoluer sur la glace. Sawyer s'est avéré être une distraction parfaite.

Je regarde le tableau des scores et je me rends compte que les Wildcats mènent d'un seul point. Le suspense va être insoutenable. La foule est déjà en délire, huant les arbitres quand ils prennent de mauvaises décisions.

— Ta mère a dit que tu es en train de postuler pour rentrer en fac de médecine.

Je détourne mon attention de la surfaceuse qui passe sur la glace et je croise le regard inquisiteur de Sawyer.

— Jusque-là, j'ai postulé à trois facs. J'espère être acceptée dans au moins l'une d'entre elles.

Y penser suffit à me donner une boule d'anxiété dans le ventre. C'est l'objectif pour lequel je travaille depuis des années. Tant que je ne connaîtrais pas l'issue, je suis dans les limbes, un endroit désagréable.

— Ah oui ? Lesquelles ?

— John Hopkins, Duke et l'université de Chicago.

Il pousse un sifflement.

— C'est une liste impressionnante.

J'émets un rire forcé. S'il y a une chose dont je déteste parler, c'est de mes réussites.

— Je n'ai pas encore été acceptée. Alors ce n'est peut-être pas si impressionnant que ça. On verra.

Son épaule puissante heurte la mienne.

— Arrête un peu, ta mère m'a dit que tu as presque des notes parfaites et que tu vas décrocher une mention très bien. C'est une vraie réussite. Tu devrais être fière. J'avais juste eu mention bien.

Il m'adresse un sourire en coin.

— Alors tu m'as battu. Mes parents ont toujours dit que tu ferais des choses extraordinaires et ils n'ont pas eu tort.

Avec un grognement, j'enfonce mon visage dans mes mains.

— Oh, mon Dieu, c'est embarrassant.

Ma mortification le fait ricaner.

— Qu'y a-t-il de mal là-dedans ? Elle est fière de toi. De toi et de Maverick, ajoute-t-il avec un regard vers la glace.

Mon cœur se radoucit. Mes parents n'ont jamais été avares en compliments. Ils les crieraient sur tous les toits s'ils en étaient capables. C'est une qualité qui me plaît. Ils ont toujours été nos champions et nos fans les plus importants.

— Je sais.

Quand la foule se met à siffler et à applaudir, je regarde autour de moi puis réalise avec un sursaut que les gens se sont tournés sur leurs sièges et nous dévisagent ouvertement.

Sawyer désigne l'écran perché très haut au-dessus de la glace.

— On est sur la kiss cam, dit-il en riant.

Quoi ?

Mes yeux s'écarquillent quand je reconnais nos visages sur l'écran géant. Le bras de Sawyer est enroulé autour de mes épaules et il sourit à la caméra. D'autres sifflements et applaudissement éclatent.

— Allez, tous les deux, dit Carina. Ne décevez pas la foule !

— Oui, s'écrie Stella. Donne-lui un bon gros kissou, Sawyer.

L'embarras me griffe les joues. J'ai l'impression que toutes les personnes présentes dans le stade nous regardent et nous encouragent à nous embrasser. Même ma propre famille et mes amis. Quand je le regarde, il arque un sourcil en une question silencieuse et je lui rends un regard impuissant, ignorant quoi faire.

J'en fais peut-être toute une histoire sans que ce soit nécessaire.

C'est juste un petit baiser.

— Alors, qu'est-ce qu'on fait ? demande-t-il doucement, comprenant que toute cette attention me met mal à l'aise.

J'inspire profondément avant de hocher sèchement la tête et de me rapprocher de lui. Ses lèvres frôlent les miennes avec douceur. Contrairement à Aaron, elles ne sont pas sèches ou râpeuses. Mais c'est aussi complètement différent des baisers de Ryder.

Il n'y a absolument pas d'étincelle.

C'est... *plaisant*.

Le serait-ce davantage si les baisers d'un autre homme n'étaient pas aussi récents dans mon esprit ?

Peut-être.

La foule explose en vivats et en sifflets alors que Sawyer s'écarte et scrute mon regard avant de regarder la caméra et de faire un signe de la main.

L'air quitte mes poumons. Je ne sais pas si je suis soulagée ou déçue de ne pas ressentir une connexion plus importante avec lui.

J'écarte ces pensées et me concentre à nouveau sur la glace. Je découvre alors Ryder qui me fusille du regard. À ma grande surprise, il a l'air contrarié.

Mais ce n'est pas possible.

N'est-ce pas ?

CHAPITRE 26

Ryder

Qu'est-ce que ça veut dire, putain ?

Est-ce qu'elle vient sérieusement d'embrasser ce type ?

Je devrais garder l'esprit sur la partie, mais je n'y arrive pas. Mon attention est braquée sur Juliette et l'espèce de *loup de Wall Street* assis à côté d'elle.

Bordel ! Je *savais* qu'il était intéressé par elle. J'aurais dû le lui faire comprendre durant la fête, mais je n'ai rien dit parce que...

Allons, qu'est-ce que j'aurais pu dire ?

Qu'on est ensemble ?

En couple ?

Qu'on a une vraie relation ?

Ce n'est pas vrai.

Je ne sais pas ce que nous sommes... Si nous sommes véritablement quelque chose.

Après avoir couché ensemble, j'ai décidé de prendre sérieusement du recul par rapport à la situation. Ça a été le meilleur rapport de ma vie et tout a commencé à être un peu trop intense.

Je n'en suis pas habitué à autant.

Et c'est ce qui m'a terrifié.

Ford m'emboutit d'un coup d'épaule, attirant à nouveau mon attention sur le présent et le jeu.

— Ça va, mon vieux ?

Il fronce les sourcils tout en scrutant mon visage.

— Oui, ça va.

Et si ça ne va pas, il faudra que ça change très vite. Je ne peux pas me permettre la moindre distraction. Pas alors que d'autres erreurs sur la glace rendront ma situation encore plus précaire qu'elle l'est déjà. Ce n'est vraiment pas le moment de penser à Juliette. Cette fille ne devrait même pas être sur mon radar.

Malheureusement, elle l'est.

— Allons clouer le bec à ces connards une bonne fois pour toutes.

Il me tapote l'épaule d'une main gantée avant de patiner vers la ligne rouge.

Il a raison. C'est *exactement* ce qu'on a besoin de faire. Il faut qu'on leur rabatte le clapet et qu'on leur fasse manger la poussière. Ils sont sur notre terrain. Devant nos fans. Ça dure depuis trop longtemps.

Quand Hayes me regarde depuis la première ligne, je hoche sèchement la tête. Pendant une simple fraction de seconde, je serre fort les paupières puis recentre mon attention sur le moment qui se déroule sur la glace.

Rien d'autre ne compte.

J'ouvre les yeux à temps pour voir le palet tomber sur le terrain et Hayes s'en emparer avant de le passer à Ford, qui enfonce les lames dans la glace alors qu'il file vers les buts de notre adversaire. Des défenseurs arrivent des deux côtés. Il le repasse à Hayes puis à Colby qui se frayent un chemin vers les buts. Il y a beaucoup de passes jusqu'à ce que l'un d'eux tire. Le gardien bloque et le défenseur de l'autre équipe reprend le palet qu'il passe à leur ailier de droite qui fend la glace. Je garde le regard braqué sur le type qui se précipite vers moi.

On s'est déjà affrontés à de nombreuses reprises. J'ai également étudié assez de matchs pour anticiper ses mouvements. Je fais courir ma crosse sur la glace devant moi tout en continuant de patiner à reculons.

Du coin de l'œil, je vois le connard parler à Juliette et sans pouvoir me l'expliquer, je tourne la tête pour mieux les regarder.

C'est ma première erreur.

Quand l'ailier fait une feinte à gauche, je me laisse prendre.

Jusqu'au trognon.

C'est ma seconde erreur.

Si j'avais été entièrement concentré sur lui, comme j'aurais dû l'être, ça ne serait jamais arrivé. J'aurais deviné ses intentions quelques secondes avant qu'il n'entre en mouvement. Je l'aurais lu sur son visage ou bien mon intuition m'aurait prévenu. J'ai toujours été capable de faire confiance à mes instincts.

Dès qu'il me croise à toute allure, je sais que je serai incapable de le rattraper. Il est trop rapide et a trop d'élan, ce qui ne m'empêche pas de me lancer à sa poursuite. Mes lames s'enfoncent dans la glace alors que je tente de réduire la distance entre nous.

J'entends déjà la voix colérique de l'entraîneur dans ma tête. C'est une autre chose qui me vaudra des reproches dans les vestiaires après le jeu. Je peux sentir son regard déçu qui me transperce le dos alors que je tente de rectifier mon erreur.

Ça ne fait que compromettre mon mojo.

Seulement cette fois, ça n'a rien à voir avec mes insécurités et découle entièrement de mon manque de concentration sur le jeu.

Alors que Bridger fend la glace pour le rattraper, le mec tente son coup. Wolf glisse et tombe à genoux en tentant de le bloquer. Le palet frappe le bout de son gant et finit par pénétrer.

Merde.

Alors que ce mec fait des cercles sur la glace, un sourire plaqué sur son visage en sueur, je baisse mon épaule et le projette contre le rebord. Il pousse un grognement alors qu'il se fracasse contre le plexiglas. Mon épaule va s'écraser dedans et pendant une seconde, je croise le regard effaré de Juliette. Choquée, elle a la bouche ouverte. Le mec que j'ai frappé se retourne et me repousse la poitrine avec ses mains.

— Tu as envie de te défouler ? rugit-il. Alors, lâche-toi, McAdams !

Je suis tenté de jeter mes gants sur la glace et de lui casser la figure. Je me comporte comme un connard et on le sait tous les deux.

Il m'a battu.

Il m'a pris au dépourvu.

Ça n'arrive pas souvent et je déteste que ça arrive maintenant.

Le coup de sifflet brusque fend l'air glacial de la patinoire.

— Vire ton cul en touche, McAdams, hurle l'entraîneur.

Je ne le regarde même pas. Mon regard reste braqué sur Juliette alors que je prends tout mon temps pour regagner la touche avant de me jeter sur le banc et d'arracher mon casque. Je jette les gants sur le tapis en caoutchouc et passe mes mains à travers mes cheveux humides.

Mon regard reste braqué sur Juliette tandis qu'un penalty apparaît sur le tableau.

Même quand ce connard à côté d'elle tente d'attirer son attention, ses yeux restent centrés sur moi.

C'est exactement où je veux qu'ils soient.

Où j'ai toujours voulu qu'ils soient.

Je peux enfin l'admettre.

Je mets un moment à me rendre compte que l'émotion qui me perce douloureusement le creux du ventre est de la jalousie.

Ça ne me plaît pas. Ça ne fait que me retourner le cerveau et je n'en ai pas besoin. Pas maintenant. Pas alors que j'ai tout à perdre.

Pendant que je reste sur la touche pendant deux minutes, nos adversaires ont à présent pris le dessus. On a un joueur en moins et l'autre équipe va tenter de capitaliser dessus en marquant un autre but. Mon attention devrait être braquée sur ce qui se passe sur la glace.

Si on finit par perdre parce que j'ai laissé marquer deux buts, ce sera de ma faute.

Au lieu de cela, je regarde Juliette.

CHAPITRE 27

*J*uliette

— C'était bizarre. Qu'est-ce qui a pris à Ryder ? murmure Carine alors que je me ronge les ongles.

C'est une mauvaise habitude dont j'essaye de me débarrasser depuis des années. Quand je suis vraiment stressée, je me ronge les ongles.

Et à l'heure actuelle, alors que j'attends dans le vestibule que Ryder émerge du vestiaire, je suis une boule de nerfs. La nervosité tourbillonne au creux de mon ventre comme une tempête imminente, causant toutes sortes de ravages.

Quand je ne réponds pas, elle enroule les doigts autour de ma main et l'écarte doucement de ma bouche. Je ne regarde même pas mes ongles. Je suis certaine qu'ils sont tout abîmés.

Je les ronge depuis que Ryder a été envoyé sur la touche.

Son expression quand il m'a fusillée du regard !

Un frisson dégringole le long de mon dos.

Il ne m'a jamais regardée de la sorte et je ne sais pas comment l'interpréter.

— Je ne sais pas, marmonné-je, ne souhaitant pas faire l'objet d'autres questions. Stella et elle m'ont adressé des regards interrogateurs pendant le reste de la partie.

Bon...

Ce n'est peut-être pas tout à fait vrai.

Je me doute peut-être un peu de ce qu'il se passe, mais ça ne veut pas dire que ça ait le moindre sens. C'est Ryder qui s'est faufilé de mon lit comme s'il avait le diable aux trousses.

Et pour couronner le tout ?

Silence radio de sa part.

Je m'étais habituée à ses textos quotidiens et commençais même à les attendre avec impatience.

L'inclinaison de la tête blonde de Carina qui m'observe me révèle qu'elle soupçonne que je ne lui ai pas tout révélé.

Ce qui, malheureusement, est la vérité.

Que suis-je censée lui dire, exactement ?

Que Ryder et moi avons fait des choses en cochant les éléments d'une liste ridicule que j'avais écrite après le bac ?

Pour la première fois de ma vie, je ne sais pas ce que je fais et je me sens complètement dépassée. Pire encore, je ne sais pas où ça va nous mener.

Il y a une certaine agitation alors que certains des joueurs sortent un par un du vestiaire. Leurs cheveux sont mouillés et brillants après les douches. Leur match s'est terminé sur un ex æquo, alors personne n'a l'air particulièrement content.

Une autre vague d'anxiété s'abat sur moi et je me mordille la lèvre inférieure, scannant tous les visages sans trouver celui que je cherche. Mon ventre tremble d'excitation... ou peut-être est-ce de l'appréhension ? J'en ai presque la nausée.

Suis-je censée me comporter normalement ?

L'ignorer ?

Je n'en sais rien et ça me stresse.

Dès que Ford sort avec Wolf, son regard se braque sur Carina.

Quand l'énergie sexuelle fait crépiter l'atmosphère, je me remémore la remarque du gardien il y a deux semaines, dans le couloir de l'appart. C'est un miracle de voir qu'ils n'ont pas encore explosé. À présent qu'il me l'a fait remarquer, je suis choquée de n'avoir jamais constaté la tension latente qui vibre entre eux comme un câble à haute tension.

Madden et Riggs sortent ensuite. Stella se rend rapidement vers son meilleur ami et enroule les bras autour de son cou.

— Je me demandais si tu voulais aller manger quelque chose après pour qu'on puisse passer un peu plus de temps à discuter.

Brusquement tirée de mes pensées, je braque le regard sur Sawyer.

Est-ce terrible de ma part d'avoir oublié qu'il était toujours là ?

Mon esprit tourbillonne alors que je réfléchis à son invitation.

— Je... Je n'en suis pas sûre. Laisse-moi vérifier auprès de mes parents pour voir s'ils font quelque chose après.

Je préférerais quitter la patinoire le plus vite possible. Sans Carina, je serais partie après le dernier coup de sifflet. On attend toujours les joueurs après. M'en abstenir aurait éveillé ses soupçons et une fois que cette fille flaire une piste, elle ne la lâche pas avant d'avoir découvert la vérité. Elle se montre parfois très persistante et déterminée. Un peu comme ces petits roquets bruyants.

Et je ne sais pas mentir.

Elle lirait en moi comme un livre ouvert et je serai forcée de lui dire la vérité ainsi que tout ce qui s'est passé au cours des dernières semaines.

— Oui. Bien sûr.

Il ne détourne pas les yeux tandis qu'il glisse les mains dans les poches de son manteau beige cossu.

Je ne vais pas le nier : il est beau dans son costume. Je devine qu'il est venu au match directement après le travail.

S'il ne s'était rien passé avec Ryder, Sawyer aurait été exactement mon type. Il est beau, avec des yeux vert clair et des cheveux un peu plus longs sur le dessus et rasés plus court sur les côtés. C'est stylé, mais professionnel. Les deux fois où on s'est croisés, il s'est montré amical, spirituel et drôle.

Le gentleman parfait.

En plus, il est plus âgé. Plus mûr. Et intelligent. Comme moi, il a privilégié les études aux fêtes et aux amusements.

J'aurais dû sauter sur l'occasion d'apprendre à mieux connaître Sawyer. Au lieu de cela, je ne peux pas m'empêcher de penser à Ryder. Je ne cesse de comparer Sawyer au joueur de hockey aux cheveux blonds hirsutes. Je ne peux pas dénier le silence qui s'impose dans ma tête quand ses lèvres frôlent les miennes.

Ou quand il pose les mains sur moi.

Arg !

Ryder McAdams est la dernière personne dont je devrais tomber amoureuse.

Je le sais parfaitement.

Mais comment stopper ma chute quand j'ai déjà l'impression d'avoir basculé par-dessus le rebord et d'être en pleine dégringolade ?

Est-ce même possible ?

Ma plus grande peur est que non.

Maverick est le dernier à sortir avec Bridget et Hayes. Mon frère fait une ligne droite vers nos parents et tout le monde le claque dans le dos, le félicitant d'avoir bien joué. Même si Maverick n'en parle pas, je sais qu'il ressent la pression de mieux jouer. Mav veut que les entraîneurs et les autres joueurs le reconnaissent pour son propre talent, pas seulement parce qu'il est le fils de Brody McKinnon.

S'il y a quelqu'un dans l'équipe qui peut le comprendre, c'est Colby. Son père, Gray McNichols, était un joueur professionnel et est à présent présentateur pour une chaîne de sport.

Papa donne une bourrade à Mav avant de le prendre dans ses bras et de lui murmurer quelque chose à l'oreille. Je vois alors les muscles de mon frère se détendre alors qu'un sourire s'empare de ses lèvres.

Désormais, la plupart des joueurs sont déjà sortis du vestiaire. Je suis à deux doigts de prendre des nouvelles du défenseur blond.

Heureusement, Papa me coupe l'herbe sous le pied et pose la question.

— Où est Ryder ? Il est toujours dans les vestiaires ?

Le regard de Maverick se pose sur moi pendant une seconde avant de se braquer sur Sadie et Cal.

— Oui, l'entraîneur voulait lui parler.

Je grimace, parfaitement consciente de ce que ça veut dire. Ce serait peut-être mieux pour tout le monde si je partais avec Sawyer. Ryder m'a déjà aidée à cocher une bonne partie de la liste. C'est bien plus que ce que j'aurais pensé accomplir toute seule. Je peux finir le reste en solitaire. Si cette pensée fait exploser en moi une bouffée de tristesse, je la repousse avant qu'elle ne puisse prendre racine.

La décision prise, je m'éclaircis la gorge.

— Sawyer ?

Il se rapproche et incline son visage vers le mien.

— Oui ?

— Je me disais…

Ma voix meurt alors que mon téléphone bipe pour annoncer l'arrivée d'un message. Déstabilisée, je sors le petit objet argenté de la poche de ma veste et regarde l'écran.

Retrouve-moi dans les vestiaires tout de suite.

En clignant des paupières, je relis le message avec plus d'attention avant de jeter un regard rapide par-dessus mon épaule au couloir vide qui mène au vestiaire destiné à l'équipe de hockey masculine.

— Juliette ?

La voix de Sawyer pénètre le tourbillon de mes pensées.

Mon reporte mon attention sur lui.

— Oui ?

— Tu t'apprêtais à dire quelque chose…

Une expression pleine d'espoir illumine son visage.

— Oh… dis-je en regardant à nouveau l'écran. Je… Il faut que j'aille aux toilettes.

L'air déçu, il m'adresse un hochement de tête rapide.

— Puis on pourra penser à y aller ?

— Bien sûr, dis-je avec un sourire forcé. Je reviens tout de suite.

— Je t'attends.

La culpabilité me submerge alors que je me détourne et me hâte de descendre le couloir. Au lieu de me rendre aux toilettes, je passe rapidement devant la porte, filant au vestiaire. Le couloir a beau être vide, mon cœur martèle un rythme régulier contre ma cage thoracique.

Je m'arrête devant la porte et jette un regard prudent par-dessus mon épaule pour m'assurer que personne n'est là pour me voir entrer en douce dans le vestiaire des hommes. La lourde porte en métal se referme sur moi avec un léger courant d'air.

Je suis surprise de trouver l'endroit plongé dans la pénombre. L'humidité des douches et l'odeur puissante de la sueur alourdissent l'atmosphère. Un autre frisson me dévale le long du corps alors que je fais un pas hésitant à l'intérieur. Je suis tentée d'appeler son nom, mais j'ignore si quelqu'un d'autre est présent.

Alors que je pénètre davantage dans la zone, je jette un regard prudent à l'angle d'un mur jusqu'à ce que les bancs alignés le long des casiers soient visibles. Les murs en parpaing sont peints en orange vif et les longues rangées de casiers sont d'un noir brillant. Il y a une peinture murale de la mascotte de l'université : un chat sauvage qui montre les crocs et sort les griffes.

L'endroit est vide. Aucun autre joueur ne s'est attardé.

Mon cœur continue de s'emballer alors que je pénètre plus loin dans la pièce et passe devant d'autres casiers. C'est là que le bruit de l'eau attire mon attention. Quand je jette un œil à l'angle d'un autre mur, je vois une grande pile de serviettes blanches dans un coin et j'aperçois Ryder debout sous la cascade d'eau. Son visage est incliné vers le pommeau de douche et il lève les bras vers ses cheveux. Ses épaules sont larges et sa poitrine n'est faite que de muscles ciselés. Ses trapèzes sont tout aussi bien dessinés et ils se rejoignent en V vers sa taille.

Une bouffée de désir me frappe en plein dans le ventre.

Bon, d'accord… peut-être un peu plus bas.

Ai-je déjà vu quelque chose d'aussi glorieux que Ryder dans toute sa gloire dénudée ?

J'ai l'impression d'avoir du coton dans la bouche.

Pendant les journées qui se sont déroulées sans nouvelles de sa part, j'ai essayé de me convaincre à plusieurs reprises que Ryder McAdams n'a rien de spécial et que je ne ressens rien pour lui.

Ce n'est qu'à présent que je le dévore du regard que je réalise que je me suis menti.

J'ai beau être restée silencieuse, il doit avoir senti l'intensité de mon attention. Il bat des paupières alors que son regard accroche le mien, me clouant les pieds au sol. L'air reste coincé dans mes poumons tandis que chacun de mes muscles se solidifie. C'est ce que doit ressentir un animal dans le collimateur d'un prédateur.

Ses bras retombent lentement le long de son corps, un geste qui fait se contracter et gonfler sa musculature.

— Viens ici, Juliette.

M'approcher de lui n'est pas une décision consciente. Mes pieds se déplacent immédiatement, pris du besoin de suivre son ordre bourru.

— Retire tes vêtements.

Mon pouls s'accélère tandis que je jette un regard hésitant par-dessus mon épaule.

— Et si quelqu'un entre ?

Ma voix est si basse et rauque qu'elle n'a pas l'air de m'appartenir du tout.

— Ça n'arrivera pas.

Avant que je puisse trouver une autre excuse, il dit :

— Déshabille-toi.

Son ordre me frappe en plein ventre avant d'exploser comme des feux d'artifice alors que je retire ma veste et la jette sur la pile de serviettes avant de retirer mon pull. C'est ensuite le tour de mon jean puis je me débarrasse de mes chaussures d'un coup de pied, suivies par mes chaussettes. Je me retrouve en petite tenue. La salle de douche a beau s'être remplie de vapeur, la chair de poule court sur mes bras et je lève les mains pour la faire disparaître par un frottement.

Son regard glisse sur moi, réchauffant chaque centimètre sur lequel il s'attarde.

— Enlève tout.

Une boule épaisse reste prisonnière de ma gorge, m'empêchant de déglutir. Mes doigts tremblent alors que je passe les mains dans mon dos pour ouvrir le fermoir. Le tissu élastique s'ouvre brusquement puis les bretelles glissent le long de mes épaules et de mes bras, révélant les pointes de mes seins avant de s'écarter. Son regard suit chaque mouvement tandis que le soutien-gorge se retrouve projeté sur la pile croissante de vêtements. Sa verge se durcit et s'allonge jusqu'à ce qu'elle se retrouve entièrement érigée.

Je n'arrive pas à détourner le regard. Cette vision m'hypnotise. Je ne pense qu'à ce que j'ai ressenti, à genoux dans l'allée, quand je l'ai pris dans ma bouche pour la première fois.

— Ta culotte, dit-il d'une voix rauque.

Je la fais glisser le long de mes hanches et de mes cuisses jusqu'à ce qu'elle tombe à mes pieds, avant de l'écarter d'un coup de pied.

Enfin, je suis aussi nue que lui.

Je suis tentée de couvrir mes seins alors que les pointes se durcissent, mais je force à garder les bras ballants. Je vois à la façon dont son regard me lèche qu'il aime ce qu'il voit.

Son érection immense le trahit.

Je lève la main et retire l'élastique qui retient mes cheveux en queue de cheval. Les mèches sombres tombent sur mes épaules et cascadent dans mon dos. Je rassemble rapidement leur longueur en un chignon sur le dessus de ma tête pour ne pas les mouiller.

— Viens ici, gronde-t-il, perdant patience.

Cet ordre bourru fait se contracter mon ventre.

Ça fait des journées entières que je revis le moment qu'on a passé ensemble. Que je fantasme sur toutes les façons dont il m'a touchée.

Rien que d'y penser suffit à m'exciter.

Pour être honnête : j'ai connu plus d'une session de plaisir en solitaire, mais rien n'a pu se comparer à la sensation de ses mains sur moi.

Je me force à combler la distance entre nous. Quand je suis suffisamment près, il tend la main et me saisit les doigts avant de m'attirer à lui afin de me plaquer contre sa verge d'acier. Avant que je puisse prendre une grande inspiration, sa bouche s'écrase sur la mienne. Quand sa langue glisse sur la commissure de mes lèvres, je m'ouvre afin qu'il puisse plonger à l'intérieur. Il y a dans cette caresse un mélange de désir contenu mêlé à de la colère. C'est comme si j'étais mangée vivante.

Dévorée.

Je l'ai senti émaner de lui en vagues torrides et suffocantes alors qu'il était assis sur la touche, les yeux braqués sur les miens.

Il me fait tourner avant de me faire reculer jusqu'à ce que mon dos se retrouve plaqué contre le carrelage lisse. Il lève les mains et place les paumes de chaque côté de ma tête comme pour me tenir en place.

Son regard scrute le mien.

— Tu prends la pilule ?

— Oui.

Il pousse un long soupir comme s'il menait une bataille intérieure.

— Je n'ai jamais couché avec une fille sans capote, mais je ne veux pas que quoi que ce soit vienne se mettre entre nous quand je te prends. Tu es d'accord ?

L'air quitte mes poumons alors que ses mots font des sauts périlleux dans ma tête. Ma raison me dit de refuser. Comme lui, je ne l'ai jamais fait non plus. Mon mantra a toujours été *mets ta capote*.

Je suis peut-être bête de lui faire confiance, mais je ne pense pas qu'il fasse quoi que ce soit pour nous mettre en danger, l'un comme l'autre.

— Oui.

Ses épaules rigides se détendent.

— Bien. Je veux que tu sois nue. J'ai envie de sentir ta chatte douce resserrée autour de moi.

C'est la seule mise en garde que je reçois avant qu'il ne se glisse profondément en moi d'un coup de reins rapide. Le hoquet qui m'échappe se transforme en un long gémissement qui résonne contre les parois.

— Merde, gronde-t-il.

À chaque coup de piston de ses hanches, le plaisir se propage à travers tout mon être. Il prend vie au plus profond de mon intimité avant de se propager jusqu'aux extrémités de mes doigts et de mes orteils tandis qu'il maintient fermement ma tête en place.

— Ouvre les yeux, gronde-t-il quand ses paupières se ferment. Je veux que tu me regardes pendant que je te prends afin que tu saches exactement qui te donne du plaisir.

Comme si je pouvais en douter !

Son regard reste braqué sur le mien tandis qu'il me prend contre le mur. De l'eau coule du pommeau de douche, nous couvrant de vapeur alors que l'humidité épaisse s'enroule autour de nous, nous enveloppant dans sa chaleur. Je ne mets guère de temps à me désagréger, explosant en un millier de morceaux aiguisés qui ne pourront jamais se recoller.

Il me suit rapidement au-dessus du précipice. Sa verge tressaute alors que sa chaleur envahit ma matrice. Sentir sa chair dure qui palpite à l'intérieur de moi sans rien entre nous est insupportablement intime.

Il respire fort et repose le front contre le mien tout en me regardant dans les yeux.

— Je n'ai pas aimé te voir avec ce type.

Honnêtement, j'ai tout oublié de Sawyer et de la kiss cam.

— Ça ne voulait rien dire.

— Je m'en fiche. Ça ne m'a pas plu. Je n'ai pas aimé le voir assis à côté de toi pendant mon match et je n'ai vraiment pas apprécié de le voir prendre ta bouche.

Quand je garde le silence, ses paumes se resserrent sur les côtés de ma tête afin de l'incliner vers le haut. Je n'ai pas d'autre choix que de croiser son regard.

— Je ne veux pas que quelqu'un d'autre te touche, Juliette. Point barre.

La chaleur s'embrase dans ma poitrine avant de se propager à l'extérieur.

— On pose des conditions ? Vraiment ? Parce que je ne veux pas que quelqu'un d'autre te touche non plus.

— D'accord.

La tension décroît dans sa voix et dans son corps tandis qu'il plaque les lèvres contre les miennes.

— Sortons d'ici. Une fois est loin d'être suffisante.

Il n'est pas encore sorti de mon corps qu'il parle déjà de me reprendre.

— McAdams, tu es toujours là ? appelle une voix profonde qui résonne sur les carreaux.

Je me raidis et mes yeux s'écarquillent en entendant la voix masculine bourrue qui provient de l'intérieur du vestiaire.

Les lèvres de Ryder affichent un sourire satisfait alors qu'il ne me quitte pas des yeux.

— Oui. Toujours sous la douche.

— Très bien. Éteins les lumières en sortant.

— D'accord, Coach.

Les pas diminuent d'intensité puis une porte se referme à l'extérieur de la pièce.

— Je crois que tu peux cocher « coucher dans un endroit public » sur ta liste.

— Apparemment, oui, dis-je en souriant avant de recommencer à l'embrasser.

CHAPITRE 28

Ryder

Tout le monde débarrasse la table de son plateau vide. Quand Bridger se retourne, son regard est attiré par quelque chose. L'air décontracté qu'il a gardé pendant tout le déjeuner s'évapore et une lueur féroce envahit son regard. Je regarde par-dessus mon épaule la fille qui le fusille du regard avec la même intensité.

Hein ?

Voilà un développement intéressant.

Normalement, Bridger a l'effet opposé sur les femmes. Cette pensée ne fait que se confirmer quand elle lève la main et lui fait un doigt avant de s'éloigner rapidement.

Je le regarde en haussant un sourcil.

— Laisse-moi deviner : c'est ta fan numéro 1 ?

Il s'étrangle de rire.

— Apparemment.

— Que s'est-il passé ? Tu lui as fait faire un tour de queue et elle n'a pas été impressionnée par l'expérience ?

Sa lèvre supérieure se retrousse.

— Quelque chose comme ça.

— La plupart des filles avec qui tu couches ne ressentent pas la même chose ? Je suis certain qu'il en existe assez pour fonder un club ou au moins un groupe de soutien.

Je pointe le menton vers la fille qui s'est fondue dans la foule.

— Celle-ci pourrait être la présidente.

— Tiens, j'ai une idée : va te faire voir !

Un sourire s'empare de mes lèvres.

— Toi le premier.

À présent, c'est à mon tour de me prendre un doigt avant qu'il ne s'éclipse. Je note qu'il part dans la direction opposée à la fille, son plateau à la main.

— C'est quoi, son problème ? demande Ford qui regarde notre coéquipier partir. C'est comme s'il avait un immense balai dans le cul.

Colby sort son téléphone de la poche de son jean et ouvre un message de Western.

Sauf que...

Ce n'est pas le genre de communications officielles qu'on reçoit au sujet de l'université.

Je fronce les sourcils en parcourant la photo de Bridger qui pelote une fille pendant une fête ainsi que la légende qui l'accompagne.

Regardez ce que fait le fils du chancelier Sanderson ce week-end. Tous les soirs, une admiratrice différente. Parfois plus d'une. Beurk. Mon conseil à la groupie sur cette photo ainsi qu'à toutes les autres : faites-vous dépister sans attendre. Dieu seul sait combien de MST ce tombeur propage sur le campus !

J'écarquille les yeux.

— C'est quoi, ces conneries ?

Colby hausse les épaules.

— Je ne sais pas. J'en ai reçu un autre la semaine dernière aussi. Son père a fait une crise et l'a convoqué dans son bureau pour lui passer un savon. Depuis, il est d'une humeur massacrante.

Je lève la main pour gratter les poils de ma barbe.

— Celui qui a piraté le système de l'université pour poster ces conneries doit être doué en informatique.

— Je suis certain que l'entraîneur en a entendu parler aussi.

Je grimace.

— C'est presque pire que son connard de père.

— Oui. Je suis calé en informatique, mais même moi, je n'aurais pas pu réussir une chose pareille, ajoute Colby.

Alors que je prends mon plateau, une longue chevelure brune attire mon attention et je vois Juliette traverser la salle. Sa présence me fait l'effet d'un coup de poing dans le ventre dont la force manque de me couper le souffle. Ma réaction envers elle a toujours été viscérale, mais maintenant, c'est encore pire.

Maintenant, je sais exactement ce que ça fait de l'avoir entre mes mains, de sentir la fragrance fleurie de sa peau quand j'enfonce le visage contre le creux délicat de sa gorge. Je sais exactement ce que ça fait de sentir ma verge enveloppée par sa chaleur étroite, quand ses muscles se contractent, aspirant la moindre goutte hors de ma verge lorsqu'elle jouit.

Y penser suffit à me faire durcir à demi dans mon jean.

— Hé, tu viens ou quoi ? demande Colby qui change de position et arque un sourcil.

Je me force à me retourner vers lui.

— Non. Vas-y sans moi. Je dois régler un truc.

— Très bien. On se voit à l'entraînement.

— Oui, à plus tard.

Dès qu'il s'en va, je pose mon plateau et me dirige droit vers Juliette. Elle ne m'a pas encore vu. Quand elle est là, tout le reste se dissipe jusqu'à ce que je ne voie plus qu'elle. J'ai connu bon nombre de filles et aucune d'elle ne m'a jamais fait ressentir ça.

En y réfléchissant bien, aucune d'elle ne m'a jamais fait ressentir *quoi que ce soit*.

Point barre.

Juste elle.

Mais n'est-ce pas une des raisons pour lesquelles j'ai toujours gardé mes distances ? Parce qu'au fond, je sais que tout serait différent avec Juliette ?

Elle lève les yeux de son téléphone quand je m'arrête à côté d'elle.

— Salut.

J'ai très envie de la soulever dans mes bras et de la coller à moi. D'enfoncer le visage dans ses cheveux et d'inspirer profondément. Ça ne manque jamais de calmer le trouble intérieur qui tourbillonne sous la surface.

Merde.

— Salut.

— Qu'est-ce que tu fais cet après-midi ? lui demandé-je au lieu de céder à la tentation.

— J'ai un cours dans vingt minutes. J'allais juste acheter un café à Roasted Bean.

— Oublie et faisons quelque chose ensemble.

Les mots m'ont échappé.

— Tu veux que je saute les cours ?

Elle marque un temps d'arrêt, l'air surpris.

— Maintenant ?

Quand elle continue de me regarder comme s'il venait de me pousser des cornes, je hausse les épaules.

— Pourquoi pas ? C'est sur ta liste, non ?

Elle met une seconde ou deux avant d'admettre :

— Oui. Mais…

— Tu réalises quand même que le monde ne va pas s'arrêter simplement parce que tu sèches un cours ?

Elle s'agite avant d'aspirer entièrement sa lèvre inférieure dans sa bouche pour la mordiller.

— Tu en es certain ?

Mon regard descend vers le mouvement et ma verge tressaute. Avec elle, il n'en faut pas beaucoup. Je la désire tout le temps.

— Oui, absolument. Allez, passe l'après-midi avec moi, la persuadé-je en enroulant les doigts autour des siens pour pouvoir jouer avec. Je me fiche de savoir si quelqu'un nous voit. Je ne pense qu'à…

Elle.

Je me préoccupe seulement de Juliette.

Merde.

Son regard s'adoucit et elle cède.

— D'accord. Qu'est-ce que tu penses faire ?

Avant que je puisse répondre, une pointe d'humour danse dans ses yeux.

— Laisse-moi deviner : je vais devoir attendre pour le savoir.

Avec un sourire rapide, je l'entraîne hors du bâtiment.

CHAPITRE 29

Juliette

Même après une escale rapide chez moi puis chez lui pour prendre des gants et un bonnet, Ryder refuse de me dire ce qu'il a prévu. En toute honnêteté, je m'en fiche. J'aime passer du temps avec lui, quoi qu'on fasse et où qu'on puisse se rendre.

La façon dont il me regarde fait dévaler des frissons le long de mon dos et mon ventre fait des bonds. Je ne peux pas imaginer qu'un autre homme puisse éveiller en moi ce genre de sentiments.

J'essaye de tempérer mes attentes. Il a exigé l'exclusivité, mais je ne sais pas ce que cela signifie exactement et j'hésite à demander une clarification. J'ai envie de surfer sur cette vague le plus longtemps possible avant qu'elle ne finisse forcément par prendre fin. Puis je ramasserai les éclats de mon cœur et ferai de mon mieux pour les recoller.

Jusque-là, j'essaye de ne pas trop y penser.

Il ne reste que deux éléments sur ma liste.

Sécher les cours (le numéro 9), ce que nous sommes précisément en train de faire. Je le cocherai sans faute quand je rentrerai.

Et le numéro 5, un rendez-vous romantique.

Je pousse un long soupir, incapable d'imaginer que Ryder planifie un truc comme ça. On ne sort pas vraiment ensemble. Quand la tristesse tente de s'infiltrer, je l'ignore. Je n'ai pas envie de plomber l'ambiance. Ça demande des efforts pour revenir au présent alors que Ryder arrête sa voiture sur le parking de gravier d'une patinoire en plein air locale qui est ouverte pendant les mois d'hiver.

Après avoir arrêté le moteur, il se tourne vers moi.

— Tu es terriblement silencieuse. Tu regrettes déjà de ne pas assister au cours de biostats ?

Refusant d'admettre la vérité, je me force à lui adresser un grand sourire. Je suis certaine que Ryder a l'habitude que les filles tombent follement amoureuses de lui.

Je n'ai vraiment pas envie de devenir l'une d'elles.

— Non. Je devrais juste texter Aaron ce soir pour lui demander ses notes.

— Aaron ?

Je peux presque voir les rouages tourner dans son cerveau.

— Ce n'est pas le type que tu as embrassé dans le couloir ?

— Si tu parles du baiser que tu as interrompu devant ma porte, alors oui.

— Tu ne m'as toujours pas remercié de t'avoir sauvée de cette situation malheureuse, s'esclaffe-t-il.

J'arque un sourcil.

— Qui a dit que j'avais envie d'être sauvée ?

Il laisse échapper un grondement bas et enroule sa main à l'arrière de ma tête pour m'attirer en avant. Une seconde plus tard, ses lèvres prennent les miennes et sa langue s'infiltre dans ma bouche.

Comme l'autre nuit dans le vestiaire, c'est puissant et possessif. Comme s'il essayait de prouver à qui j'appartiens exactement. Alors que le manque d'oxygène commence à me donner le vertige, il s'écarte suffisamment pour scruter mon regard et me mordiller la lèvre inférieure avec des dents pointues. Il l'aspire entièrement dans sa bouche avant de la relâcher avec un léger pop.

— Que disais-tu ?

— Merci, murmuré-je.

Un des coins de sa bouche tressaute.

— C'est ce que je pensais.

Même si nous sommes en début d'après-midi, il y a une douzaine de personnes sur la glace. Quelques couples plus âgés, des parents avec des enfants de maternelle, et quelques lycéens.

— Tu es prête ? demande-t-il.

— Plus que jamais.

On sort du véhicule et on se rejoint devant le capot. Quand il tend la main et me saisit les doigts, je ne peux pas résister à l'envie de baisser les yeux vers nos mains réunies. Il y a un mois, je n'aurais jamais rêvé que ça arrive, et maintenant…

Nous y sommes.

Mon cœur se serre.

Je ne veux pas que ça s'arrête un jour.

— Tu te rappelles comment patiner ?

Je repousse cette pensée dérangeante avant de faire courir ma langue sur mes dents.

— Ça fait un moment. Je vais certainement être rouillée, ce qui veut dire que je vais certainement me casser la figure plusieurs fois.

— C'est une bonne chose qu'un professionnel t'accompagne.

J'arque un sourcil.

— Un professionnel ?

— Oui.

Il me serre contre lui avant de plaquer un baiser sur mes lèvres.

Je ne m'étais jamais rendu compte que Ryder était aussi affectueux. Quand je l'apercevais sur le campus avec d'autres filles, c'est toujours elles qui s'accrochaient à lui.

Pas le contraire.

On s'arrête à la petite cabane en bois pour louer des patins avant de s'installer sur un banc. Puis on retire nos chaussures et on enfile les patins en prenant garde à bien serrer les lacets.

— C'est drôle, réfléchis-je. Patiner n'a jamais été très important dans ma vie. Papa m'a fait suivre des cours quand j'étais enfant et m'a demandé si je voulais jouer au hockey, mais ça ne m'a jamais intéressé.

Une fois qu'il a terminé, il se redresse et me tend une main pour que je m'y accroche.

— Je me rappelle que tu passais beaucoup de temps à la patinoire quand tu étais enfant.

— Exactement. Chaque fois que Mav s'entraînait, on était là. Je m'assurais toujours d'amener des livres à lire. Plus tard, je prenais mes devoirs pour étudier sur les gradins, ou bien j'achetais un snack au kiosque et je travaillais à une table dans le hall d'entrée. Ce n'était pas si mal.

— La plupart de mes souvenirs d'enfance t'incluent, d'une façon ou d'une autre, admet-il doucement.

Je le regarde.

— C'est réciproque.

On continue de se regarder alors que sa main se resserre autour de la mienne et que je me redresse sur mes patins.

Au moment où je pense qu'il va poursuivre la conversation, il dit :

— Tu es prête ?

— Je l'espère.

Dès qu'on entre sur la glace, mes muscles se tendent et je vacille. Il me rapproche de lui avant de passer un bras autour de ma taille et de murmurer contre mes cheveux :

— Je ne vais pas te laisser tomber. Je te le promets.

Je pousse un long soupir et me force à me détendre. J'espère que ce qu'on dit est vrai que c'est comme de faire du vélo. À chaque coup de patin, mes enjambées s'allongent et la brise me caresse les joues alors que je prends peu à peu de la vitesse. Rapidement, mes mouvements deviennent naturels.

— Tout va bien ? demande-t-il.

Un large sourire s'empare de mon visage.

— Oui. C'est amusant.

Il me presse la main.

— Ça me fait plaisir.

On adopte un rythme confortable alors qu'on fait le tour de la patinoire ovale en plein centre-ville. Il y a quelque chose d'étrangement libérateur dans le fait de porter des patins. C'est un peu comme de voler.

Quelques personnes pointent du doigt et nous regardent quand ils reconnaissent Ryder.

Ce n'est pas difficile.

Il a une certaine présence. Particulièrement avec ses cheveux blonds et ses capacités naturelles sur la glace. Cette saison, sa photo apparaît constamment dans les journaux et sur la page principale du site internet de l'université de Western.

— La situation avec ton entraîneur s'est arrangée ? Tu n'en as pas parlé dernièrement. Même lorsqu'il a failli nous surprendre ensemble dans les douches du vestiaire.

Son sourire qui se dissipe me fait regretter d'avoir abordé le sujet.

— Ça va, je dirais.

Cette fois, c'est moi qui serre ses doigts, voulant lui offrir du réconfort et mon soutien.

— Je suis désolé.

— C'est bon. J'essaye de ne pas trop me prendre la tête avec ça.

Sa voix se fait mélancolique.

— J'aimerais pouvoir revenir à la saison dernière, quand le hockey tenait plus du réflexe que de devoir réfléchir à tous mes gestes sur la glace.

— Ça viendra. Tu dois juste continuer à jouer à ta façon. C'est tout.

Il affiche un demi-sourire en me regardant dans les yeux.

— Tu crois ?

— Oui. Tu es vraiment un bon joueur ! Je suis certaine que tu te feras signer par Chicago après la fac.

— J'espère vraiment que oui. Je ne sais pas ce que je ferais si ça tombe à l'eau.

Avant que je puisse rajouter quoi que ce soit, il tire sur mes doigts et me rapproche de lui jusqu'à ce qu'il puisse enrouler les bras autour de mon corps. Je pousse un petit hoquet quand il me soulève afin que nos visages ne soient plus séparés que de quelques centimètres.

— Je ne veux pas parler du hockey, marmonne-t-il, son souffle chaud s'évasant sur mes lèvres.

— Alors tu n'aurais peut-être pas dû m'emmener à la patinoire.

— Tu as probablement raison, sourit-il. J'ai juste pensé que ce serait amusant.

— C'est le cas. Pour être honnête, ça a été génial.

Il ne s'écarte pas de moi alors qu'on fait le tour de la patinoire.

— Tu veux faire une pause ? Peut-être boire une tasse de chocolat chaud ?

— Ce serait super.

Me tenant toujours dans ses bras, il patine jusqu'au bout de la glace avant de sauter sur les tapis en caoutchouc et de me porter jusqu'au banc pour qu'on renfile nos chaussures. Dix minutes plus tard, on a tous les deux une tasse de chocolat dans la main et on est assis près d'une gazinière dont les flammes orange dansent et se contorsionnent dans l'air. La chaleur qui en émane est très agréable et le feu est hypnotisant. Ryder a passé un bras autour de mes épaules et je cale ma tête contre sa poitrine tandis qu'on sirote nos boissons.

Je ne sais pas si j'ai déjà été plus heureuse.

Je réalise alors que je pourrai cocher le numéro 5 après tout.

D'ailleurs, je n'aurais pas pu concevoir un rendez-vous plus parfait.

CHAPITRE 30

*R*yder

J'ouvre les paupières et je mets plusieurs secondes à me rappeler où je suis.

La chambre de Juliette.

Je baisse les yeux et la découvre lovée contre moi. Ses cheveux sombres sont étalés autour d'elle. Incapable de résister, je prends une mèche et caresse ses cheveux satinés avant de les enrouler autour de mon doigt. Ils sont aussi sombres et brillants que l'aile d'un corbeau.

Ça fait tant d'années que j'ai envie de le faire ! De tendre le bras pour y passer les mains chaque fois que j'en ai envie.

D'être celui qui la ferait mienne.

Je n'aurais jamais imaginé que ces fantasmes puissent se réaliser.

Je n'aurais jamais cru qu'elle puisse me jeter un seul regard.

Je veux dire, quand même… Cette fille est magnifique et si intelligente que ça me fait mal au cerveau. Elle pourrait devenir ou faire tout ce qu'elle veut dans ce monde. Elle a l'embarras du choix. Je n'aurais jamais cru que ça puisse me concerner. Je n'ai jamais été assez bien pour elle. Même si cette relation vient à peine de commencer, je ne veux pas la laisser partir.

J'ai envie de la garder.

J'ai envie de faire croître cette relation.

L'air quitte mes poumons alors que ces pensées tourbillonnent dans mon cerveau.

C'est la première fois que je désire quelque chose de permanent.

Et Juliette ?

Elle ne pense pas qu'il s'agisse d'une relation. Si on l'interrogeait, elle dirait que je l'aide à cocher des idées sur une liste. Je vais devoir la convaincre que c'est beaucoup plus sérieux qu'on a pu l'anticiper, l'un comme l'autre.

Il va falloir que je reste prudent.

Je pourrais lui faire croire qu'on traîne ensemble et c'est tout, puis, le moment venu, je lui annoncerai de but en blanc que c'est une relation et qu'elle est à moi.

Je regarde l'horloge sur la table de chevet. Il n'est même pas six heures du matin et mon cerveau tourne déjà à plein volume.

C'est exactement l'effet que me fait cette fille.

Avant de commencer à concocter un plan solide, je décide de passer aux toilettes. Je sors prudemment du lit pour ne pas la réveiller et je me redresse. Je ne peux pas m'empêcher de me tourner vers le joli spectacle que présente Juliette. Le drap a glissé le long de sa poitrine et ses mamelons délicieux sont clairement exposés. Ma bouche se remplit de salive alors qu'un grognement torturé vrombit dans ma poitrine, issu du besoin d'aspirer dans ma bouche ces petites pointes roses.

À la seconde où je reviendrai, c'est exactement ce que je ferai. Puis je me glisserai profondément dans son corps. Cette simple pensée suffit à me faire bander.

Je cherche mon boxer par terre et le repère, jeté dans un coin. Quand on est rentrés hier soir, on s'est immédiatement arraché nos vêtements avant de nous jeter sur le lit pour faire l'amour deux fois.

Cette pensée suffit à me faire réfléchir.

Ai-je déjà considéré le sexe comme de l'amour ?

Jamais. Pas une seule fois.

Mon regard revient vers Juliette qui continue de ronfler doucement, ignorant tout des pensées qui tourbillonnent dans mon cerveau. Sa bouche arquée est entrouverte et sa poitrine monte et descend de façon rythmique. Il n'en faut pas plus pour que mon cœur se serre, se contractant si fort que ça en devient douloureux, parce que c'est exactement ce que c'est.

Pour la première fois de ma vie, je n'ai pas baisé.

J'ai fait l'amour.

Je me suis plus occupé de son orgasme et de lui donner tout le plaisir possible au lieu de jouir moi-même. Ces pensées sont comme une révélation et je me passe une main sur le visage avant de me détourner pour aller vers la porte.

Je crois que tôt ou tard, il faudra qu'on ait cette conversation. J'ai besoin qu'elle se rende compte que c'est sérieux.

On est sérieux.

Ma décision prise, j'entrouvre la porte pour jeter un œil dans le couloir. Jusqu'à ce qu'on puisse se prendre entre quatre yeux pour discuter de notre relation, il faut qu'on reste discret. Cela dit, à l'avenir, il faudra que ça change. Je ne veux pas que l'on continue à se dissimuler comme si on avait quelque chose à cacher. Au début, c'était bien.

Plutôt amusant.

Mais maintenant ?

J'ai envie que tout le monde sache que Juliette m'appartient.

Je suis son mec.

Moi.

Pas cet ami de la famille qui la dévorait du regard comme si elle était une friandise.

Il va devoir effacer son numéro et ne plus jamais lui parler.

Je secoue légèrement la tête pour évacuer ces pensées. Je n'avais encore jamais ressenti la moindre jalousie à propos d'une fille. Ça prouve bien que mes sentiments pour Juliette sont très différents.

Alors que toutes ces pensées me tournent dans la tête, je me faufile dans la salle de bain et fais ce que j'ai à faire avant de me laver les mains. Je dépose alors une noisette de dentifrice sur mon index et je me frotte les dents avec. Quand elles sont passablement propres, je me rince la bouche. Avoir une haleine de dragon est le moyen le plus sûr de dégoûter quelqu'un.

J'ouvre la porte de la salle de bains, prêt à retourner dans la chambre de Juliette pour la réveiller avec ma queue, mais je pile quand Carina s'appuie d'un geste décontracté contre l'encadrement de la porte, les bras croisés. Ses cheveux blonds sont décoiffés et tombent follement sur ses épaules.

— Tiens donc, dit-elle d'un ton presque détaché que vient démentir l'expression de son visage. Quelle surprise !

Je hausse les sourcils.

— Une bonne, j'espère.

Ma tentative pour détendre l'ambiance échoue lamentablement.

Elle plisse les yeux.

— C'est encore à déterminer.

Avant que je puisse ajouter quoi que ce soit, elle se redresse de toute sa taille. Carina est grande. Probablement dans les 1,77. Elle fait un pas en avant et envahit mon espace personnel avant d'enfoncer un index tendu dans ma poitrine.

— Fais-lui du mal et j'aurais ta peau. C'est compris ?

Elle incline la tête.

— Tu ne veux même pas savoir ce que je te ferais. Une chose est certaine : tu ne seras plus jamais le même.

Je déglutis. Carina fait peur quand elle veut. Comme maintenant.

— Ce n'est pas un peu tôt dans la matinée pour menacer ma virilité ?

— Ce n'est jamais trop tôt. Et ne te méprends pas, ce n'est pas une menace. C'est plutôt la promesse d'une rétribution.

N'ayant vraiment pas envie qu'elle se monte la tête, je lève les mains en geste de reddition.

— Je ferai tout ce qui est en mon pouvoir pour ne pas lui faire de mal, d'accord ?

Elle enfonce à nouveau le doigt dans ma poitrine, mais sans l'agression de tout à l'heure.

— Tu ferais mieux, oui. Maintenant, hors de ma route, je dois aller aux toilettes.

Je m'écarte rapidement et tends le bras. Je suis tentée de lui dire que ce n'est pas moi qui ai initié cette conversation, mais je crains qu'elle m'agresse avec son doigt une troisième fois. J'ai la sensation que ce qu'elle a déjà fait va laisser des marques.

Avec un dernier regard noir, elle referme la porte derrière elle. Je secoue la tête et retourne dans la chambre d'un pas de loup. Mon regard se pose immédiatement sur Juliette.

Et ses seins nus.

Si délicieux !

Je salive déjà en songeant à la goûter.

À tout goûter d'elle.

Elle est sérieusement délicieuse de partout.

Alors que je trace vers le lit deux places, je tourne les yeux vers la table de chevet. Quand une feuille de papier pliée attire mon regard, je pivote au dernier moment. Je sais exactement ce que c'est. Il y a la photo dans mon téléphone.

Quand on y pense...

C'est cette liste qui a tout déclenché entre nous.

Ça semble fou.

J'ai beau tout avoir mémorisé, je tends la main et m'empare du papier que je déroule prudemment pour regarder la liste. Mon regard passe sur chaque numéro.

Bucket List pour l'université

1. ~~Me faire peloter à la bibliothèque~~
2. ~~Me baigner à poil~~
3. ~~Karaoké !~~
4. ~~Me saouler pendant une fête~~
5. ~~Un rencard romantique~~

Mon cœur enfle quand je vois qu'elle a coché le rendez-vous romantique. Honnêtement, ce n'était pas ce que j'avais à l'esprit quand je l'ai emmenée à la patinoire en plein air. J'avais juste envie de passer un peu de temps seul avec elle.

6. ~~Un orgasme (avec une autre personne)~~

7. ~~Danser en boîte~~
8. ~~Coucher dans un endroit public~~
9. ~~Sécher les cours~~

Puis mon cœur balbutie douloureusement quand je vois que le dernier article a été coché, même si on avait convenu de le retirer de la liste.

10. ~~Tomber amoureuse~~

Je tourne brusquement les yeux vers elle. Elle ronfle toujours doucement, profondément endormie.

Cela veut-il dire qu'en fait...

Elle m'aime ?

Je ne pensais pas que ce soit possible.

Enfin... J'ai des sentiments pour elle. Ils ont beau avoir été profondément enterrés là où je ne pourrais pas m'y attarder, j'aime cette fille depuis aussi longtemps que je m'en souvienne.

— Juliette ? Je prononce son nom d'une voix rauque, comme si on me l'avait arraché du corps.

Elle s'étire paresseusement et ses paupières s'ouvrent doucement. Un petit sourire danse au coin de ses lèvres quand son regard ensommeillé accroche le mien.

— Bonjour, dit-elle d'une voix basse et rauque. Ça ne fait que me tordre le ventre davantage.

Mon regard reste braqué sur son visage alors que je brandis la liste.

— Tout a été coché ?

Elle cligne des paupières. Je peux pratiquement la voir calculer dans son esprit et repérer le moment exact où elle comprend. Quand elle s'appuie sur les coudes, le drap glisse encore davantage le long de son torse jusqu'à retomber autour de sa taille.

Toute cette chair laiteuse exposée ne suffit pas à me distraire de mon intention de découvrir la vérité.

Son expression se fait prudente.

— Oui.

J'ai l'impression que ma gorge se referme quand je me force à poser la question. Mon cœur martèle un rythme si douloureux contre mes côtes qu'il résonne dans mes oreilles. À tout moment, il va se libérer et tomber à mes pieds sur le tapis.

— Tu m'aimes ?

Un silence assourdissant tombe sur nous avant qu'elle carre les épaules et lève le menton d'environ un centimètre. Sa voix se fait ferme.

— Oui.

Tous mes muscles faiblissent jusqu'à ce que j'aie l'impression que mes genoux se changent en marmelade.

— Je t'aime aussi.

Elle écarquille les yeux et en reste bouche bée.

— *Vraiment ?*

Elle semble choquée tandis que je replie doucement la liste et la pose sur la table de chevet. Je me glisse alors sous les draps et la prends dans mes bras.

— Honnêtement ? Je ne me souviens pas d'une époque où je ne t'ai pas aimée.

— Je... Je ne sais pas quoi dire.

Je dépose un baiser au sommet de son nez avant de la rapprocher de moi.

— Tu n'as pas besoin de dire quoi que ce soit.

Puis je fais ce dont j'ai terriblement envie depuis que je me suis réveillé il y a vingt minutes et je lui fais l'amour.

CHAPITRE 31

Ryder

Je tapote avec le revers de la main la vitre en verre dépoli avant de passer la tête à l'intérieur de l'espace réduit. Les muscles de mon ventre se contractent. C'est presque comique de me dire qu'autrefois, venir dans ce bureau et poser mon cul sur une chaise était normal.

Agréable, même.

Maintenant ?

C'est tout le contraire.

Je déteste être convoqué ici. S'il était possible d'éviter Reed Philips pendant le reste de la saison, je le ferais sans hésiter.

Je m'éclaircis la gorge.

— Vous vouliez me voir, Coach ?

Il lève les yeux de l'ordinateur avant de me faire signe d'entrer.

— Oui.

Il désigne la chaise installée devant son bureau.

— Assieds-toi.

Je me force à entrer en mouvement. J'ai l'impression que ces derniers pas sont une marche lente vers un désastre imminent.

Je regarde l'intérieur de la pièce, prenant mentalement note des changements effectués depuis que Coach K a pris ses cliques et ses claques et m'a laissé le bec dans l'eau. Il y a des photos de ce nouveau type avec les équipes de la ligue pour lesquelles il jouait. Des articles encadrés, des objets commémoratifs, des trophées et quelques photos de famille.

Une en particulier attire mon attention. C'est un format A4 de lui avec une femme brune qui a l'air d'avoir le même âge et une fillette mince vêtue d'une tenue de patinage à paillettes. Tous les trois se prennent dans les bras en souriant joyeusement à la caméra. La fille brandit une médaille d'or accrochée à un ruban épais qui lui entoure le cou.

Il a une fille qui est patineuse.

C'est intéressant.

Mon regard revient vers lui alors que je me laisse tomber sur la chaise en vinyle.

Contrairement à Coach K, il n'y a aucune camaraderie entre nous. C'est juste un homme qui a débarqué et m'a pourri l'existence. Malgré moi, je me demande s'il a conscience des dégâts catastrophiques qu'il m'a infligés par sa simple présence.

Est-ce que ça lui ferait quelque chose ?

J'en doute.

Je ne l'en déteste que davantage.

J'ai simplement envie que cette saison se termine et puis…

On verra comment les choses se goupilleront.

Le visage renfrogné, il pianote avec les doigts sur son bureau en métal alors qu'il continue de me regarder. Le silence malaisant qui s'éternise entre nous est brutal.

Juste quand je commence à me tortiller, il s'éclaircit la gorge.

— Tu sais, quand j'ai accepté ce boulot, j'ai passé des heures à parler à Coach Kaminski. Il m'a fait le détail de tous les joueurs, même des nouveaux qu'il avait recrutés l'année précédente. Il savait exactement où en étaient tous les joueurs dans ce programme. Et je respecte ça.

Oui, ça ressemble exactement à Coach K et il me manque encore davantage.

Son regard sérieux perce le mien.

— Tu occupais une place importante dans ces projets.

Sans savoir quoi dire, je croise les bras et garde le silence. On dirait qu'il va se lancer dans un de ces discours du genre *je n'ai jamais été aussi déçu*. Franchement, après mes difficultés de ces derniers temps, je n'en ai pas besoin. Depuis le début, cet homme n'a pas arrêté de me retourner le cerveau.

— Et j'ai vu assez d'enregistrements de ton jeu pour savoir qu'il n'avait pas tort. Tu es un défenseur talentueux. Je comprends pourquoi Chicago a des vues sur toi.

Pardon... Quoi ?

Ce compliment inattendu me fait plisser un front confus.

— Mais je ne le vois pas sur la glace.

Ah. On y est.

C'était plus ce à quoi je m'attendais.

— Alors, dis-moi, que s'est-il passé ? Pourquoi ne joues-tu pas au niveau dont toi et moi savons que tu es capable ?

Cette question posée à voix basse me donne l'impression que quelqu'un vient de retirer une bonde et que je me dégonfle sous ses yeux. Je ne peux que m'affaisser sur mon siège tandis que sa question tourbillonne vicieusement dans mon esprit.

— Je ne sais pas ce qu'il se passe, dis-je en me passant une main sur le visage.

Aussi difficile que ce soit de l'admettre – même en privé –, il n'a pas tort. Je ne joue pas au même niveau qu'à la saison précédente. Je joue mal.

Quand je reste silencieux, perdu dans le tourbillon chaotique de mes pensées, il continue.

— C'est quelque chose que tu devras résoudre. Tes performances doivent s'améliorer. Tu vaux mieux que ce que tu m'as montré et nous le savons tous les deux. Le problème est que Chicago le sait aussi. Je n'ai pas besoin de te dire à quel point cette saison est importante pour ton futur. Je n'ai vraiment pas envie de te coller plus de pression.

Eh bien... C'est un peu trop tard pour ça.

Parfois, j'ai l'impression que le monde tout entier repose sur mes épaules.

Et que ce type l'admette ne résout pas le problème.

Ça rend seulement tout plus pesant.

Plus écrasant.

— Tu as été distrait. Je peux le comprendre. Tu es jeune et c'est la fac. C'est ta dernière année avant de passer pros ou de trouver un boulot.

Une boule de la taille de Rhode Island élit résidence au creux de mon ventre. La pensée que Chicago ne m'intègre pas après mon diplôme me rend malade.

— Il y a la fac et le hockey, continue-t-il. C'est tout. Élimine les autres distractions.

Quand j'ouvre la bouche pour protester, il lève une main et m'interrompt.

— Je ne veux rien entendre. Il y aura toujours des distractions partout. Tu es au point où tu dois décider ce qui est important, et c'est sur ça que tu dois te concentrer. Si tu fais la fête tous les week-ends, arrête. Au moins le temps d'avoir repris tes esprits.

— Oui, Monsieur, marmonné-je.

Pas la peine de protester.

— Et si tu me refais ce genre de conneries sur la glace, je te colle sur la touche.

Son regard ne quitte pas le mien.

— C'est clair ?

— Très clair.

Je baisse les yeux vers mes mains que je tords sur mes genoux.

— Je suis désolé. Ça n'arrivera plus.

— J'espère que tu vas tenir cette promesse.

Quand on toque à nouveau à la porte, je me redresse d'un bond, prêt à me casser d'ici.

Un des assistants passe la tête dans le bureau.

— Coach ! Vous avez une minute ?
— Oui. McAdams allait partir.

Pas besoin de me le dire deux fois.

— Merci, Coach, dis-je en franchissant le seuil.
— Pas de problème. Ryder ? dit-il après un petit temps d'arrêt.

Je pile net et croise son regard.

— Oui.
— Si on est partis du mauvais pied au début de l'année, je suis désolé. Cette position a été une transition pour tout le monde. Je veux que tu saches que ma porte est toujours ouverte si tu veux parler de quoi que ce soit. D'accord ?

Pour la première fois depuis qu'il m'a convoqué dans son bureau, la tension dans mes épaules se détend et un sourire danse au coin de mes lèvres.

— Merci. J'y penserais.

Il hoche la tête.

— Je l'espère. Maintenant, file.

Alors que j'entre dans le vestiaire, tout ce que l'entraîneur m'a dit me tourne dans la tête. Depuis mon enfance, quand je suis tombé amoureux du hockey, ça a été ma priorité. Ce que j'ai réalisé récemment est qu'il y a autre chose dans la vie que la fac et ce sport que j'adore.

Il y a Juliette.

Maintenant qu'on est enfin ensemble, la dernière chose que je voudrais est de tout détruire.

Mais l'entraîneur a raison.

Toutes les autres conneries doivent disparaître.

CHAPITRE 32

Juliette

J'OUVRE BRUSQUEMENT la porte du centre étudiant et franchis rapidement le seuil. Même avec une veste d'hiver, une écharpe et un bonnet, je suis glacée jusqu'à l'os. Les températures ont chuté et le vent fait rage à travers le campus. La chaleur du bâtiment ne suffit pas à me réchauffer.

C'est un peu avant midi et l'endroit est déjà bondé d'étudiants qui veulent déjeuner avant que les cours de l'après-midi reprennent. Alors que je parcours les tables du regard à la recherche de mes parents, j'aperçois Brooke et Crosby, son copain. Elle rayonne quand il s'approche d'elle et lui mordille gentiment le cou. Elle lâche un cri aigu avant de le repousser. Ils rient tous les deux doucement.

Dès que mon regard croise celui de Brooke, elle m'adresse un geste du bras. Je leur rends leur salut. Les voir ensemble fait chanter mon cœur. Ils sont parfaits l'un pour l'autre.

Et quand on pense que...

Il n'y a pas si longtemps, elle sortait avec Andrew, le coloc de

Crosby. Ou comme j'ai plaisir à l'appeler : Andrew le connard. À cette époque, Crosby et elle ne se supportaient pas. Ils toléraient à peine de rester ensemble dans la même pièce. Ça prouve bien la rapidité avec laquelle les choses peuvent changer.

Je suppose que Ryder et moi en sommes l'illustration parfaite. On n'a jamais véritablement été amis et maintenant...

Maintenant, je ne m'imagine pas vivre sans lui.

Je braque à nouveau mon attention sur Brooke et ses amis. La table est occupée par des footballeurs et leurs copines. Demi et Rowan, Sydney et Brayden, Sasha et Easton, Elle et Carson. Puis il y a Asher Stevens.

De nombreuses filles se battent pour attirer son intérêt.

Je connais la plupart de ces garçons depuis la première année et un bon nombre d'entre eux ont toujours été des séducteurs. À présent qu'ils ont trouvé des copines, tout a changé.

Enfin, à part pour Asher. Apparemment, il est le dernier bastion.

Je ne m'étais pas rendu compte que je l'observais jusqu'à ce que nos regards se croisent. Il me salue du menton en m'adressant un sourire narquois. On a suivi quelques cours en tronc commun en deuxième année et il s'est toujours montré amical.

Ai-je déjà songé à sortir avec lui ?

Certainement pas.

En plus, je ne pense pas qu'il soit branché relations sur le long terme. Il est plutôt du genre à donner de sa personne, si vous voyez ce que je veux dire.

Je lui adresse un sourire et poursuis mon chemin avant de repérer Maman et Papa à une table excentrée près d'une grande baie vitrée. Même si Mav n'est pas encore là, une poignée de ses coéquipiers entourent Papa. Tout le monde sait qui il est et quelques-uns sont même représentés par son agence de management.

Maman se redresse rapidement et me donne une étreinte chaleureuse. Elle a toujours été affectueuse, mais encore plus après avoir affronté le cancer. C'est comme si elle voulait que tous les gens dans sa vie sachent exactement ce qu'ils signifiaient pour elle et à quel point ils étaient aimés.

Pendant juste une seconde, je serre fort les paupières et m'abandonne à son accolade enthousiaste avant de me désengager pour prendre mon père dans mes bras.

— Hé, jolie jeune fille. Comment ça va ? demande Papa.

— Bien. Et toi ?

— Je n'ai pas à me plaindre. Le boulot m'occupe, comme d'habitude.

Je laisse tomber mon sac sur le carrelage près de la table et j'ouvre ma doudoune. Ford, Madden et Riggs m'adressent un salut du menton. Ils ont toujours été sympas et me traitent plus comme une sœur qu'autre chose.

Wolf m'adresse un sourire narquois.

Il a toujours été amical, mais il y a quelque chose en lui qui paraît dangereux. À cause de ça, j'ai toujours été prudente avec lui. Il est comme un lion étendu sur un rocher ensoleillé, qui attend son heure. Il te donne l'illusion d'être en sécurité avant de bondir et de te déchirer la jugulaire.

Peut-être que je laisse mon imagination galoper. Ce que je sais est que ce mec est une bête sur la glace. C'est un des meilleurs gardiens de première division. Comme Ryder, il est entré dans la sélection nationale pendant sa deuxième année et été choisi par Milwaukee. Sa licence en poche, il signera son contrat et passera pro.

— Hé, petite McKinnon, dit Colby avec un sourire.

Un seul regard d'azur et les filles baissent leur culotte sans poser de question.

Je ne peux pas m'empêcher de lui sourire. Je suis tentée de pincer ses joues à fossettes.

— Tu sais que je suis l'aînée, n'est-ce pas ?

— Je voulais dire par la taille, rétorque-t-il du tac au tac.

Il m'a eue. À côté de ces types, je suis un microbe.

Ils disent tous au revoir à mes parents avant de partir. Ils traversent le centre d'un pas nonchalant en faisant tourner des têtes.

Je tire une chaise et m'installe.

— Où est Mav ? Il ne doit pas nous rejoindre pour le déjeuner ?

Maman parcourt la foule du regard avant de désigner l'entrée.

— Quand on parle du loup… Il vient d'entrer.

Au passage, tous les joueurs font des checks à Maverick qui étreint Maman et s'installe à côté de moi. Puisque nos parents sont arrivés plus tôt, ils ont acheté plusieurs sandwiches, deux soupes et deux salades avec des boissons.

Maman regarde tout autour de la pièce avant de croiser le regard de Papa.

— Tu n'as pas l'impression qu'on était étudiants juste hier ?

— Dis ça à mes articulations, grommelle Papa. Certains jours, je me réveille et j'ai l'impression d'avoir quatre-vingts ans.

Maman esquisse un sourire.

— Je sais, pourtant… parfois, j'ai l'impression que c'était hier.

Les yeux de Papa s'adoucissent et il tend le bras pour serrer sa main délicate.

— Tu es la même qu'à l'époque.

Elle s'esclaffe avant de sourire.

— Bien tenté.

— Je suis sérieux. Tu es aussi belle qu'au jour de notre rencontre.

Quand ils se rapprochent pour s'embrasser, Mav fait semblant d'avoir des haut-le-cœur.

— Si vous vous y mettez, je pars.

Un sourire s'attarde sur les lèvres de Papa.

— Comment penses-tu que toi et ta sœur avez été conçus ?

— Bordel… marmonne Mav. Vous essayez de me couper l'appétit.

Maman ricane et distribue les sandwiches, nous donnant à tous le choix entre la soupe ou la salade. Nos parents choisissent les salades et Mav et moi prenons les bols de soupe. Le bol est toujours fumant quand je porte la cuillère à mes lèvres.

Ils essayent de passer sur le campus une fois par mois pour déjeuner ou nous inviter à dîner. Pendant la saison de hockey, c'est plus facile de manger quelque chose l'après-midi entre les cours au lieu de nous aligner sur les heures d'entraînement et les matchs de Mav.

— Comment ça se passe avec le nouvel entraîneur ? demande Papa.

Mav hausse sèchement les épaules.

— Ce mec était une véritable bête quand il est arrivé, mais maintenant que la saison a commencé depuis un mois, il commence à se radoucir.

Papa hoche la tête avant de dire d'un ton pensif :

— J'ai joué contre Reed Philips à la fac puis quand il jouait pour Chicago. Il était un joueur génial à l'époque.

— Ils avaient des casques, à l'époque, vieil homme ? demande Mav avec un sourire.

— Ah, ah ! Tu es hilarant.

Il affiche un sourire suffisant.

— J'essaye.

— Je lui ai parlé il y a une quinzaine de jours à propos de quelques joueurs que je représente, puis on a longuement discuté de Ryder.

Je marque un temps d'arrêt avant d'avaler une bouchée de mon sandwich alors que Papa continue.

— J'avais pensé que faire une autre année d'université aiderait à solidifier sa confiance en lui, mais ça a eu l'effet contraire. Je crois que le départ de Kasminski et l'arrivée de Philips lui ont fait perdre son assurance. Il faut qu'il garde la tête sur les épaules s'il veut se faire signer par Chicago.

Surprise par ce commentaire, je laisse échapper :

— Tu penses réellement qu'ils pourraient laisser tomber Ryder ?

Le regard sérieux de Papa croise le mien.

— Je ne sais pas. La saison vient de commencer et il y a encore pas mal de temps, mais projeter ce joueur contre les panneaux pendant la partie n'était pas futé. Personne ne veut choisir un électron libre. Je sais que Cal et Sadie sont inquiets. Il est inquiet. Je détesterais vraiment ne pas voir Ryder passer pro.

Je n'ai jamais entendu mon père exprimer la moindre inquiétude pour le futur de Ryder. Une boule épaisse reste coincée dans ma gorge et mon appétit disparaît.

Quand je garde le silence, Papa recentre son attention sur mon frère.

— Tu n'as rien remarqué chez lui, par hasard ?

Mav me regarde dans les yeux pendant une seconde avant de se tourner vers notre père.

— Non. Rien du tout.

— Je prendrai contact avec lui ce soir pour lui parler. Je pourrais voir ce qui se passe.

Je contemple mon sandwich à moitié mangé alors que la conversation aborde le sujet des cours de Mav. Comme Papa, Mav a été diagnostiqué dyslexique à l'école élémentaire. Dès qu'il a présenté des difficultés d'apprentissage de la lecture, mes parents l'ont fait tester et ont engagé des tuteurs privés. Ils n'ont jamais perçu ça comme un handicap. Il apprend différemment, c'est tout. Parfois, ça signifie des ajustements et des modifications. D'aussi loin que je m'en souvienne, demander à mon frère de s'asseoir pour étudier ou terminer ses devoirs a été un défi.

Ça l'est toujours.

Il préfère être sur la glace que coincé dans une salle de classe.

Depuis que Maverick est en âge de patiner, Papa a inondé une partie du jardin pendant l'hiver pour faire une petite patinoire afin qu'il puisse s'entraîner après avoir fini ses devoirs. C'était la carotte idéale.

Parfois, nos parents enfilaient leurs propres patins et on s'amusait tous ensemble avant de rentrer nous asseoir près du feu pour boire des tasses de chocolat chaud. Ces souvenirs de notre enfance comptent parmi les plus précieux que je possède.

Mav faisait des matchs de hockey improvisés avec des gamins du quartier. Ryder et moi n'étions peut-être pas amis à l'époque, mais il a toujours été là, dans ma vie.

Maman tend le bras et pose une main sur la mienne.

— Tu es terriblement silencieuse. Quelque chose te tracasse ?

Je me force à sourire, sans vouloir admettre la vérité concernant ma relation avec Ryder.

— Je me souvenais juste qu'on faisait des matchs improvisés dans le jardin.

Son expression se fait mélancolique et elle me presse les doigts.

— Oh, ça m'a manqué.

— Moi aussi.

Papa et Mav continuent de parler de la saison et du programme futur des Wildcats alors que mon esprit revient sur le hockeyeur blond.

Et sur ce que je dois faire.

CHAPITRE 33

Ryder

Repérant sa tête sombre à une vingtaine de mètres alors qu'elle se déplace parmi la foule d'étudiants, j'accélère l'allure. Je reconnaîtrais Juliette n'importe où. D'aussi loin que remontent mes souvenirs, j'ai été en harmonie avec sa présence, presque comme si elle faisait déjà partie de moi. Réprimer mon désir pour elle a toujours été une cause perdue.

Je ne sais pas comment j'ai fait pour tenir aussi longtemps sans poser les mains sur elle.

Dieu merci, je ne suis plus obligé de garder mes distances.

Ses cheveux sombres ont été rassemblés en un chignon désordonné au sommet de sa tête, laissant sa nuque à découvert. Mes doigts ont envie de retirer l'élastique de ses cheveux pour les laisser tomber sur ses épaules et le long de son dos en un épais rideau. J'aime enrouler leur longueur soyeuse autour de mon poing jusqu'à ce qu'il devienne nécessaire de lui faire arquer le dos alors que je la prends par-derrière. La pensée d'être à l'intérieur de sa chaleur étroite suffit à me faire bander.

Même lorsque je suis profondément enfoncé dans son corps, je ne pense qu'à la prochaine fois où je pourrais le faire. Quand on est unis, le monde autour de moi disparaît et il n'y a que nous. Je n'ai pas à songer à la fac ou bien au hockey. Je peux simplement me concentrer sur Juliette. Elle éclipse tout le reste dans ma vie.

Je manque de tituber alors que cette pensée me tourbillonne dans la tête, parce que c'est entièrement vrai. Rien ne compte plus qu'elle.

Pas même le hockey.

Et c'est une perspective effrayante. Rien et personne d'autre n'a jamais compté plus que mon sport de prédilection.

C'est ma raison de vivre.

De respirer.

Qui suis-je sans ?

Je n'en ai aucune idée.

Ce que je sais est que Juliette voit plus que le hockey quand elle me regarde. Elle voit toutes les possibilités que je suis incapable de percevoir. À cause de ça, le futur ne semble pas aussi effrayant avec elle à mes côtés.

Je ne mets qu'une poignée de secondes avant de franchir la distance entre nous. Les gens m'interpellent alors que je les dépasse au pas de course, mais je ne leur prête pas la moindre attention. Comment pourrais-je le faire alors qu'elle est dans les parages ?

Quand je la rejoins, mes doigts se referment sur les siens, plus délicats, et je l'attire vers moi. J'ai juste envie d'enfoncer mon visage dans le creux délicat de son cou et d'inspirer son odeur. Je veux conquérir sa bouche et ne plus reprendre ma respiration pendant des heures. Le désir que je ressens pour elle ne ressemble à rien de ce que j'ai connu jusqu'ici.

Un hoquet échappe à Juliette quand je la prends dans mes bras et elle jette rapidement un regard autour d'elle. Elle pose une paume sur ma poitrine et me repousse doucement.

— Ryder, nous sommes au milieu du campus. N'importe qui pourrait nous voir.

Je hausse les épaules.

— Pourquoi devrions-nous cacher notre relation ? On devrait peut-être prendre le taureau par les cornes et en parler à nos familles. Tu penses vraiment que ça leur poserait problème ?

Alors, je pourrais la toucher quand je le voudrais et les gens se rendraient compte qu'elle m'appartient. En premier lieu, je lui donnerai un maillot avec un nom pour qu'elle commence à le porter.

Ça délierait rapidement les langues.

Je devrai me souvenir d'en acheter un à la boutique du campus avant le prochain match.

Elle écarquille les yeux, très surprise.

— D'ailleurs, dis-je en m'habituant à cette idée, on pourrait sortir tous ensemble après le match de jeudi. On en parlerait à tout le monde à ce moment-là. Qu'en penses-tu ? Tu crois que ça irait ?

Elle aspire sa lèvre inférieure dans sa bouche et la mordille alors que l'on continue de marcher le long du large chemin qui traverse le campus.

Il s'écoule un instant, puis un autre.

Quand elle garde le silence, un picotement de malaise naît dans mon ventre tandis que je l'entraîne vers le monticule herbeux afin d'échapper à la cohue étudiante.

— Qu'est-ce qui ne va pas ?

Je fronce les sourcils en scrutant son visage. J'avais vraiment cru qu'elle serait d'accord. Elle n'a jamais été quelqu'un qui aime cacher les choses ou ne pas se montrer entièrement honnête. Particulièrement avec sa famille. Tous les quatre ont toujours été très liés.

Un peu comme la mienne.

Elle inspire profondément avant d'expirer fort.

— Rien.

Si ! Je le vois à la façon dont ses yeux se détournent comme si elle était incapable de soutenir mon regard.

— J'ai l'impression qu'il y a un *mais*, dis-je prudemment.

L'émotion s'empare brièvement de son visage puis elle force ses yeux à croiser les miens. Je ne sais pas déchiffrer leur expression.

Ou peut-être que si, et j'espère vraiment me tromper.

— Je crois qu'on va peut-être trop vite.

Sa voix meurt dans un murmure.

Il faut une seconde ou deux pour que mon cerveau capte ses paroles légères et puisse les déchiffrer.

— Trop vite ? répété-je d'une voix qui me semble distante.

J'ai l'impression que je la regarde à travers un long tunnel. Alors qu'on était tellement proches, elle n'est à présent qu'un point distant à l'horizon.

— Oui. Je pense que cette relation va un peu trop vite et qu'on devrait prendre du recul. Un peu d'espace nous fera du bien.

— D'espace ? grimacé-je en répétant ce mot.

Le regard triste, elle hoche brusquement la tête.

— Avec les examens qui approchent, j'ai besoin de me concentrer. J'ai eu un B moins à un de mes contrôles et ça ne m'est encore jamais arrivé. C'est une année si importante ! Je ne veux pas que quoi que ce soit nous empêche d'atteindre nos objectifs, l'un comme l'autre, tu sais ?

Ce que j'entends est que Juliette ne ressent pas la même chose que moi. Sinon, impossible qu'elle veuille faire une pause dans notre relation ou passer du temps chacun de notre côté.

— Je comprends, marmonné-je en ayant l'impression d'être un gigantesque idiot.

Elle tend le bras et enroule ses doigts autour des miens.

— Ce n'est pas ce que je veux, mais je crois que c'est ce dont on a besoin tous les deux. Je ne veux pas que nous ayons des regrets.

J'ai parfaitement entendu ce qu'elle a dit. Elle a besoin de se concentrer sur ce qui est important.

De toute évidence, ce n'est pas moi.

Déloger la boule d'émotion qui me bloque la gorge semble impossible, mais je me force à dire :

— Je sais à quel point la fac de médecine compte pour toi et je ne veux pas me mettre en travers de ça.

— Et je ne veux pas faire dérailler ta carrière de hockeyeur et tes rêves de jouer dans la Ligue nationale, dit-elle doucement en clignant des paupières pour chasser les larmes qui lui brûlent les yeux, les faisant briller à la lumière du soleil.

Je me passe une main dans les cheveux et détourne la tête pour regarder le bâtiment en brique rouge dans le lointain. Quand j'ai aperçu Juliette il y a dix minutes, je n'aurais jamais imaginé que notre discussion se déroulerait de la sorte. Je suis vraiment tenté de protester. De lui dire qu'on peut trouver le moyen de trouver un équilibre pour tout dans nos vies.

On n'est pas forcé de laisser cela filer.

Ou s'éloigner.

Mais…

Je refuse de faire quoi que ce soit qui compromette son futur. Elle a travaillé trop dur pour arriver où elle est. Quels que soient ses rêves, j'ai envie qu'elle les accomplisse.

Que j'en fasse partie ou pas.

C'est là le problème, non ?

Je comprends enfin qu'aimer quelqu'un signifie placer ses désirs et ses besoins avant les nôtres.

— D'accord.

Je me force à la regarder dans les yeux. Il y a tant de tristesse qui tourbillonne dans leurs profondeurs sombres !

Je ne comprends pas.

C'est elle qui rompt avec moi.

Pas le contraire.

Alors que nos regards se soutiennent encore, je me force à faire un pas en arrière. Je m'apprête à en faire un autre quand ma main s'avance brusquement. Je referme les doigts sur son poignet avant de la tirer dans mes bras. Dès que mes lèvres s'écrasent sur les siennes, elle les écarte suffisamment pour que ma langue se glisse à l'intérieur et danse avec la sienne. Son goût délicat submerge mes sens et bat dans mes veines.

Comment suis-je censé m'en passer pour le reste de ma vie ?

Une partie de moi s'attend à ce qu'elle repousse cette étreinte intime, mais ça n'arrive pas. Au lieu de cela, elle s'accroche à moi comme si elle souffrait autant que moi.

Encore une fois, ça n'a absolument aucun sens.

Je ne sais pas pendant combien de temps on s'embrasse.

Des minutes ?

Des heures ?

Tout ce que je sais est que ça n'est pas suffisant.

Ça ne le sera jamais.

Rompre le contact physique mobilise toute ma maîtrise personnelle. Au lieu de m'écarter complètement, je pose le front contre le sien et la regarde dans les yeux. Avant qu'elle puisse me dire de m'écarter ou bien qu'elle est désolée de rompre, je tourne les talons et m'en vais sans regarder en arrière.

Et c'est ça, plus que tout, qui manque de me tuer.

CHAPITRE 34

Juliette

— Merci encore de m'avoir accompagnée, dis-je à Carina alors que je me tiens près de la portière passager, mon sac de nuit à la main. Tu n'as pas envie de nous rejoindre pour le dîner ?

Elle secoue la tête.

— Non. Je dois étudier et travailler sur une chorégraphie. Je te verrai demain matin.

— Super.

Pendant un moment, je regarde sa BMW sophistiquée sortir de l'allée circulaire avant de me détourner pour entrer dans la maison. J'ouvre la lourde porte d'entrée et parcours le haut vestibule du regard avant d'appeler :

— Maman ? Tu es rentrée ?

Ma voix résonne contre les parois caverneuses.

Son Range Rover argenté est garé dans l'allée, alors je pensais qu'elle était là. J'ai peut-être eu tort.

— Jules ?

Sa voix surprise flotte dans le couloir.

— C'est toi ?

— Oui.

Je retire ma veste que j'accroche à la balustrade puis j'enlève mes Converses.

Elle sort la tête de la grande cuisine à l'arrière de la maison.

— Je ne m'attendais pas à ce que tu passes cet après-midi. Qui a-t-il ?

Je hausse les épaules et me force à sourire.

— Allons, je ne peux pas venir voir mes parents sans que quelque chose ne tourne pas rond ?

Elle s'essuie les mains sur un torchon en comblant la distance entre nous.

— Bien sûr que tu peux, ma chérie. Quand tu veux.

Quand elle tend les bras et m'étreint, je me laisse faire et repose la tête contre son épaule ferme. Je suis légèrement plus grande qu'elle.

— Allons, Jules. Dis-moi ce qui t'arrive, murmure-t-elle contre mon oreille.

Elle a toujours eu un sixième sens pour ce genre de choses.

Je hausse les épaules. Je ne sais pas si je veux ouvrir cette boîte de Pandore. Il y a tant de choses qu'elle ignore. Tant de choses que je lui ai cachées. À présent que Ryder et moi avons décidé de mettre un terme à notre relation naissante, ça ne sert pas à grand-chose de revenir sur la situation.

Quand je garde le silence, elle s'écarte juste assez pour scruter mon visage avant d'enrouler un bras délicat autour de ma taille.

— Viens me parler pendant que je prépare le dîner.

C'est alors que l'arôme alléchant du bœuf et des champignons m'assaillit. Ça suffit à me faire saliver.

— Un Stroganoff ?

— Oui.

— C'est un de mes préférés.

Elle m'adresse un clin d'œil.

— Pareil pour ton père. Je me souviens de la première fois où Mamie Karen lui en a préparé. J'ai cru qu'il allait lécher l'assiette.

Cette image réussit l'impossible et parvient à me faire esquisser un sourire.

Une fois dans la vaste cuisine, je m'installe à l'îlot en marbre pendant que Maman ajoute un peu de sel et de poivre à son Stroganoff.

— Que puis-je te servir à boire ? demande-t-elle.

— Juste de l'eau, s'il te plaît.

Elle sort un verre du placard, le remplit au distributeur du frigidaire et le pose devant moi. Puis elle prépare une passoire de haricots verts, en retire les extrémités et les rince dans l'évier avant de remplir une casserole en inox d'eau et de la poser sur le feu.

— Très bien, crache le morceau.

Elle lève les yeux et soutient mon regard.

— Dis-moi ce qui t'arrive. Il s'est passé quelque chose avec Carina ?

Je plisse le visage et secoue la tête.

— Bien sûr que non. Je ne me souviens même plus de la dernière fois où on a eu un différend. À moins, bien sûr, concernant le fait que je passe bien trop de temps à étudier et pas assez à sortir et à vivre mes meilleures années d'étudiante.

— C'est la fac ?

— Non.

J'inspire profondément avant d'admettre à contrecœur :

— Quoique... j'ai eu un B moins à un examen l'autre jour.

— Tu as parlé au professeur et tu as vérifié le contrôle pour que tu comprennes où tu t'es trompée.

— Oui. J'ai commis quelques erreurs d'inattention.

Elle me regarde.

— Alors, le problème ne me semble pas très grave, n'est-ce pas ?

— Non, je ne pense pas, acquiescé-je, alors que mes muscles se détendent lentement.

— Tu n'as pas besoin d'avoir des notes parfaites pour que ton père et moi soyons fiers de toi.

Elle marque un temps d'arrêt.

— Tu le comprends, n'est-ce pas ?

— Oui. Je l'ai toujours su.

Ce n'est pas eux qui mettent toute cette pression sur moi.

C'est moi-même. J'ai compris au lycée que c'était entièrement intériorisé. C'est moi-même qui m'impose des normes rigoureuses.

Pas eux.

Et c'est moi qui me le reproche quand je ne suis pas parfaite.

Alors que je porte mon verre à mes lèvres, elle dit :

— Alors ça doit être avec Ryder.

Ma main s'immobilise en l'air et j'écarquille les yeux.

— Quoi ? m'étranglé-je.

Son expression ne fléchit pas et son regard reste braqué sur le mien.

— J'en déduis que si ce n'est ni la fac ni ta coloc, alors ce qui se passe doit être en rapport avec Ryder.

— Pourquoi dis-tu une chose pareille ? murmuré-je.

Elle secoue la tête avec un sourire narquois.

— Parce que j'ai des yeux et que j'ai vu comment vous vous regardez.

Elle marque un temps d'arrêt avant de reprendre :

— Surtout ces derniers temps.

J'en reste bouche bée.

— *Tu as remarqué ?*

— J'ai toujours remarqué comment il te regarde, Jules, comment il te regardait quand il pensait que personne ne le voyait. C'était attendrissant.

Ces commentaires me serrent la gorge, m'empêchant de respirer.

— Alors, j'ai raison ? Ça a à voir avec Ryder ?

— Oui.

— Vous vous voyez ? devine-t-elle.

— Pendant un petit moment, mais j'ai cassé.

Elle fronce les sourcils tout en interrompant sa préparation.

— Pourquoi ?

Je hausse sèchement les épaules et trépigne sur mon tabouret.

— Je ne voulais pas être une distraction. Tu as entendu Papa au déjeuner. Ryder a besoin d'être entièrement concentré sur le hockey.

Même si ça me brise le cœur, je me force à poursuivre.

— Pas sur moi.

Elle pose le couteau sur la planche à découper en plastique avant de contourner le grand îlot pour venir se glisser sur le tabouret à côté de moi.

— Tu as absolument raison. Ryder a besoin de se centrer sur ses priorités, mais je crois que tu en fais partie, ma chérie. Et ce n'est pas une décision que tu devrais prendre à sa place. Il est adulte.

Il y a une longue pause alors qu'elle essaye de déchiffrer mon regard.

— J'ai commis la même erreur quand c'est devenu sérieux entre ton père et moi. J'ai rompu avec lui parce que je croyais que c'était la bonne décision, et tu sais quoi ? Pour finir, ce n'était pas bon. Pour tous les deux.

— Tu as fait ça ? Vraiment ?

Voilà une partie de leur histoire que je n'avais encore jamais entendue. J'avais pensé qu'une fois qu'ils s'étaient mis en couple, tout était allé comme sur des roulettes.

Son expression devient solennelle.

— Oui. C'est une des pires erreurs de toute ma vie.

Je m'approche d'elle.

— Comment avez-vous résolu le problème ?

— Une fois que j'ai enfin réalisé ce que j'avais fait, j'ai acheté un billet pour Milwaukee. Puis je l'ai retrouvé à l'hôtel où il restait avec ton grand-père et je l'ai prié de me pardonner.

Je souris en imaginant le scénario se dérouler. Maman qui court à travers un aéroport pour bouger son cul jusqu'à l'hôtel.

— Et puisque vous êtes mariés depuis presque vingt-cinq ans, j'en déduis qu'il t'a pardonné ?

Un ricanement lui échappe puis elle redevient sérieuse.

— Effectivement, mais j'aurais très bien pu détruire la meilleure relation de ma vie en permettant à des influences externes de me ronger le cerveau. Ce que j'aurais dû faire c'est discuter de la situation avec lui comme une adulte.

Tout ce qu'elle vient d'admettre me tourne dans la tête. J'ai beau avoir été certaine que c'était la meilleure décision pour tous les deux, je ne le suis plus autant.

— Tu penses que j'ai commis une erreur ? demandé-je à voix basse, craignant presque la réponse.

Elle me prend doucement les mains.

— Je ne sais pas. C'est à toi seule de décider.

Je soupire longuement jusqu'à ce que mes poumons soient complètement vides. Pour la première fois depuis que j'ai rompu avec Ryder, je ressens une certaine clarté.

— Merci, Maman.

Alors qu'elle m'étreint à nouveau, la porte du vestibule s'ouvre violemment avant de claquer. La voix tonitruante de Papa résonne dans la cuisine.

— Je sens le bœuf Stroganoff ! Je crois que quelqu'un va marquer ce soir !

Maman pince les lèvres et ses épaules tressautent d'une hilarité silencieuse.

Quand Papa émerge de derrière le mur, il s'arrête brusquement en m'apercevant dans les bras de Maman.

— Oh...

Il me regarde puis Maman, puis moi... et une vague rougeur lui monte aux joues.

— Euh... C'est un peu gênant.

Incapables de nous contenir davantage, on éclate de rire.

CHAPITRE 35

*R*yder

JE JETTE ma crosse dans le portant avant de défaire la sangle de mon casque que je retire rapidement de ma tête. Ensuite, j'ôte mon maillot d'entraînement et j'arrache mes protections que je jette dans mon casier. Les deux derniers jours ont beau avoir été horribles, l'entraînement s'est mieux passé que prévu. Les discussions que j'ai eues avec l'entraîneur et Brody m'ont aidé à me remettre d'aplomb. Au lieu de remettre tous mes actes en question, j'essaye de suivre mes instincts et de jouer avec l'assurance que j'ai toujours eue sur la glace. Une fois que j'ai commencé à le faire, tout le reste a coulé de source.

Si je commets toujours des erreurs ?

Oui...

Mais pas comme avant. Je ne me fige pas et je ne laisse pas échapper le palet. Je suis capable de ralentir le jeu dans ma tête, d'évaluer mes choix et de prendre la meilleure décision possible.

C'est un soulagement.

Plus surprenant encore, l'entraîneur m'a complimenté. La première fois que c'est arrivé, j'ai failli tituber et bouffer la glace.

Et la fac fonctionne bien. Je réussis tous mes cours. Je n'ai jamais eu des notes parfaites, mais j'ai une bonne moyenne et ça me suffit.

Alors oui…

Je devrais être au septième ciel.

Le problème est que ce n'est pas le cas.

D'ailleurs, je ne me suis jamais senti aussi mal.

Je me laisse tomber sur le banc pour délacer mes patins. C'est alors que quelqu'un s'arrête brusquement devant moi. Je n'ai pas besoin de lever la tête pour savoir qui c'est. Je reconnaîtrais les Bauer rayés de Maverick n'importe où. Il pourrait se permettre d'acheter les meilleurs tous les six mois s'il en avait envie.

Il ne le fait pas.

Mav est superstitieux. Ce n'est pas rare chez un joueur de hockey. Il utilise le même maillot d'entraînement que l'année dernière, même si on en a des nouveaux. S'il porte une paire de chaussettes et remporte la partie, il les portera jusqu'à ce qu'on perde.

Et non, il ne les lave pas.

C'est au point où elles peuvent parfois se tenir debout toutes seules.

C'est dégoûtant.

Il a ces Bauer depuis sa première année de fac. Heureusement pour lui, ses pieds ont arrêté de grandir la dernière année de lycée, sans quoi il aurait un gros problème. Brody a essayé de lui dire qu'il était un joueur talentueux et que ça n'avait rien à voir avec la chance.

Mav refuse d'écouter.

D'ailleurs, son penny porte-bonheur est collé sous son patin gauche.

Côté pile.

Quand il se balance d'un pied sur l'autre et s'éclaircit la gorge, je lève finalement la tête et croise son regard.

— Oui ?

Il croise les bras sur sa large poitrine et me lance un regard noir.

On est amis depuis longtemps. À cause de ça, il ne me faut qu'un seul regard pour savoir ce qu'il a en tête.

— Qu'est-ce que tu as fait à ma sœur, bordel ? gronde-t-il juste assez fort pour que je l'entende alors que les rires et les bavardages fusent à présent que l'entraînement a pris fin.

Je me retiens d'éclater de rire.

Moi ?

Qu'est-ce que *j'ai* fait, putain ?

Il est sérieux.

— Rien du tout.

Il plisse les yeux.

— Elle est contrariée et je crois que c'est entièrement de ta faute.

Je jette un regard à nos coéquipiers qui se délestent de leur équipement avant d'aller prendre leur douche et je baisse la voix.

— Juste pour que tu le saches, c'est elle qui a rompu avec moi. Pas le contraire.

Il affiche un soupçon de surprise. Je crois qu'il ne s'attendait pas à cette bombe.

— Tu as fait quelque chose qui l'a contrariée ?

Même s'il incline la tête, il a l'air un peu moins sûr de lui.

Je pousse un soupir fatigué.

— Non. D'ailleurs, je lui avais dit que je voulais qu'on en parle à nos familles. J'en avais assez de dissimuler notre relation.

Les mots me sortent de la bouche avant que je puisse les arrêter. Ça me donne l'air encore plus pathétique et c'est la dernière chose dont j'ai besoin.

Les moindres vestiges de sa colère disparaissent de son visage et il hésite avant de se laisser tomber à côté de moi sur le banc.

— Pendant combien de temps y a-t-il eu quelque chose entre vous ?

— Presque un mois.

Ça me paraît toutefois plus long.

Dans mon cœur, il n'y a toujours eu que Juliette. Mav ne peut pas le comprendre.

— Tu as des sentiments pour elle ?

Je me passe une main sur le visage avant de désigner le reste du vestiaire.

— Tu veux vraiment qu'on fasse ça ici ?

Un sourire joue aux coins de ses lèvres et ses yeux pétillent d'humour.

— Oui.

— D'accord, grommelé-je. J'ai des sentiments pour elle. J'en ai toujours eu, mais je ne pensais pas qu'elle s'intéressait à moi.

Je lui coule un regard en coin avant d'admettre :

— Elle est bien trop intelligente pour moi.

— Je ne vais pas te contredire, acquiesce-t-il.

Un grognement lui échappe quand j'enfonce mon coude dans ses côtes.

— Qu'est-ce qui te prend ? J'étais juste d'accord avec toi, dit-il avec un petit rire.

Ce n'était pas nécessaire. J'ai parfaitement conscience de la situation.

— Très bien, alors qu'est-ce que tu vas faire ? La laisser filer ?

Oui… C'était le plan.

Enfin… C'est elle qui a rompu avec moi.

J'arque un sourcil.

— Tu penses que je ne le devrais pas ?

Il pince les lèvres et hausse brusquement les épaules.

— Je ne sais pas, mon pote. C'est juste que tu as l'air aussi morose qu'elle. Alors, si vous ne voulez pas être séparés, vous devriez peut-être être ensemble.

Son argument est valide, mais j'ai besoin d'y réfléchir. Même si j'ai envie d'avoir Juliette dans ma vie, je dois faire ce qui est mieux pour elle.

Suis-je ce qu'il y a de mieux ?

C'est la question piège.

CHAPITRE 36

Juliette

La nervosité danse dans mon ventre alors que Carina et moi montons les marches en béton vers l'endroit où mes parents et ceux de Ryder sont installés sur les gradins. On s'est arrêtés au kiosque en entrant. Ma coloc est concentrée sur le match, avec un carton de popcorn et une boisson dans les mains.

J'étreins mes parents puis salue Sadie et Cal. Je les connais depuis toujours et je les considère comme de seconds parents. J'aime comme nos familles se sont rapprochées au fil des années. Quand Maman était malade, Sadie nous préparait des repas et elle nous avait offert un diffuseur à huiles essentielles qui était censé l'aider à gérer la nausée et la douleur.

Dès que Carina et moi nous installons sur nos sièges, elle pioche immédiatement dans le popcorn avant de me tendre le carton. Je secoue la tête alors que mon genou tressaute à un rythme régulier. Le match n'a pas encore commencé et j'ai déjà la nausée. Leur onctuosité salée me ferait probablement vomir partout.

Après quelques minutes, elle s'approche de moi.

— Tu es certaine de vouloir le faire ?

Certainement pas.

Pour l'instant, je ne suis sûre de rien. Je risque de passer pour une grosse conne devant un stade plein de fans. Et je sais parfaitement que les gens vont sortir leurs portables pour filmer toute la scène.

Avec ma chance habituelle, ça va devenir viral.

Cette pensée me donne la nausée.

À ce que j'en sais, Ryder a tourné la page.

Ou pire, je lui ai vraiment fait du mal et rien de ce que je pourrais dire ne changerait la chose.

J'aurais détruit à moi seule la meilleure relation que j'ai jamais vécue.

Ou vivrai jamais.

La peur qui me saisit manque de me paralyser. Une émotion épaisse me noue la gorge quand les Western Wildcats entrent sur la glace, faisant des cercles sur leur moitié du terrain pour s'échauffer. Dès que Ryder passe en patins devant nos sièges, mon regard se braque sur lui. C'est la seule chose dont j'ai conscience.

Il m'a tant manqué que mon cœur est douloureux.

Je le dévore du regard quand il passe devant moi. J'ai l'impression que ça fait des semaines – ou plutôt des mois – que je ne l'ai pas vu. C'est incroyable de penser que même si je le connais depuis toujours et qu'on n'a presque jamais interagi, il était devenu tout pour moi en l'espace de quelques petites semaines.

— Tout va bien ? demande doucement Carina.

J'arrache le regard de Ryder le temps de croiser son regard inquiet, puis je me retourne vers lui. Il n'a pas jeté un seul regard dans notre direction et je sais que c'est seulement parce que je suis assise ici. Il comprend que quoi qu'il ait pu se produire entre nous, je ne raterais le match de Maverick pour rien au monde.

— Je crois.

— Quand as-tu l'intention de le faire ?

Je hausse sèchement les épaules et me mordille la lèvre inférieure.

— Je ne sais pas. Quand je penserai que c'est le bon moment, je crois.

Cette pensée fait naître une horde de papillons énergiques dans les confins de mon ventre. Ils sont prêts à s'envoler à n'importe quel moment.

— Tes parents ont-ils la moindre idée de ce que tu comptes faire ?

Je secoue la tête.

— Ça promet d'être intéressant, dit-elle en fourrant un autre popcorn dans sa bouche.

C'est le moins qu'on puisse dire.

Au bout de quinze minutes, les deux équipes retournent sur les bancs et les lumières se tamisent. Un projecteur se braque sur le centre de la patinoire alors que la musique résonne dans tout le bâtiment. L'équipe adverse est annoncée en premier. L'atmosphère s'électrise davantage quand les Wildcats pénètrent sur la glace, un joueur à la fois. La foule locale devient folle, pousse des vivats et applaudit.

Encore une fois, les lumières vives envahissent l'espace immense alors que les deux équipes prennent position. Ryder patine vers la ligne bleue et toutes les insécurités qu'il a admises au cours du passé me tourbillonnent dans la tête. Plus que tout, j'ai envie qu'il joue bien et trouve la même joie que lorsqu'il jouait au hockey autrefois.

Le palet est lancé et les deux centres se disputent sa possession. D'abord, notre équipe s'en empare, puis le petit disque noir est délogé et dérobé par l'ailier droit de l'autre équipe qui file alors sur la glace. Ryder patine à reculons, gardant son attention braquée sur le joueur. L'air reste coincé dans mes poumons tandis que l'autre joueur cherche à l'esquiver, feintant d'un côté puis de l'autre.

Ryder fait un bond en avant, ses lames s'enfonçant dans la glace alors qu'il lui rentre dedans. Le palet s'envole et ils se le disputent. Dans les gradins, tous les spectateurs se redressent d'un bond et poussent des encouragements tandis que Ryder s'empare du petit palet noir et se met en mouvement, filant en travers de la glace. Il donne l'impression de vouloir l'envoyer dans le coin supérieur gauche du filet. Quand le gardien commence à glisser, Ryder pivote à droite.

Mais c'est trop tard pour que le gardien l'attrape et le palet file entre ses doigts avant de frapper le fond du filet.

Les fans qui remplissent le stade deviennent fous.

Un signal sonore résonne alors que Ryder ralentit et effectue un arc de cercle derrière le filet. Malgré la distance, je vois le sourire qui illumine son visage. Il n'est pas rare qu'un défenseur marque, mais ça fait longtemps pour lui et je ne pourrais pas être plus heureuse. Ce que je remarque durant le reste de la partie est qu'il joue avec plus d'assurance. Je ne sais pas ce qui a fini par cliquer dans sa tête, mais je suis contente pour lui.

Alors que le gong retentit, signalant la fin de la troisième période, les joueurs quittent le banc de touche et envahissent la glace. Les Wildcats ont décroché une autre victoire. Ryder reçoit de nombreuses bourrades dans le dos de la part de ses coéquipiers.

J'inspire profondément pour calmer mes nerfs avant d'ouvrir rapidement la fermeture éclair de ma veste et de la jeter sur mon siège pour rendre clairement visible mon maillot McAdams avec le numéro de Ryder. Puis je brandis le poster que j'avais roulé et apporté au stade.

Le son des battements de mon cœur remplit mes oreilles comme le grondement sourd de l'océan alors que plusieurs de ses amis m'aperçoivent puis lui donnent des coups de coude en me montrant du doigt. Ses yeux s'écarquillent derrière la cage alors qu'il patine doucement vers les gradins et s'arrête brusquement devant moi. Mon cœur s'emballe et bat douloureusement contre mes côtes. La chaleur me monte aux joues alors que les gens se tournent pour me regarder. Un dessin d'un chat sauvage qui danse sur l'écran géant est remplacé par une vidéo en live de moi.

Je tiens le poster entre mes mains tremblantes.

La bile me remonte dans la gorge.

C'est incontournable… Je vais être malade.

C'était une erreur.

Si j'avais eu les idées claires, je lui aurais envoyé un texto pour voir s'il voulait qu'on se retrouve pour prendre un café et discuter. Je ne me serais pas humiliée en public en essayant de faire un geste grandiose pour le conquérir.

Je ne sais pas comment je vais faire pour montrer à nouveau mon visage sur le campus.

Le regard de Ryder reste braqué sur le mien et son sourire redouble d'éclat. Il se tapote deux fois la poitrine avant de braquer un gant vers moi. Quand des vivats éclatent, mes genoux faiblissent tant que je crains de glisser sur le béton collant sous mes pieds.

— Respire, dit Carina en baissant juste assez la voix pour être entendue au-dessus du rugissement des fans. Il a l'air vraiment content.

Pour la première fois depuis des journées entières, je lui adresse un sourire soulagé alors que l'apaisement court dans mes veines.

La foule ne met pas longtemps à se disperser. La majeure partie se dirige vers la sortie et l'air frisquet de la nuit. Ce soir, les gens iront sans doute faire la fête en masse dans les bars. Des dizaines d'amis et des membres de la famille attendent que les joueurs se douchent et se changent. Des petits groupes de filles vêtues de maillots sont là aussi.

Je me ronge les ongles, impatiente que Ryder fasse son apparition. Au moment où il sort du vestiaire, mon cœur s'emballe. Son expression reste indéchiffrable alors que son regard accroche le mien.

Et s'il avait changé d'avis ?

Et s'il veut me laisser tomber gentiment pour que je ne sois pas humiliée en public devant dix mille spectateurs ?

Plus il se rapproche à grandes enjambées, plus je sens la nausée monter.

Quand il n'est plus qu'à quelques pas, ma langue émerge pour venir humecter mes lèvres. J'ai besoin de me confronter à ça.

Tout de suite.

— Ryder...

Avant que je puisse dire le reste, il capture mes doigts dans sa grosse paluche et me tire vers lui jusqu'à ce que je me retrouve pressée contre le mur d'acier de sa poitrine. Puis il me soulève et tourne rapidement sur lui-même, me donnant le vertige.

Il s'arrête brusquement et sa bouche s'écrase sur la mienne. Quand sa langue glisse sur la commissure de mes lèvres, je m'ouvre à lui pour qu'elle puisse danser et se mêler à la mienne. Le monde autour de nous s'estompe et je n'ai plus conscience que de Ryder et du plaisir que je ressens à me retrouver dans le cercle chaud de ses bras.

Ça m'avait tant manqué !

Il m'avait tant manqué !

Quand j'ai l'impression que mes poumons vont exploser, il s'écarte suffisamment pour scruter mon regard.

— Alors tu es désolée et tu m'aimes ?

— Oui, Ryder. Je suis vraiment désolée de t'avoir fait du mal. Je pensais faire ce qui valait mieux pour tous les deux. Je n'ai vraiment pas envie d'être une distraction, mais rien n'est bien sans toi.

Ses yeux se radoucissent.

— Redis-le.

— Je t'aime.

— Je t'aime aussi.

Il plaque son front contre le mien et plonge dans mon regard. Je n'aurais aucun mal à me noyer dans les profondeurs bleues du sien.

Ce n'est que lorsque quelqu'un s'éclaircit la gorge à côté de nous qu'on se sépare brusquement. Cela dit, Ryder me plaque à nouveau contre lui comme s'il ne voulait jamais me lâcher.

Papa arque un sourcil et croise les bras.

Ryder se redresse de toute sa taille.

— J'aurais probablement dû être honnête avec vous à propos de la situation avec votre fille. Si vous ne voulez plus me représenter, je comprendrais.

Il me jette un regard et son bras se contracte pour me rapprocher de lui.

— Mais je ne vais pas rompre avec Juliette.

Quand il devient silencieux, mon père plisse les paupières.

— C'est vrai ?

Le jeune homme lève le menton et campe sur ses positions.

— Oui, Monsieur. C'est vrai.

— Très bien, alors je n'ai qu'une chose à dire…

Je grimace et me prépare à ce qui va arriver. Maman est au courant de ma relation avec Ryder, mais je n'ai rien dit à mon père.

— Il était temps que tu te sortes la tête du cul à propos de ma fille.

Mes yeux s'écarquillent et je reste bouche bée.

Ryder cligne des paupières avant qu'un sourire lent s'empare de son visage. Puis il tend la main et serre celle de mon père.

— Ça veut dire que j'ai votre bénédiction pour qu'on se fréquente ?

Mes parents échangent un regard et Papa dit :

— Je ne songerais jamais à essayer de vous séparer.

— Apparemment, c'est le soir pour faire la fête. Allons dîner et officialiser la chose, dit Cal en donnant une bourrade à mon père.

— Pourquoi pas Taco Loco ? propose Sadie.

Tout le monde accepte.

— Très bien. On se retrouve tous au restaurant, dit Papa. Le dernier arrivé paye l'addition.

Alors que tout le monde se dirige vers la sortie, Ryder et moi restons en arrière, ayant besoin de dérober un moment de solitude.

Il plaque à nouveau ses lèvres sur les miennes avant de murmurer :

— Je préférerais te ramener à la maison et te faire l'amour.

— Moi aussi, mais hors de question de faire faux bond à nos parents.

Il les regarde.

— Non. Ça devra attendre un peu.

Je me hisse sur la pointe des pieds et je murmure :

— T'ai-je dit que j'ai commencé un autre livre de Carina et qu'il y avait une position plutôt intéressante que j'ai bien envie d'essayer ?

Il grogne avant de déposer un autre baiser sur mes lèvres.

— Tu es certaine qu'on ne peut pas leur poser un lapin ? On pourrait toujours dire que tu as la migraine ou un truc comme ça.

Le coin de mes lèvres tressaute et je secoue la tête.

— Oui, je doute que quelqu'un nous croie.

— Je crois que tu essayes de me torturer, grommelle-t-il.

Avec un haussement d'épaules, j'aspire sa lèvre inférieure entre mes dents et tire doucement dessus.

— Peut-être.

— Peut-être mes fesses. Tu essayes bel et bien de me torturer. Mais tu sais quoi ?

Je hausse des sourcils interrogateurs.

Sa voix s'adoucit et son visage devient sérieux.

— Peu importe, parce que je t'aime.

— Je t'aime plus. Et j'ai un poster qui le démontre.

Avant que je puisse ajouter quoi que ce soit, il me prend dans ses bras et me porte hors du centre sportif.

Eh oui… On reste à Taco Loco pendant une heure avant de rentrer pour que Ryder me fasse passionnément l'amour.

CHAPITRE 37

Ryder

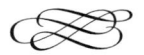

On traverse le rez-de-chaussée de la maison bondée. J'ai passé le bras autour des épaules de Juliette. J'ai découvert que je ne la trouve jamais assez proche. Même quand on fait l'amour, ce n'est jamais suffisant.

Je veux qu'on soit plus près.
Je veux tout avec cette fille.
Je l'ai toujours voulu.
Et maintenant, elle est à moi.

Ça a peut-être mis du temps, mais Juliette McKinnon est à moi. Et si ça ne dépendait que de moi, ça ne changerait jamais. J'ai gardé mes distances pendant des années jusqu'à ce que ça ne soit plus possible. Puis j'ai fait la seule chose possible : la faire mienne.

Heureusement, c'était réciproque !

— Je t'aime, bébé, murmuré-je contre la courbe de son oreille.

Elle tourne le visage jusqu'à ce que nos regards se croisent. Une esquisse de sourire danse au coin de ses lèvres.

— Je t'aime aussi.

Ses paroles murmurées ont le pouvoir de calmer quelque chose au plus profond de moi.

C'est comme ça chaque fois.

Détournant les yeux, Juliette regarde par-dessus son épaule vers Carina et le nouveau mec qu'elle fréquente. C'est un joueur de base-ball à la con. Justin trucmuche. À mon avis, ce type semble un peu vantard. Il ne parle que de baseball. Ses statistiques, le fait qu'il est super… Bla-bla-bla.

Bordel, il ne participe même pas à la saison !

Détends-toi, mon pote.

— Allons chercher quelque chose à boire, crie Justin avant de jouer des coudes vers la cuisine, traînant Carina à sa suite comme une poupée de chiffon.

Elle regarde Juliette avant de hausser les épaules et de suivre le mouvement.

Une fois qu'elle se fond dans la foule, je demande :

— Combien de temps pensez-vous que ça va durer ?

Juliette plisse les yeux et fronce les narines.

— Pas longtemps, je l'espère. Il ne me plaît pas trop. Brooke est amie avec une fille de l'équipe de foot qu'il avait trompée.

Ça ne me surprend pas.

— Tu en as parlé à Carina ? demandé-je en arquant un sourcil.

— Pas encore, mais je vais le faire.

Elle pince les lèvres avant d'admettre :

— Ce type est un peu con.

— Vraiment ? dis-je en m'esclaffant. Je n'avais pas remarqué.

Je laisse échapper un ricanement quand elle me donne une claque sur la poitrine.

On met dix minutes avant d'arriver enfin à la cuisine. Tout le monde est là et s'amuse bien. Heureusement, cette fête n'est pas trop bruyante ou incontrôlée. Ça ne s'est pas changé en une soirée à moitié à poil et personne n'a proposé un sex show au milieu du salon.

Certaines personnes n'en ont rien à faire d'avoir un public.

Ou bien c'est peut-être ce qui les excite.

Le son de voix agressives par-dessus la musique qui pulse à travers le rez-de-chaussée retient mon attention. Des bagarres éclatent aussi souvent que sur la glace. Il y a plusieurs mecs qui ont l'habitude de jouer des poings.

D'ailleurs, ça m'est arrivé plusieurs fois.

Mon regard balaie l'endroit bondé jusqu'à ce qu'il se pose sur le type que Carina a amené avec elle… et Ford.

J'aurais dû prévoir le coup. Ils ne font que se disputer, mais leurs piques acérées évoquent plus des préliminaires qu'une véritable animosité.

Ford fusille le joueur de baseball du regard.

— Qu'est-ce que tu fiches ici, Fischer ?

L'autre serre les dents et avale une gorgée de bière.

— On m'a invité.

— Qui s'est donné le droit ?

Il passe un bras autour de Carina avant de sourire à Ford.

— Carina.

Je me penche vers Juliette pour lui marmonner :

— Tu réalises que s'ils en viennent aux mains, je vais devoir m'interposer ?

Les coins de ses lèvres redescendent.

Ford se redresse de toute sa taille avant d'adresser un regard à Carina.

— Elle n'aurait pas dû faire ça. Ce n'est pas sa fête. Tu devrais peut-être nous faire une faveur et te casser.

Justin l'attire encore plus près avant de coller les lèvres sur le côté de son visage.

— Non. Je ne crois pas, non.

Alors que j'ai l'impression que tout va exploser, le regard de Ford revient vers Carina et il dit en serrant les dents :

— Je peux te parler dehors ?

La quasi-altercation a fait rosir ses joues.

— C'est vraiment nécessaire ?

— Oui, ça l'est.

Il pointe le menton vers la porte arrière.

— Allons-y.

Elle pince les lèvres avant de regarder le con à ses côtés.

— Donne-moi une minute et je reviens.

Puis elle adresse un regard glacial à son ancien demi-frère.

— Apparemment, Ford a décidé d'être un connard inhospitalier ce soir.

— C'est un connard tous les soirs, dit Justin avec un sourire narquois.

Avant qu'elle ne puisse dire quoi que ce soit, Ford referme les doigts autour de son poignet et l'entraîne loin. Le regard qu'il jette par-dessus son épaule au joueur de baseball est sauvage.

Je secoue la tête tandis qu'ils disparaissent par la porte arrière, puis je regarde Juliette.

— Bon, on dirait qu'une crise a été évitée.

Même si Carina et Ford ont disparu, son regard reste braqué sur le couloir.

— Je n'en serais pas certaine si j'étais toi.

Je pousse un reniflement moqueur.

Elle a probablement raison. On dirait que la tension entre eux s'est accrue au cours des derniers mois. Depuis le début de notre dernière année. Je crois que ça sera intéressant de voir s'il se passe quelque chose entre eux.

Oubliant les ex-demi-frère et sœur, j'attire Juliette contre moi et dépose un baiser au sommet de son crâne. Normalement, quand il y a une fête à la maison, je suis absolument partant. J'ai connu ma part de fêtes et de coucheries avec des groupies, mais quand je scanne l'espace bondé, je me rends compte que je n'ai plus les mêmes besoins. La personne qui compte vraiment pour moi est déjà dans mes bras et tant qu'on sera ensemble, la vie sera belle.

J'ai la fille.

J'ai le hockey.

Et de bons amis qui me soutiennent.

Que pourrait-on demander de plus ?

ÉPILOGUE

Juliette

Six mois plus tard…

Je souris au docteur Ashford en lui tendant mon dernier partiel de microbiologie médicale. Puis je sors en trombe de l'amphi avant de franchir les portes en verre et d'émerger au soleil du début du mois de mai. Pendant juste une seconde, je m'arrête au sommet des marches de pierre et lève le visage vers le soleil, lui permettant de caresser ma peau.

C'était mon dernier partiel pour le semestre de printemps… et pour mon cursus à la fac.

C'est enfin terminé, ce qui est étonnamment doux-amer. Petit à petit, Carina et moi avons fait nos cartons et préparé notre déménagement. Elle va terriblement me manquer. Ça fait trois ans qu'on vit ensemble et elle est devenue ma meilleure amie. Je la garderai pour ma vie tout entière. Parfois, je dois me rappeler qu'où l'on se trouve, on pourra toujours se téléphoner.

J'inspire profondément avant de remonter les escaliers au pas de course. Je suis censée retrouver...

— Juliette !

Je me retourne et vois Aaron qui marche vers moi.

Je souris.

— Salut.

Il a fallu presque un mois pour que notre relation redevienne normale, mais ça a fini par arriver.

— Comment s'est passé le partiel ?

— C'était dur, mais toutes les heures qu'on a passées à étudier ont vraiment aidé. Merci pour les notes et les documents de révision que tu as créés. Tu es le meilleur.

Il hausse les épaules.

— Ce n'était pas un problème. Je suis content que ça t'ait été utile.

Mon regard se détourne pour chercher Ryder sur le monticule herbeux et entre les arbres qui parsèment le paysage. On a été tellement occupés par les partiels et le déménagement qu'on n'a pas pu passer beaucoup de temps ensemble.

J'ai hâte de le voir.

Ce n'est pas nouveau.

Alors que cette pensée trotte dans ma tête, je remarque le défenseur musclé étendu sur une couverture, un livre de poche à la main. Le soleil éclatant se déverse sur lui. Il porte un tee-shirt gris des Wildcats qui a l'air trop petit et un short de sport noir. Tous ces muscles délicieux exposés suffisent à me faire m'arrêter en titubant quand une bouffée d'excitation me percute dans le ventre.

Bon, d'accord, peut-être un peu plus bas.

Peu importe que mon cerveau soit grillé par le fait d'avoir étudié vingt-quatre heures sur vingt-quatre plus un examen de deux heures.

J'ai envie de Ryder.

Comme toujours, le monde qui m'entoure s'estompe jusqu'à ce que je n'aie plus conscience d'autre chose que lui. Ma respiration s'interrompt alors qu'il tourne la tête et que nos yeux se rencontrent. Dès que nos regards se croisent, un lent sourire s'empare de son visage et une horde de papillons explose au creux de mon ventre.

— Juliette ?

J'ai du mal à émerger de la stupeur qui s'est abattue sur moi avant de détourner mon attention de mon petit ami pour croiser le regard brun foncé d'Aaron. Il affiche un sourire en coin.

— Désolée. Qu'est-ce que tu as dit ?

— Simplement que j'avais tort concernant l'attirance chimique. Tu avais raison. Elle existe.

Une rougeur me monte aux joues et je souris.

— Oui, c'est vrai.

J'en suis la preuve vivante.

Son regard se tourne vers Ryder qu'il observe pendant une seconde ou deux.

— S'il te rend heureuse, alors tout s'est bien terminé.

— C'est le cas. Plus que personne d'autre aurait pu le faire. Plus que j'aurais jamais cru possible. J'ai passé des années à chercher l'amour et il était là, juste sous mon nez.

Aaron s'approche un peu plus avant de baisser la voix.

— Alors… Il a des amis musclés qui auraient envie de sortir avec un étudiant en médecine nerd ?

Mes yeux s'écarquillent et je parviens à peine à empêcher ma mâchoire de se décrocher. Après avoir ravalé ma surprise, je dis :

— Je n'en suis pas certaine, mais je vais vérifier et je te donnerai des nouvelles.

— Super ! Tiens-moi au courant.

Avec un hochement de tête, je prends sa silhouette efflanquée entre mes bras avant de l'étreindre fort.

— Tu vas vraiment me manquer l'année prochaine.

— Toi aussi.

On se dit au revoir puis je me dirige droit vers Ryder. Son regard reste braqué sur moi tandis que je comble la distance entre nous.

— Hé, bébé, dit-il quand j'arrive près de lui. Comment s'est passé ton examen ?

— Je ne sais pas. J'espère que je l'ai eu.

Ses prunelles bleues pétillent d'humour et il secoue la tête.

— Arrête un peu. On sait tous les deux que tu vas détruire la moyenne pour tout le monde.

Peut-être. On verra.

Il pose son livre et j'aperçois la couverture. C'est une de ces jolies éditions spéciales qui sont très populaires en ce moment.

— Je suis content que tu sois là. J'arrivais au moment juteux.

Il fait jouer ses sourcils.

— Le chapitre douze.

— Ah oui ?

— Oui. Laisse-moi te dire que ça me donne des idées, dit-il à voix basse.

Je me laisse tomber à côté de lui et dépose un baiser sur ses lèvres.

— Quelles sortes d'idées ?

— Sexy, gronde-t-il.

Son ton suffit à me faire mouiller de désir.

— Les meilleures.

— Oui, c'est vrai ?

— On devrait peut-être revenir chez moi pour les explorer davantage.

— Putain, je ne peux pas aller quelque part sans vous voir collés l'un à l'autre ? s'écrie mon frère depuis le chemin en ciment qui traverse le campus.

Quand on se tourne vers lui, il secoue la tête d'un air dégoûté. Plusieurs de leurs coéquipiers sourient en passant devant nous. Si Mav n'a rien contre notre relation, il n'a aucun désir d'assister à des démonstrations d'affection.

Je ne peux pas le lui reprocher.

Ryder sourit.

— Je crois que partir d'ici serait une bonne idée.

Nous mettons un quart d'heure à rentrer chez moi. Heureusement, Carina n'est pas là et on a l'appart pour nous.

Puis Ryder me fait l'amour.

Plusieurs fois.

Eh oui… Le chapitre douze.
Il est vraiment bon !

SECOND ÉPILOGUE

Ryder

Deux ans plus tard...

Je laisse tomber mon sac de sport dans le vestibule de notre appartement et je retire mes chaussures d'un coup de pied. Après être resté sur la route pendant dix jours d'affilée, c'est bon de revenir. Elle m'a manquée.

Elle m'a terriblement manquée.

Je n'ai plus qu'une seule pensée : poser les mains sur elle.

Même si on a fait de notre mieux pour se parler sur FaceTime, ce n'était vraiment pas assez. Et ce n'est pas du tout la même chose. Il n'y a rien de mieux que la sensation de Juliette enveloppée fort dans mes bras.

Sauf lorsque je me glisse profondément dans sa douce chaleur.

Alors oui, c'est mieux.

Être à l'intérieur de son corps est comme de me retrouver. Et après une longue période sur les routes, c'est la première chose que j'ai envie de faire.

Je pense que c'est la même chose pour elle.

— Jules, l'appelé-je en élevant la voix pour être entendu à travers notre appartement de 275 mètres carrés qui offre une vue imprenable sur le lac Michigan.

Après ma licence, Chicago m'a embauché pour trois ans.

C'est l'une des équipes pour lesquelles jouait l'entraîneur Philips. Notre relation a peut-être commencé du mauvais pied, mais elle s'est drastiquement améliorée au cours de la saison.

Étais-je aussi proche de lui que Coach K ?

Non.

Mais je recherche toujours ses bons conseils quand j'en ai besoin. Il m'a peut-être brisé après le départ de mon dernier entraîneur, mais il m'a également aidé à me reconstruire. S'il y a bien une chose que toute cette histoire m'a enseignée est que l'adversité te rend plus fort. La dernière année est entrée dans le livre des records.

On est champions des Frozen Four.

C'est la meilleure façon de clore ma carrière d'étudiant.

Je fronce les sourcils quand l'appartement reste silencieux.

Est-il possible qu'elle soit sortie ?

Peut-être qu'elle étudie à la bibliothèque ?

La fac de médecine accapare la majeure partie du temps de Juliette, mais elle s'épanouit dans ce challenge. Jusqu'ici, elle n'a que de bonnes notes.

Une vague de déception s'abat sur moi quand je me rends compte qu'elle n'est pas à la maison pour m'accueillir.

C'est la première fois.

Je sors mon téléphone et compose son numéro. L'appel met deux secondes à se connecter. Il sonne dans mon oreille alors qu'une sonnerie distante provient de quelque part dans l'appartement.

Je raccroche et appelle à nouveau :

— Juliette, bébé ? Où es-tu ?

J'accélère le pas tout en jetant un œil dans la cuisine en marbre blanc, avec ses appareils en inox rutilant. Elle ferait fantasmer un chef.

Pendant son temps libre, Juliette aime essayer des recettes. Elle me dit souvent que la cuisine est comme la science. Il suffit de suivre une formule. Elle s'est avérée être très douée, ce qui n'est pas une surprise, puisque la science est totalement son truc.

Mais la cuisine est vide.

Mon regard parcourt le salon, avec sa baie vitrée du sol au plafond qui donne sur les profondeurs bleues du lac Michigan. Une vue qui coûte un million, avait dit l'agent immobilier en nous faisant la visite. Dès qu'on était entrés, j'ai su que c'était l'endroit parfait pour commencer nos vies ensemble.

Et je n'avais pas tort.

La vue spectaculaire suffit à me calmer.

Mais pas cette fois. Pas alors que je ne sais pas où est ma femme.

Je regarde à l'intérieur de l'étude pour voir si elle s'y trouve, mais comme la cuisine et le salon, elle est déserte. Je défais ma cravate et pénètre dans notre immense chambre à coucher. Un bruit en provenance de la salle de bains attire mon attention et je file dans sa direction. Alors que je franchis le seuil, mes pieds s'arrêtent brutalement devant la vision qui m'accueille.

Juliette est étendue dans l'immense baignoire en porcelaine. Elle est assez grande pour accueillir au moins six personnes, ce qui signifie qu'il y a largement assez de marge de manœuvre.

Un grognement vibre dans les profondeurs de ma poitrine tandis que mon regard parcourt son corps nu. L'eau lèche ses mamelons roses. Il n'en faut pas plus pour que je salive et ma verge se réveille.

Elle m'a terriblement manqué !

— Hé, bébé, dit-elle avant de porter un verre de champagne à ses lèvres pour en boire une gorgée. Je t'attendais.

Quand elle me tend la flûte au pied délicat, je la prends et en avale le contenu pétillant d'une seule gorgée assoiffée.

— J'ai autre chose, dit-elle avec un sourire.

C'est alors que je remarque une bouteille en verre sombre à l'étiquette orange posée sur le côté, ainsi qu'un ramequin de fraises rouge vif.

Je hausse les sourcils.

— Tu nous as préparés une petite soirée romantique ?
— Exactement. Tu m'as manqué pendant ton absence.

Son regard glisse le long de mon corps. Il m'évoque une caresse physique.

— Tu vas retirer tes vêtements et venir me rejoindre ?

Il y a une pause avant qu'elle sorte de l'eau.

— Peu importe, je vais m'en occuper moi-même.

Mon regard plein de désir parcourt sa nudité. Juliette est tellement belle ! Particulièrement toute mouillée et avec ses longs cheveux sombres rassemblés sur le dessus de sa tête. L'eau chaude lui a fait rougir la peau.

Je repose la flûte tandis qu'elle sort de la baignoire. Des rigoles d'eau dévalent son corps délicieux avant de se répandre en flaques sur le tapis de bain épais. Sans pouvoir me retenir, je tends le bras pour pincer un de ses mamelons durcis. L'excitation croit dans ses yeux alors qu'elle s'avance et tend le bras pour ôter de mon cou la cravate défaite. Elle se retrouve vite sur le sol en marbre veiné de gris. La cravate en soie est un cadeau coûteux qu'elle m'a fait à Noël dernier, et j'en prends généralement grand soin.

Sur le coup, je n'en ai rien à faire.

Elle déboutonne ma chemise blanche repassée avant d'en écarter les pans et de la faire glisser sur mes épaules. Une fois que le tee-shirt blanc est ôté, elle plaque les paumes sur mes pecs puis les fait courir sur mon torse.

Rien n'est comparable à la sensation de ses mains qui adulent mon corps.

C'est exactement ce dont j'ai eu envie.

Ses paumes dansent une dernière fois avant de se poser sur ma ceinture. Elle défait la boucle en argent avant de s'attaquer au bouton puis à la fermeture éclair. Le tissu est poussé en bas de mes hanches et de mes cuisses puis elle se laisse tomber sur le carrelage en marbre. Je suis vite débarrassé de mes souliers à lacets, de mes chaussettes et de mon pantalon jusqu'à ce que je me retrouve seulement vêtu de mon boxer. Elle lève les yeux pour croiser mon regard avant de se relever à genoux. Ses doigts s'installent autour de ma verge rigide à travers le tissu cotonneux avant de me donner une légère pression. Quelques allées et venues plus tard, elle s'enfonce plus profondément dans mon caleçon et fait descendre le tissu jusqu'à ce que ma verge se libère.

Un autre grognement vibre dans ma poitrine puis elle franchit la distance entre nous et referme les lèvres autour de mon gland avant de l'aspirer dans la chaleur de sa bouche. J'ai beau tenter de garder les yeux ouverts pour profiter du joli spectacle qu'elle offre, je ne peux pas.

Sa manière de me lécher et me sucer est trop bonne.

Je donne un coup de reins, souhaitant seulement ressentir la douce succion. Alors qu'elle trouve un rythme régulier, je la repousse doucement, sachant que si elle continue de la sorte, je vais jouir dans sa bouche. Ça me plairait, mais j'ai envie d'être en elle. J'en rêve depuis des journées entières.

Dix, pour être exact.

La surprise s'empare de ses traits quand je baisse les bras et la soulève jusqu'à ce que ma bouche se pose sur la sienne. Nos langues se mêlent. Il n'y a absolument rien de plus sexy que de sentir mon goût sur ses lèvres.

— Tu m'as privée de l'occasion de t'accueillir correctement, murmure-t-elle avec une explosion d'excitation dans la voix. Ta queue m'a manqué.

Elle mordille ma lèvre inférieure, tirant dessus avec ses petites dents acérées.

— Le vibro n'est pas pareil.

Je grogne en me souvenant de son image sur la vidéo alors qu'elle écartait ses jolies cuisses pour me laisser la regarder se donner du plaisir.

Si j'ai dû me branler deux ou trois fois après ?

Je ne vais pas le nier.

Mais ça a vraiment valu le coup.

Et vous savez qui je peux remercier pour cette petite suggestion ?

Oui, une romance. Ce n'est pas quelque chose que j'aurais trouvé tout seul même si j'ai une imagination plutôt créative. Dans notre bibliothèque, nous avons plusieurs étagères remplies de romances en livres de poche. Notre collection rivalise presque avec celle de Carina.

Il ne me faut pas plus de deux grandes enjambées pour atteindre le comptoir où je la dépose délicatement avant de lui écarter en grand les cuisses.

— Merde, grogné-je devant son pubis épilé.

Elle est si belle !

Et elle est à moi.

Cette femme est à moi.

Elle sera toujours à moi.

Profondément, je sais qu'elle m'a toujours appartenu. Même lorsque j'étais trop jeune et bête pour m'en rendre compte.

Dieu merci, ce n'est plus le cas.

Mes souvenirs reviennent à la bucket list qu'elle avait créée avant la fac. Celle que j'avais trouvée sur sa table de chevet quand je l'avais ramenée chez elle après cette fête.

Je n'ai pas besoin d'encouragements supplémentaires pour la posséder.

Incapable de résister à son attrait une seconde de plus, je lui écarte davantage les jambes et courbe le dos jusqu'à ce que je me retrouve face à son intimité. Ma queue palpite du besoin d'être profondément enfoncé dans sa chaleur.

On est ensemble depuis deux ans et je comprends parfaitement ce qui lui plaît et l'excite. Je fais courir le plat de ma langue de bas en haut sur sa fente avant de lécher son clitoris. Le son haletant qui lui échappe me révèle tout ce que j'ai besoin de savoir.

J'enfonce la langue dans sa douceur avant de répéter la manœuvre. Au bout d'une minute, Juliette se cambre, ayant besoin de se rapprocher. Alors que je mordille son joli petit clitoris, ses muscles se contractent et elle explose. La façon dont elle entonne mon nom sans s'arrêter est comme une douce musique à mes oreilles.

Dès que son orgasme se dissipe, je dépose un dernier baiser sur ses lèvres gonflées avant de me redresser de toute ma taille. D'un geste rapide, je m'enfonce profondément à l'intérieur de son corps accueillant.

Ce n'est qu'alors que je peux reprendre ma respiration.

Moins de douze caresses plus tard, je trouve mon propre plaisir. Mon corps palpite sur un rythme régulier alors que des étoiles explosent derrière mes paupières.

C'est toujours comme ça quand on est ensemble et je ne m'imagine pas d'autre façon.

Quand ma respiration s'apaise, j'ouvre les yeux et scrute les siens. Son visage exprime le contentement et je presse nos fronts l'un contre l'autre.

— Je t'aime, bébé.

Elle me répond par un léger sourire.

— Je t'aime aussi.

— Mais je l'ai dit en premier, alors je le pense davantage.

Ses épaules tressautent d'un rire silencieux.

— C'est vrai ?

— Oui.

— Promets-moi que tu m'aimeras toujours autant que tu le fais à présent ?

— Je te le promets.

— Bien. Je ne m'imagine pas vivre sans toi.

— Tu sais que je ressens la même chose.

Le besoin de la serrer fort vibre à travers moi alors que je la prends dans mes bras et la porte jusqu'à la baignoire fumante avant d'y pénétrer et de m'installer dans la chaleur. Je la repositionne pour que l'arrière de sa tête repose contre mon torse.

— Juste au cas où tu ne t'en serais pas rendu compte, tu es mon tout, murmuré-je. Tu es la raison pour laquelle je suis en vie. *Toi*. Et rien ne pourra jamais y faire quoi que ce soit.

Elle tourne la tête juste assez longtemps pour croiser mon regard. Cette fois, quand je me glisse à l'intérieur de son corps, il n'y a absolument rien de frénétique ou de précipité là-dedans.

Je lui fais l'amour.

Lentement et avec émotion.

Comme elle aime.

Fin

Merci beaucoup d'avoir lu *Ma liste d'envies* ! Envie d'en savoir plus sur Juliette et Ryder ? Inscrivez-vous à ma newsletter pour un épilogue bonus gratuit !
Ne ratez pas le prochain tome.

Envie de lire l'histoire de Natalie et Brody ?
Achetez tout de suite *Aime-moi, déteste-moi* !

Brody McKinnon est le défenseur vedette de l'Université de Whitmore, destiné à accomplir des prouesses dans la ligue nationale de hockey. Il s'est fait un nom dans le milieu sportif lycéen avant de nous honorer de sa présence. Même si ça me fait mal de l'admettre, il bat tous les records au niveau universitaire. Contrairement aux autres filles qui se déchirent pour attirer son attention, je m'efforce de le fuir comme la peste. Pour des raisons qui m'échappent, Brody prend un malin plaisir à me martyriser. Et moi, en échange, j'adore le réduire en charpie avec des réparties bien cinglantes. Après trois ans, on pourrait croire qu'il aurait appris à garder ses distances.

Manque de chance.

Malheureusement pour moi, je m'apprête à vivre la pire semaine de ma vie. Tout commence lorsque mon ex petit ami annonce lors d'une fête que je suis nulle au lit. C'est cette ordure de hockeyeur avec qui je sortais l'an dernier, qui m'a laissé un goût amer dans la bouche (oh, sérieusement, arrêtez d'avoir l'esprit si mal tourné…).

Devinez qui accourt sur son cheval blanc pour voler à mon secours ?

Ou devrais-je dire, qui ouvre sa grande bouche ?

Oui, vous avez compris.

Nul autre que Brody McKinnon, le type que j'adore détester. Il n'arrange rien en racontant à

tout le monde que nous sommes ensemble avant de frapper Reed en pleine face. D'abord, j'ai

envie de l'étrangler, mais ensuite, je regrette de ne pas avoir sauté sur Reed en premier.

Maintenant, je dois faire semblant de sortir avec Brody, le seul mec qui me donne

l'impression d'être un chien enragé au bout d'une laisse, pendant une durée indéterminée. Je suis

convaincue que nous ne tiendrons pas plus de soixante-douze heures sans que je le tue.

Achetez tout de suite *Aime-moi, déteste-moi* !

Tournez la page pour lire un extrait de *Aime-moi, déteste-moi*…

AIME-MOI, DÉTESTE-MOI

BRODY

— Mec, je pensais que tu reviendrais plus tôt.

Cooper, l'un de mes colocataires, me sourit lorsque je franchis la porte d'entrée. Une fille à moitié nue est à califourchon sur ses genoux.

— On a dû commencer la fête sans toi, dit-il en haussant les épaules comme s'il venait de se sacrifier. Impossible de faire autrement.

Je grogne en parcourant du regard le salon de la maison que nous louons à quelques rues du campus. Même si nous ne sommes que quatre sur le bail, notre logement semble servir de point de chute à la moitié de l'équipe. À en juger par les bouteilles de bière qui jonchent le sol, cela fait un moment qu'ils sont à l'œuvre. Je pense sérieusement à faire payer un loyer à certains de ces abrutis.

Cependant, je suppose que si j'étais coincé dans un dortoir, je chercherais désespérément un moyen d'en sortir. J'ai joué en juniors à la sortie du lycée pendant deux ans avant d'arriver en première année à l'âge de vingt ans. Je n'ai pas vécu en résidence universitaire et j'ai directement loué un appartement à proximité. Il était hors de question que je me retrouve avec une bande de jeunes de dix-huit ans qui n'avaient jamais vécu loin de chez eux. Sans parler du fait d'avoir un responsable de dortoir pour me dire ce que je pouvais ou ne pouvais pas faire.

Cela me semble aussi amusant que d'arracher du ruban adhésif de mes parties.

Ce qui est, si je puis dire, tout le contraire d'un truc amusant. Le bizutage, ça craint. Et pour information, on n'arrache pas le ruban adhésif de ses parties, on le coupe soigneusement d'une main ferme tout en insultant toute l'équipe.

Mes deux autres colocataires, Luke Anderson et Sawyer Stevens, sont penchés au bord du canapé, s'affrontant dans une intense partie de NHL. Leurs pouces actionnent les manettes à la vitesse de l'éclair et leurs yeux sont rivés sur l'écran HD de soixante-dix pouces suspendu à l'autre bout de la pièce.

Je secoue la tête. Chaque fois qu'ils jouent, c'est comme si un championnat national était en jeu.

Je hausse un sourcil quand la fille sur les genoux de Cooper passe une main dans son dos pour dégrafer son soutien-gorge. Apparemment, elle se fiche d'avoir un public. Le sourire indolent de Cooper s'étire tandis que ses doigts se posent sur ses mamelons.

J'adorerais pouvoir affirmer que cette scène n'est pas typique d'un dimanche soir, mais ce serait mentir comme un arracheur de dents. En général, c'est bien pire.

Sawyer feinte Luke avec une impressionnante maîtrise du palet dans un jeu vidéo et me dit :

— Attrape une bière, Bro. Tu pourras remplacer Luke quand je l'aurai encore fait pleurer comme une gamine.

— Va te faire voir, grogne Luke.

Je jette un coup d'œil au score. Luke est en train de prendre une raclée, et il le sait.

— Bien sûr, répond Sawyer en souriant. Peut-être plus tard. Mais je dois te prévenir que tu n'es pas vraiment mon type. J'aime les mecs un peu plus charpentés que toi.

Mes lèvres tressaillent et je laisse tomber mon sac sur le sol.

— Hé, vous avez vu ce texto à la con de l'entraîneur ? demande Cooper, la tête logée entre les seins de la fille.

Je gémis, espérant ne pas avoir raté quelque chose d'important parce que je n'étais pas en ville pour le week-end. Je suis déjà sous contrat avec les Milwaukee Mavericks. Mon père et moi avons pris l'avion pour rencontrer l'équipe d'entraîneurs. J'ai également eu l'occasion de traîner avec quelques joueurs défensifs. La soirée de samedi était complètement dingue. La prochaine saison va être extraordinaire.

— Non, je ne l'ai pas vu, dis-je. Qu'est-ce qui se passe ?

— Les heures d'entraînement ont changé, poursuit Cooper, tout en jouant avec le corps de la fille. Maintenant, c'est à 6 heures du matin et 19 heures.

Merde ! Il démarre déjà les deux entraînements par jour ?

— Vous croyez qu'il se fout de nous ?

Cela ne m'étonnerait pas du coach Lang. Je pense qu'il n'a rien de mieux à faire que de rester éveillé la nuit, à rêver de nouvelles façons de nous torturer. Ce type est un vrai dur à cuire.

D'un autre côté, c'est pour ça que nous sommes là.

Mais 6 heures du matin... ça craint. Entre l'école et l'entraînement de hockey, j'ai déjà l'impression de ne pas dormir suffisamment. Et nous ne sommes qu'en septembre. Ce qui signifie qu'il va falloir que je me lève tôt et que je franchisse la porte à 5 heures du mat' pour avoir une chance d'aller à la patinoire, m'équiper et être sur la glace à six heures. À 23 heures, je vais m'effondrer dans mon lit.

Sawyer hausse les épaules, il n'a pas l'air particulièrement perturbé par le changement d'horaires.

Cooper laisse sortir le mamelon de sa bouche et me fixe de son regard vitreux.

— Tu ne peux pas demander à ton père de lui faire entendre raison ?

Luke marmonne :

— J'ai déjà du mal à arriver à l'heure à l'entraînement de 7 heures.

— Non, dis-je en secouant la tête.

Je pourrais faire à peu près n'importe quoi pour eux, sauf aller voir mon père pour tout ce qui concerne le hockey. L'entraîneur et lui se connaissent depuis longtemps. Ils ont tous les deux joué pour les Red

Wings de Détroit. J'ai connu cet homme toute ma vie. Il m'a aidé à lacer ma première paire de patins. On pourrait donc penser qu'il a une préférence pour moi. Ou peut-être qu'il irait mollo avec moi.

Oui… Aucune chance que ça se produise.

En fait, il me tombe dessus à bras raccourcis *à cause* de notre relation personnelle. Je pense que Lang ne veut pas qu'un des gars pense qu'il fait du favoritisme.

Mission accomplie, mec.

Personne ne pourra jamais l'accuser de ça.

— Alors, prépare-toi à te magner les fesses dès l'aube, mon pote.

Sur ces mots, Cooper reporte son attention ailleurs et s'attaque à la bouche de la fille.

Luke les regarde pendant un moment avant de crier :

— Hé, vous allez dégager dans la chambre, ou on va tous avoir droit à un spectacle gratuit ?

Cooper ne prend pas la peine de reprendre son souffle, et ignore la question.

Luke secoue la tête et se concentre pour essayer de remonter au score. Ou au moins, essayer de botter les fesses de l'avatar de Sawyer.

— Je suppose que cela signifie que nous devrions faire du pop-corn.

Je ramasse mon sac de sport et le hisse sur mon épaule, et décide de monter à l'étage pour un moment. J'adore traîner avec eux, mais je ne le sens pas à cet instant.

— Salut, Brody. J'espérais que tu te montrerais.

Une blonde plantureuse passe ses bras autour de moi, et plaque son ample décolleté contre ma poitrine.

Étant donné qu'il s'agit de ma maison, les chances que cela se produise étaient extrêmement élevées.

Je fixe ses grands yeux verts.

— Salut.

Elle me paraît familière. Je cherche rapidement un nom dans ma tête, sans succès.

Ce qui signifie sans doute que je n'ai pas couché avec elle récemment.

En matière de femmes, j'ai mis au point un algorithme que j'ai perfectionné au cours des trois dernières années. Il est simple, mais infaillible. Je ne me tape jamais la même fille plus de trois fois en six mois. Dans le cas contraire, on risque d'entrer dans le territoire obscur d'une quasi-relation ou de devenir *sex-friends*. À ce stade, je ne cherche pas à m'engager.

Même s'il s'agit d'une relation décontractée.

Je suis à Whitmore pour obtenir un diplôme et me préparer à jouer chez les pros. Je m'efforce de devenir plus grand, plus rapide et plus fort. La NHL n'est pas faite pour les faibles. Si on n'est pas à la hauteur, la Ligue nous mâche et nous régurgite en un clin d'œil. Je n'ai pas l'intention de laisser une telle chose se produire. J'ai travaillé trop dur pour m'effondrer à ce stade.

Ou me laisser distraire.

Dans un geste étonnamment audacieux, Blondie fait glisser sa main de mon torse à mon paquet et le serre fermement pour me faire comprendre qu'elle ne plaisante pas.

Je ne doute pas que si je lui demandais de se mettre à genoux et de me sucer devant tous ces gens, elle le ferait sans hésiter. À l'exception d'un string, la fille qui se frotte sur les genoux de Cooper est nue.

Lors de ma première année chez les juniors, lorsqu'une fille m'a proposé d'avoir des relations sexuelles sans attaches, j'ai bien cru avoir touché le jackpot. Moins de cinq minutes plus tard, j'avais déchargé et j'étais prêt pour le deuxième round. Cinq ans plus tard, je ne regarde même pas une fille qui est prête à baisser sa culotte quelques minutes après que j'ai franchi la porte. Cela se produit bien trop souvent pour que je puisse considérer ça comme une nouveauté.

Et c'est vraiment triste.

Quand j'étais au lycée, je sautais sur la moindre occasion de m'envoyer en l'air.

Aujourd'hui ?

Pas tellement.

C'est comme si on mangeait régulièrement du steak et du homard. Bien sûr, c'est délicieux les deux premiers jours. Peut-être même une semaine entière. On ne peut pas s'empêcher de dévorer chaque bouchée comme un glouton, et on se lèche les doigts ensuite. Mais, croyez-le ou non, même le steak et le homard deviennent banals.

La plupart des hommes, quel que soit leur âge, seraient prêts à donner leur testicule gauche pour être à ma place.

Pour pouvoir choisir n'importe quelle fille. Ou, la plupart du temps, n'importe *quelles filles.*

Et me voilà… le membre ramolli à la main.

Enfin… le membre ramolli dans *sa* main.

Le sexe est devenu une activité que je pratique pour me détendre lorsque je suis stressé. C'est ma version d'une technique de relaxation. Merde, j'ai vingt-trois ans ! Je suis dans la fleur de l'âge sur le plan sexuel. Je devrais être en extase qu'une fille veuille bien écarter les jambes pour moi. Je ne devrais pas être blasé. Et je ne devrais sûrement pas passer mentalement en revue les exercices que nous ferons lorsque je dirigerai l'entraînement de capitaine.

Je dégage ses doigts de mon sexe et secoue la tête.

— Désolé, j'ai des trucs à faire.

Et ces *trucs* concernent l'école. J'ai quarante pages de lecture à terminer pour demain matin.

Blondie fait la moue et bat de ses cils chargés de mascara.

— Peut-être plus tard ? roucoule-t-elle d'une voix de bébé.

Merde ! C'est un vrai tue-l'amour.

Pourquoi les filles font-elles ça ?

Non, sérieusement. C'est une vraie question. Pourquoi font-elles ça ? C'est comme des ongles sur un tableau noir. Je suis tenté de lui répondre d'une voix ridicule et zézayante.

Mais je m'abstiens. Je ne suis pas un tel enfoiré. En plus, ça pourrait lui plaire.

Et je serais foutu. Je nous imagine en train de roucouler l'un pour l'autre avec des voix de bébé pour le restant de la nuit et j'en ai presque des frissons.

— Peut-être, dis-je sans m'engager.

Pourtant, je ne vais pas mentir, cette voix de gamine m'a coupé toute envie de m'envoyer en l'air plus tard. Mais je suis assez intelligent pour ne pas le lui dire. Il y a de grandes chances qu'elle finisse par dégoter un autre joueur de hockey sur lequel s'accrocher, et qu'elle m'oublie. Parce que, soyons réalistes, c'est pour ça qu'elle est là.

Un petit coup rapide de la part d'un gars qui patine avec un bâton. Juste pour être sûr, je la scrute des pieds à la tête. En dehors de sa voix de gamine, elle a tout ce qu'il faut.

Et pourtant, ce corps superbe ne me fait rien.

Ce qui est gênant. J'ai presque envie de l'emmener à l'étage, juste pour me prouver que tout fonctionne correctement. Mais je ne le ferai pas.

Au moment où je pose le pied sur la première marche, Cooper s'écarte de sa copine.

— Qu'est-ce qui se passe, McKinnon ? Où tu vas ? demande-t-il avec un geste de la main autour de la pièce. Tu ne vois pas qu'on est en train de s'amuser ?

— Je vais te laisser t'occuper de nos invités, lui dis-je en gravissant l'escalier.

— Eh bien, si tu insistes ! bredouille-t-il d'un ton joyeux.

Ma chambre se trouve au bout du couloir, loin du bruit du rez-de-chaussée. En règle générale, personne n'est autorisé à se rendre à l'étage, à l'exception des gars qui y vivent. Je sors ma clé et déverrouille la porte avant d'entrer.

Je balance mon sac de sport dans un coin avant d'ouvrir mon livre de finance managériale. Je croyais que j'aurais la possibilité de me plonger dans quelques lectures au cours du week-end, mais mon père et moi étions en déplacement tout le temps. Nous avons rencontré des membres de l'organisation de Milwaukee, participé à une fête d'équipe et visité quelques appartements près du bord du lac. C'était juste histoire de tâter le terrain. Au cours du vol de retour, j'avais bien l'intention d'être productif, mais j'ai fini par sombrer dès que nous avons atteint l'altitude de croisière.

Trois heures plus tard, on frappe à la porte. En temps normal, une interruption m'énerverait, mais après avoir parcouru trente pages, ma vue s'est troublée et je lutte pour rester éveillé. Pour ne rien arranger, cette matière est d'un ennui mortel.

— C'est ouvert, dis-je, m'attendant à ce que Cooper essaie de me convaincre de redescendre.

Quand ce type est dans un état second, il veut que tout le monde soit aussi défoncé que lui. Je n'ai jamais vu personne descendre autant d'alcool que lui. C'est presque aussi impressionnant qu'effrayant. Et pourtant, il est capable de se réveiller à temps pour l'entraînement du matin, de bonne heure et de bonne humeur, comme s'il n'avait pas été totalement ivre six heures plus tôt. Il faudrait que quelqu'un du département de biologie fasse une étude de cas sur lui, parce que ce n'est pas normal.

Lorsque je m'imbibe d'alcool comme ça, le lendemain matin, je ressemble à un poulain nouveau-né sur la glace qui n'arrive pas à garder ses jambes sous son corps. Ce n'est pas beau à voir. Voilà pourquoi je ne le fais pas. J'ai déjà donné. C'est derrière moi.

La porte s'ouvre sur Blondie et sa voix de gamine. Elle n'est pas seule. Elle a amené une amie. Je lève les sourcils en signe d'intérêt lorsqu'elles entrent dans la pièce.

Depuis que je l'ai vue, il y a trois heures, Blondie a perdu la plupart de ses vêtements. La brune qui l'accompagne semble être dans la même situation. Elles se tiennent là, dans des soutiens-gorge en dentelle et des strings quasi inexistants, les mains entrelacées.

Je pose sur elles un regard appréciateur.

Comment pourrais-je faire autrement ?

Elles ont des ventres plats et toniques. Leurs hanches sont joliment galbées. Leurs seins se balancent de manière séduisante alors qu'elles s'approchent du lit sur lequel je suis vautré.

Je devrais avoir une érection d'enfer, je ne me suis pas envoyé en l'air depuis trois semaines, ce qui est presque du jamais-vu. Je n'ai pas passé autant de temps sans relation sexuelle depuis que j'ai commencé à en avoir.

Mais il n'y a rien.

Pas même un tressaillement.

Ce qui m'amène à me poser la question de ce qui ne va pas chez moi.

Ce doit être dû au stress de l'école et au régime alimentaire que j'ai adopté pour le patin à glace. Même si je suis déjà sous contrat avec Milwaukee et que je n'ai pas à me soucier de la sélection de la NHL plus tard dans l'année, je subis toujours beaucoup de pression pour être performant cette saison.

Les championnats nationaux ne se remportent pas d'un coup de baguette magique.

Je craindrais d'avoir de sérieux problèmes de dysfonctionnement érectile s'il n'y avait pas cette fille qui me fait durcir chaque fois que je pose les yeux sur elle. Ironiquement, elle ne veut rien avoir affaire avec moi. Je pense qu'elle m'arracherait les yeux si je posais un seul doigt sur elle.

En fait, il suffit que je regarde dans sa direction pour qu'elle me montre les dents.

Peut-être que ces filles sont exactement ce dont j'ai besoin pour soulager mon stress refoulé. Cela ne peut certainement pas faire de mal.

Ma décision prise, je referme mon livre de finance et le jette par terre où il atterrit avec un bruit sourd. Je croise les bras derrière la tête et souris aux filles en guise d'invitation silencieuse.

Et le reste, dirons-nous, appartient à l'histoire.

Achetez tout de suite Aime-moi, déteste-moi !

NOTES

3. CHAPITRE 3

1. Parfois aussi baptisée en français « liste de rêves » ou « liste de vie », une bucket list, c'est la liste de toutes les choses qu'on a envie de faire, de voir ou d'accomplir au moins une fois dans sa vie, avant de mourir.

8. CHAPITRE 8

1. une personne qui fait preuve d'une sympathie et d'une attention excessives à l'égard d'une autre personne, généralement une personne qui ne lui rend pas la pareille.

10. CHAPITRE 10

1. Le fauteuil Papasan est un type de siège confortable qui est originaire d'Asie, et plus précisément des Philippines. Il se compose d'un coussin épais et rond qui repose sur une base circulaire en rotin naturel ou parfois en métal.

22. CHAPITRE 22

1. En français : Le loup de Wall Street, film De Martin Scorsese de 2013. Référence au héros.

AUTRES TITRES DE JENNIFER SUCEVIC

Série Campus

Le Coureur du campus

L'Idole du campus

L'Idylle du campus

Le Canon du campus

Le Dieu du campus

La Légende du campus

Western Wildcats – Hockey

Ma liste d'envies

Aime-moi, déteste-moi

À PROPOS DE L'AUTEUR

Jennifer Sucevic est une auteure de best-sellers au classement de *USA Today* qui a publié dix-neuf romans « New Adult » et « Mature Young Adult ». Son œuvre a été traduite en allemand, en néerlandais et en italien. Jen est titulaire d'une licence en histoire et d'une maîtrise en psychologie de l'éducation, de l'Université du Wisconsin-Milwaukee. Elle a commencé sa carrière en tant que conseillère d'orientation dans un collège, un métier qu'elle a adoré. Elle vit dans le Midwest avec son mari, ses quatre enfants et une ménagerie d'animaux. Si vous souhaitez recevoir des informations régulières concernant les nouvelles parutions, abonnez-vous à sa newsletter - Inscrire à ma newsletter
Ou contactez Jen par e-mail, sur son site web ou sa page Facebook.
sucevicjennifer@gmail.com
Envie de rejoindre son groupe de lecteurs ? C'est possible ici -)
J Sucevic's Book Boyfriends | Facebook
Liens vers ses réseaux sociaux
https://www.tiktok.com/@jennifersucevicauthor
www.jennifersucevic.com

Printed in France by Amazon
Brétigny-sur-Orge, FR

13782499R00185